COLLECTION FOLIO

Pierre Magnan

La naine

Denoël

ESSAI D'AUTOBIOGRAPHIE

Auteur français né à Manosque le 19 septembre 1922. Études succinctes au collège de sa ville natale jusqu'à douze ans. De treize à vingt ans, typographe dans une imprimerie locale, chantiers de jeunesse (équivalent d'alors du service militaire) puis réfractaire au Service du Travail Obligatoire, réfugié dans un maquis de l'Isère.

Publie son premier roman, *L'aube insolite*, en 1946 avec un certain succès d'estime, critique favorable notamment de Robert Kemp, Robert Kanters, mais le public n'adhère pas. Trois autres romans suivront avec un égal insuccès. L'auteur, pour vivre, entre alors dans une société de transports frigorifiques où il demeure vingt-sept ans, continuant toutefois à écrire des romans que personne ne publie.

En 1976, il est licencié pour raisons économiques et profite de ses loisirs forcés pour écrire un roman policier, *Le sang des Atrides,* qui obtient le prix du Quai des Orfèvres en 1978. C'est, à cinquante-six ans, le départ d'une nouvelle carrière où il obtient le prix RTL-Grand public pour *La maison assassinée,* le prix de la nouvelle Rotary-Club pour *Les secrets de Laviolette* et quelques autres.

Pierre Magnan vit avec son épouse en Haute-Provence dans un pigeonnier sur trois niveaux très étroits mais donnant sur une vue imprenable. L'exiguïté de sa maison l'oblige à une sélection stricte de ses livres, de ses meubles, de ses amis. Il aime les vins de Bordeaux (rouges), les promenades solitaires ou en groupe, les animaux, les conversations avec ses amis des Basses-Alpes, la contemplation de son cadre de vie.

Il est apolitique, asocial, atrabilaire, agnostique et, si l'on ose écrire, aphilosophique.

P.M.

A Louise

Tous les protagonistes de ce roman ont emprunté les traits physiques de personnages qui ont existé. Ces êtres étaient les meilleures gens du monde, absolument dénués de passion, de méchanceté comme d'imagination. Il ne leur est rien arrivé d'autre que de naître, prendre le soleil et mourir. L'histoire dont je les ai chargés, je l'ai forgée de toutes pièces.

De même serait-il vain de vouloir juxtaposer une réalité quelconque sur les lieux que je décris. Mon personnage principal dit : « J'avais édifié une ville mythique planant au-dessus de la vraie et c'était en elle que je me consolais. »

C'est exactement ce que j'ai fait.

Une naine m'a aimé lorsque j'avais quatorze ans. Elle mesurait quatre-vingt-huit centimètres de haut. Elle se propulsait sur de grands pieds, ceux-ci s'étant normalement développés. Ses traits étaient mollement sculptés dans une sorte de saindoux livide. On eût dit que, crevant d'ennui, elle s'appuyait trop longtemps, les jours de pluie, contre la vitrine de son magasin.

Son front était plat, ses oreilles larges, son nez écrasé. Elle était pourtant sortie classiquement du ventre de sa mère : la tête d'abord. Mais le volume de cette tête était tel que son passage avait fait s'étouffer la parturiente, morte sur-le-champ, en un seul cri.

L'accoucheuse disait que si elle avait su ce qu'elle allait tirer à la suite de cette tête, elle l'aurait laissée s'engouer dans le pertuis. Cette femme de bien raconta longtemps qu'elle avait beaucoup balancé, ce jour-là, voyant ce têtard presque sans corps étalé sur les langes, si elle allait le laisser vivre ou lui couper le souffle. La peur des ennuis l'avait retenue.

Ces choses s'étaient passées bien avant ma naissance. Je n'ai jamais su l'âge de cette naine.

Elle était ordinairement sanglée dans un sarrau noir à boutons rouges comme si elle allait partir pour l'école. Ses pieds s'avançaient sur des souliers à boucles. Ses jambes étaient gainées de bas en coton gris.

Comme si la nature ne la tenait pas quitte à si bon marché, elle avait souligné sa disgrâce par deux seins roides qu'on eût dit fertiles et prêts à allaiter.

Parfois, pour s'amuser, sa sœur, la Marguerite, l'affublait d'un pompon rose, dans ses cheveux couleur aile-de-corbeau.

Pour venir au soleil, elle surgissait hors d'une boutique où ondulaient de changeantes ténèbres. A l'entrée, pour toute enseigne, deux ombrelles, l'une à tranches roses et vertes, l'autre à tranches rouges et blanches, flanquaient la devanture haute de cinq ou six mètres sur laquelle on ne tirait jamais les contrevents, se contentant, la nuit, d'ôter le bec-de-cane.

La boutique occupait le fantôme d'un théâtre dont on n'avait même pas pris soin de détruire les tribunes ni la scène, où l'on avait entassé, devant les lambeaux d'un décor, les stalles déglinguées où la ville, autrefois, asseyait les derrières de ses notables.

La rampe elle-même existait toujours, avec ses trois cents bougeoirs en batterie, noyés dans la poussière. Quant au décor, usé jusqu'à la jute sur quoi il était peint, il représentait, sous une lune blafarde et un ciel de poussière, les deux façades en perspective de la rue Lepic, à Paris.

L'escalier qui montait aux étages prolongeait cette perspective en trompe l'œil. C'était sous ce croissant de lune bénin que surgissait la naine marchant vers le soleil.

Mais, avant d'apparaître, il lui fallait, glissant sur ses grands pieds, parcourir les quinze mètres de pénombre où s'allongeaient les deux banques à auner le tissu.

Alors, de la poussière des tribunes toujours garnies de leurs bancs qui servaient d'étagères pour tout un étalage de chapeaux Jean-Bart et de feutres de deuil, se déversait une sorte de réprobation jubilante qui la glaçait chaque fois de terreur.

Ces tribunes au bois tout craquant sous le poids de tant d'ombres, attendaient-elles encore quelque spectacle de choix ou bien la naine à elle seule était-elle déjà la tragédie promise ? Elle avait, en tout cas, parfaitement conscience de pouvoir suffire à la dérision de tant de morts. Une naine inutile dans une ville agricole ne mérite que la méchanceté du monde et celle-ci lui était tout acquise.

A chaque nouveau passage, les ombres qui ressuscitaient dans les tribunes l'en abreuvaient à qui mieux mieux.

Elles avaient pourtant, elles-mêmes, des têtes repoussantes — notre race a toujours été laide — bien que la chair en eût depuis longtemps pourri.

Elle en apercevait même, blafardes et se penchant avec plus d'acharnement que les autres, qui portaient autour du cou des grappes d'humeurs froides, des goitres croulants ou les stigmates de la petite vérole sur des chairs de carton-pâte trouées comme des passoires. Leurs traits flous, pour figés qu'ils fussent, n'en étaient pas moins réprobateurs. Leur haine, quoique lointaine et silencieuse et qui ne pouvait s'exprimer que par les trous cernés d'ombre qui avaient été leurs yeux, n'en était pas moins virulente.

Il n'importait leur hideur et leur épouvantable absence : eux, ils étaient en poussière, alors que cette naine inutile était bien vivante, qu'elle descendait cet escalier avec ce nœud rose dans les cheveux et ce visage couleur de pain trempé dans le lait, sur ce corps équivoque de gamine à seins opulents.

Elle était donc vouée aux sarcasmes. Les ombres, dans les tribunes, la conspuaient comme une mauvaise actrice. Elle en avait conscience. Elle passait vite, la moue fâchée et grommelante de réponses aux insultes.

Parfois, avant la sortie, elle se heurtait à quelque furtive pratique que nul, malgré la sonnette de la porte, n'avait entendue venir. Alors, elle criait :

— Marguerite ! On espère !

Elle avait gagné au fond de ces profondeurs une voix stridente comme un cri d'hirondelle. Elle en usait peu, seulement pour appeler sa sœur ou réclamer à manger ou, précisément, avertir que quelqu'un *espérait*. Ici, les clients ne patientaient pas. Ils espéraient.

Depuis le troisième étage avec la même voix aiguë que celle de la naine, la Marguerite annonçait qu'elle venait mais elle ne venait pas. Quelque tâche à finir, plus urgente que celle de servir la clientèle, la retenait toujours.

C'étaient des veufs ou de vieux garçons qui espéraient ainsi, par les après-midi torrides d'été ou les sombres pluies d'hiver. Presque jamais aucune femme ne se risquait plus au seuil de cette boutique : depuis que les ombrelles à volants ne suggéraient plus rien aux hommes ; depuis qu'on ne pouvait plus, grâce aux envols savants qu'on leur imprimait, jouer des ombres et des lumières afin de rendre quand même attrayant un visage somme toute banal.

Ainsi, ces hommes seuls, vieux pour la plupart, étaient les derniers fidèles de ce commerce dont les clients, les uns après les autres, mouraient sans laisser de successeurs. Et ne se renouvelaient pas non plus les fournisseurs, depuis cinquante ans toujours les mêmes, de coupons inusables, de parapluies réellement étanches, de chapeaux véritables contre les intempéries. Eux aussi mouraient les uns après les autres et les enfants devenaient modernes, allaient apprendre, à l'étranger, comment on fabrique de la pacotille.

Un père au ventre important veillait sur ce naufrage de commerce. Autrefois, il avait été bourgeois considéré, fréquentant ses pairs et le café-glacier, mais, depuis l'effritement de son chiffre d'affaires, il s'était de lui-même humblement confiné entre son journal quotidien et sa maigre comptabilité.

Mais, si la pratique inconsciente se retirait de ce commerce, si même la marmaille ne venait que rarement dessiner des marelles à la craie sur le large trottoir qui lui appartenait jusqu'à la place, c'était d'abord pour d'étranges raisons.

En vérité, l'insistance lugubre du malheur palpitait dans cette pénombre.

Le grand-père, à soixante ans, s'était suicidé d'un coup de pistolet par chagrin d'amour, là-haut, à la tribune du théâtre, sur les bancs mêmes où la naine voyait trembler tant d'ombres.

La grand-mère, naine comme sa petite-fille, avait raté la dernière volée de l'escalier abrupt, voulant un soir, en toute hâte, venir servir un dernier client.

Elle avait surgi, la tête la première, hors du portant de la rue Lepic et s'était fracassé le crâne contre les aspérités des stalles entassées.

Le client ne fut jamais retrouvé. On douta même qu'il eût existé. La famille qui dînait autour de la table fut unanime à déclarer que nul, sauf la grand-mère, n'avait entendu tinter la sonnette. On le lui avait dit. On avait voulu la retenir. Elle avait rêvé, prétendait-on. Mais elle cependant s'était mise debout en telle hâte, comme pour obéir à un ordre, qu'elle avait renversé sa chaise derrière elle.

Un frisson secoua la famille descendue au fracas de la chute. Le vide du magasin autour de ce corps disloqué avait quelque chose de menaçant.

Cette grand-mère, quoique naine, n'était pas sans péché. Elle avait détourné la lettre par laquelle la maîtresse, de longue date, que le grand-père avait aimée, l'appelait à son lit de mort. Après quoi, lorsque tout fut accompli, un soir, autour de la table, elle la lui tendit ouverte, sans un mot. Ce fut à cette occasion et sans attendre que le grand-père se fit sauter la cervelle.

Les témoins familiaux de cette dernière tragédie dirent que ce soir-là, dans les tribunes où sommeillaient tant de chapeaux sans têtes, un vent de jubilation ténu comme un zéphyr avait longuement soufflé comme pour approuver cette fin exemplaire.

Par cet escalier, un soir d'été, le père et son fils unique descendaient lourdement, suivis des deux sœurs aux voix aiguës.

Alors, révélant l'énigme d'un mur sale, le portant gauche de la rue Lepic se détacha de son cadre avec un soupir de misère et vint les ensevelir tous les quatre comme un linceul gris. Ils en rirent. Ils le relevèrent. Ils prirent même le temps de le consolider, de le rafistoler, de sorte qu'il ne bougea jamais plus, comme auparavant il n'avait jamais bougé.

C'était le deux août mil neuf cent quatorze. La soirée était douce. Ils allèrent tous à pied à la gare.

— Je vous écrirai ! dit le fils par la portière du wagon.

Il mourut en pantalon garance trois semaines seulement après. Mais la tribune populaire où s'agitaient les ombres des spectateurs fit silence pour cette fois. La guerre n'était pas une preuve. La guerre n'était pas de jeu. S'il fallait tenir compte des guerres ! Il meurt tant d'hommes, parmi les guerres, qu'on ne peut y distinguer ceux dont le destin s'occupe en propre de ceux qui tombent par hasard.

Cependant, plutôt qu'à la guerre, la rumeur publique qui ne se fie qu'aux résultats et ne s'en laisse jamais conter, attribua cette mort du fils à la chute de la tenture.

Notre timidité s'effarouchait vite devant la moindre anomalie. Aussi avait-il suffi de ces quelques morts, presque naturelles, à peine fatales, pour qu'une méfiance circonspecte, et que trahissait seulement un ostracisme tacite, cernât cette maison et ses habitants. On ne savait pas — et ce n'était pourtant pas faute de l'avoir cherché — de quel passé fuligineux cette famille tirait sa malédiction, mais on demeurait persuadé qu'elle ne l'avait pas volée.

C'était chargée de ce malheur et, par surcroît l'exprimant tout entier par sa monstruosité, que surgissait la naine sous les frondaisons des érables. Elle avait alors, après les ombres, à affronter les vivants.

Nous avons une place carrée, laquelle occupe l'arasement d'un château des templiers qui commandait les remparts. Il n'est pas une de nos maisons qui ne possède, enchâssée dans ses murs, en galets de Durance, quelque pierre meulière de ce château, voire quelque fragment de meneau, ou d'accolade sur quelque porte palière.

L'ombre de cette forteresse se dresse toujours devant nous comme un remords parce que nous sommes les descendants de ceux qui livrèrent ces innocents au bras séculier, voici quelques siècles.

Nous l'avons exorcisée par deux rangées d'érables parallèles et qui en cernent les quatre côtés.

Nous l'avons, il n'y a guère, embellie en son centre d'un monument aux morts. C'est une Victoire aux ailes éployées, juchée sur un obélisque et qui tend aux enfants de la patrie une couronne de marbre figurant des lauriers. Dorés et gravés en creux, deux cent quatre-vingt-trois noms profitent de cette aubaine.

Ils constituent, perdu dans les batailles, le dixième des hommes de valeur que comptait notre ville avant mil neuf cent quatorze.

Si les ombres templières ont un peu de justice, elles doivent pouvoir reconnaître qu'enfin, envers elles, par le truchement de cet holocauste bien visible et bien figuré, nous sommes devenus quittes.

Mais les ombres sont têtues et il semble qu'au contraire, depuis que les événements ont permis l'érection de ce trophée, se soit accentuée encore sur nos visages, et dans l'effondrement de nos traits, la tristesse revêche que l'obsession de leur supplice y a, autrefois, imprimée.

Cette place est cernée de maisons où sont tapis des terrasses et des perrons bas. Des femmes, sur des chaises de paille, y sont installées, guettant et chuchotant, et veillant sur leurs aspidistras en pots et leurs fuchsias rutilants, amoureusement préparés pour être portés au cimetière. Car ces femmes sont en deuil pour la plupart.

La guerre bien sûr, mais elle n'était pas seule en cause. A cette époque, la tuberculose sévissait chez nous à l'état endémique. Elle choisissait de préférence des filles splendides, la chair ferme jaspée comme du marbre rose, auxquelles sa fièvre latente procurait des couleurs irréelles de porcelaine de Saxe. Leur mort qui s'annonçait par leurs joues trop vermeilles en paraissait plus pimpante.

La phtisie les soufflait comme vent sur les cierges, à la simple occasion d'un rhume printanier. Elle les éteignait. Elles étaient là, intactes : elles n'y étaient plus. Leurs mères se fondaient en statue de sel.

La Jeannette Sarrasin, plus proche voisine de la naine, en avait perdu deux ainsi, pour sa bonne part, en l'affaire de quatre ans : Violette et Antoinette.

Depuis, chaque après-midi, cette mère crucifiée traînait sa chaise au bas du perron où elle s'embusquait. Elle demeurait là, inerte, inactive, les mains ouvertes, vides, posées sur le tablier noir, le visage longiligne ennobli par deux grands plis d'amertume qui ne s'effaçaient plus. Le sourire chez elle n'exprimait que la dérision. La parole sifflait par saccades et accompagnait rudement des réflexions anodines. Elle ne s'habitua jamais à voir d'autres enfants vivants et joyeux.

A fortiori ne s'habitua-t-elle jamais à voir la naine, ce détritus du destin, se chauffer au bon soleil en se réjouissant inconsciemment de la vie.

Non loin de là, dans un renfoncement de l'ombre, la vieille Tisserin rafraîchissait ses géraniums à l'aide d'un coquet arrosoir bleu de nuit que constellaient des étoiles d'or. Elle pinçait encore sa taille de guêpe dans de la moire ancienne et parmi ses cheveux jaunes brillaient quelques filaments du diadème d'or qu'ils avaient été autrefois.

— Oui, je sais, disait-elle, mes cheveux ont la couleur du vieux journal roussi !

Elle les rehaussait courageusement par une fanchon immaculée en dentelle d'Arles.

C'était une ancienne belle qui n'avait pas cessé de se rengorger. Il ne restait plus de ce rengorgement qu'un tic mécanique qui ne reposait plus sur rien. De même qu'il ne restait plus du balancement de ses hanches qu'un mouvement machinal et dépourvu d'objet.

C'était la veuve d'un magistrat, mot que les voisines prononçaient tout en majuscules. Mais la Sarrasin disait en ricanant qu'il s'agissait tout au plus d'un greffier voire même d'un simple huissier. En tout cas, elle l'avait connu, ce mari, étant enfant. Elle ne l'avait jamais vu, disait-elle, que la tête couturée de sparadrap, quand ce n'était pas affublé d'un gros pansement appliqué sur une escalope de veau pour dégonfler un œil quelque peu tuméfié.

— Magistrat ! pouffait-elle.

N'importe : cette madame Tisserin elle aussi était

en deuil depuis quinze ans. C'était d'un fils mort du mal de Pott et qu'elle avait aimé bien au-delà des limites de la décence. La vue de la naine vivante l'indisposait. Elle n'admettait pas que son petit, beau comme le jour, fût mort et que ce débris perdurât.

Non loin de là, derrière tout un étalage de beaux fruits vermeils, était embusquée, masquée par sa balance, l'Agassonne, l'épicière. On employait peu son nom de Brisard. À cause d'une pomme d'Adam trop proéminente qui faisait songer à ce volatile intelligent, son grand-père avait légué à toute sa descendance ce vocable dialectal de la pie : *agasse.* Sa pomme d'Adam disgracieuse avait disparu chez les héritiers mais pas le mot. Le fils avait été l'Agasson, la petite-fille était l'Agassonne. Il n'y avait pas à y revenir. Ces surnoms étaient la fierté des gens du terroir. Pour gênants que fussent certains, ils prouvaient à n'en pas douter qu'on avait des ancêtres.

Cette Agassonne avait encore la sienne de fille, Gentiane, mais pour peu de temps sans doute. Déjà cette plante superbe : pommettes hardies, poitrine haute, muscles roulants sous la jupe serrée, devait forcer le matin sur la poudre de riz pour atténuer le cerne de ses orbites.

Quand passait la naine devant l'épicerie en criant un bonjour aigu, l'Agassonne soupirait. Pourquoi ce déchet se portait-il si bien, alors que les fleurs les plus rares étaient promises à la mort bien avant de se faner ?

La minuscule Omphale Roubaud, elle, ne craignait pour aucune fille. Elle avait laissé tomber d'elle quatre fœtus mal achevés. La rumeur publique en accusait un mari trop âgé.

Il n'empêche que cette Omphale hochait la tête au passage de cette naine qu'on eût dite éternelle tant elle avait peu changé depuis l'enfance où, déjà, elle faisait vieux. Pourquoi celle-ci était-elle née à terme, alors que ses promesses à elle, Omphale, s'en étaient allées au ruisseau ? Ce mystère de la nature rétrécissait encore, sous l'emprise de la réflexion, ses lèvres serrées comme un cordon de bourse.

Entre l'Agassonne et la rue Kléber, en un coin en retrait, une terrasse, ceinte d'une rampe de fer, abritait la retraite d'une cantatrice.

Oui. Cette madame Figuière, l'une des rares auxquelles ses voisines donnaient du « madame », afin de bien souligner l'infinie distance qui les séparait d'elle, cette madame Figuière avait été cantatrice, disait-on.

Chez nous, lorsqu'on veut exprimer le passé douteux ou simplement inconnu d'une femme dont on n'a pu suivre la vie limpide depuis la naissance, on dit qu'elle a été cantatrice.

Ainsi, notre imagination peut-elle prendre essor sous ces plafonds à rinceaux où jouent du hautbois des anges équivoques. Nous ne verrons jamais ces plafonds. Jamais nous ne serons assis parmi ces parterres où les femmes d'un monde qui nous est fabuleux offrent leurs seins sur le plateau du décolleté. Seulement, au seul mot de « cantatrice », les rampes s'allument au contact de nos désirs exaspérés par l'attente vaine, aussi le prononçons-nous souvent.

La Figuière n'avait perdu aucun enfant. Elle faisait, devant tous, une moue dégoûtée et n'aurait jamais pardonné à son ventre d'en avoir produit un seul. Elle, c'était simplement de sa jeunesse envolée qu'elle était en deuil et des lits dévastés qu'elle avait tant aimés.

Elle avait enfermé une fois pour toutes ses boursouflures dans un vaste corset qui lui descendait jusqu'à mi-cuisses. Engainée dans ce cylindre rose de tulle baleiné, elle ne pouvait guère marcher qu'avec précaution et sur la pointe de ses escarpins menus. Aussi ne se déplaçait-elle que de la cuisine au salon où elle jouait du piano, afin de justifier son passé.

Mais, durant les beaux jours, la terrasse avait sa préférence. C'était un lieu clos, bordé d'une haie de seringas qui embaumaient au printemps jusqu'au milieu de la place. Le Figuière, un homme bougon qui devait avoir ses raisons pour l'être, les taillait amoureusement, selon les indications de la cantatrice, c'est-à-dire ponctués de créneaux d'où l'on pouvait voir sans être vu.

Elle se tenait ordinairement là, devant une table garnie d'ouvrages délaissés, précautionneusement installée sur un siège que nous appelions chaise longue mais qu'elle nommait *transat*. (Et je croyais alors qu'elle avait rapporté ce siège de quelque traversée vers l'Amérique.) De ce poste, à travers les créneaux des seringas, elle observait, elle supputait, elle jugeait.

Il faut être juste : des façades qui couronnaient le quadrilatère de cette place, toutes n'abritaient pas des désespérés ou des passionnés. Beaucoup faisaient tranquillement leur beurre, par le commerce, l'artisanat ou quelqu'une de ces professions libérales, généralement exercées par des personnes qui le sont très peu. Celles-ci n'avaient pas le temps de s'occuper des voisins.

Il existait notamment, entre la rue Torte et la maison de la naine, un renfoncement discret où se dressait l'un des rares édifices qui, chez nous, méritent le nom de demeure. La nuit, par les hautes fenêtres à mystères, on voyait briller les lustres sur les tentures des salons. C'était l'antre d'un avocat. Tous les samedis, la sourde, la femme de ménage des notables, astiquait en conscience la plaque qui flanquait l'entrée.

Là aussi, une terrasse s'abritait derrière une haie de fusains et de seringas, mais c'était seulement pour protéger les jeux d'une fillette blonde qui ne se mêlait pas aux autres enfants de la place. Sa mère non plus ne faisait pas partie, n'avait jamais fait partie, de notre monde où l'on se tient assis, des après-midi durant, devant les portes où prendre le frais ou le soleil, en se passionnant pour l'existence d'autrui. On l'appelait l'*avocate* pour plus de commodité, bien que ce fût son mari qui exerçât cette profession.

Se passionner, par amour ou par haine, pour un autre être que soi-même, exige une tenace imagination, toujours en éveil, toujours aux aguets. Or, les jours de cette avocate étaient si remplis de petits riens que le prodigieux spectacle de nos passions souterraines ne parvenait pas à capter son attention. La catharsis n'opérait pas sur elle. Nous jouions notre vie pour l'amour de Dieu.

Pourtant lorsqu'il lui arrivait, en son absence profonde, de se trouver face à face avec la naine, elle dansait cette brusque dérobade du cheval qui voit son ombre. Comme si cette anomalie de la nature était contagieuse ou comme si, s'imprimant dans la mémoire, elle avait pu se transmettre à quelque autre enfant que l'avocate eût pu porter.

En vérité et à son insu, dans cet écart que rien ne justifiait, c'était ce qui en elle connaissait l'avenir qui se cabrait.

L'incidence inexorable de cette naine insignifiante sur le destin de cette distante avocate, une partie secrète de cette femme la connaissait, qui se révulsait contre le funeste pressentiment.

Tout en l'ignorant, elle avait plus de raisons de déplorer l'existence de cette naine que toutes les désespérées de noir vêtues qui hantaient terrasses et perrons.

Ce côté de la place recevait le couchant d'hiver et d'été pour tout un lacis de ruelles où l'ombre était éternelle.

Aussi, d'autres femmes parfois venaient s'aligner, apportaient leurs chaises, leurs travaux, accouraient vers la lumière depuis les turnes sombres où elles végétaient dans ces impasses que le soleil ne visitait jamais.

L'Uiaoudo (la rapide comme l'éclair) et la Truio de Pagamau (la truie de la Malpayante) trottinaient de l'une à l'autre, croisaient d'un seuil à l'autre, filant le destin et l'annonçant parfois, en déposant dans les cuisines *Le Pèlerin* ou *La Croix*.

A cause de l'exposition particulière des maisons, on appelait tout ce menu peuple les dames du Nord.

Lorsque la naine quittant la pénombre de la boutique s'engageait sous les érables, c'étaient les gradins d'une arène sauvage qui la guettaient. Mesurer quatre-vingt-huit centimètres de haut, en dépit de l'habitude qu'on en avait, et de surcroît traîner dans son histoire tant de morts par accident, cela n'était indifférent à personne. Ça alarmait. On faisait en sorte de la cacher aux femmes enceintes, aux mariées de fraîche date. On interdisait aux écoliers de croire que parce qu'elle était de leur taille et qu'elle portait un tablier et un nœud dans ses cheveux, elle était semblable à eux. On n'y avait pas grand mal d'ailleurs. Sa grosse tête effrayait les enfants.

Elle apparaissait, les mains enfoncées dans les poches de son sarrau. Elle commençait d'interminables tours de place, toujours dans le même sens, toujours à la même vitesse. Elle en faisait vingt, trente, jusqu'à la nuit close. On ne voyait que ses vastes pieds tricotant sans relâche sur l'asphalte. Parfois elle bourdonnait, parfois elle chantait même, de sa voix suraiguë, *Les Papillons de nuit*.

Cette place s'achevait par un rempart semi-circulaire qui offrait sur un fond d'azur notre colline mystique. C'était, au sommet d'une lande pour amandiers, un ermitage flanqué d'un panache de cyprès noirs. L'harmonie chargée de résignation qui se dégageait de cet ensemble tenait à la douceur des lignes de cette longue pente agréable au pied que nous appelions *la badassière* et où chacun d'entre nous, certain jour, était allé promener ses chagrins.

Cette badassière baignait dans l'amertume. Tout y était amer : la saladelle champêtre que les vieilles appelaient champanelle, le thym, une espèce de camomille sauvage à laquelle on connaissait cette vertu : les promis la faisaient boire très corsée aux promises afin que l'affreuse grimace qu'elle leur tirait, les renseignât sur ce qui resterait de leur beauté quarante ans plus tard. Les amandes mêmes étaient immangeables. Les enfants renonçaient à les écaler tant elles fleuraient l'acide prussique. Mais de cette amertume décourageante gagnée au fil des souffrances que des générations innombrables étaient venues y transcender, naissait peut-être cette lumière où baignaient les batailles de nuages qui se disputaient l'occident.

Quand la dysphorie nous envahissait, il n'était pas un seul d'entre nous qui ne vînt se pencher, le soir, sur ce rempart pour y respirer l'arôme de la colline. Alors, pour chacun, un couchant différent fleurissait, un couchant particulier dont celui à qui il était dédié pouvait se prévaloir en secret.

La naine n'en approcha jamais qu'une seule fois pour s'y accouder, tant elle se savait le centre des conversations passionnées qu'entretenaient toutes ces femmes en deuil. Mais le jour où elle s'y résigna pourtant sonna le glas de notre vie sans histoire.

Longtemps, elle se contenta de ces tours à vive allure sous le quadrilatère des érables, sans qu'aucune contemplation — jusqu'au jour où elle m'aima — n'interrompît ou ne troublât sa promenade.

Elle y croisait, elle y dépassait, tout ce que la ville comptait qui pouvait marcher la tête haute ou en imposer aux dames du Nord ou les ignorer royalement.

D'étranges couples déambulaient l'été sous les frondaisons des érables ou l'hiver sous leurs batailles de branches nues, dressées mortes vers le ciel.

Oh ! ce n'était jamais des couples d'amoureux : ceux-ci n'éclosaient que la nuit sur notre place, dans l'ombre ocellée par quelques ampoules électriques sous des abat-jour verts. Ils n'éclosaient que lorsque les dames du Nord — lesquelles avaient un bon sommeil malgré leurs malheurs — reposaient sur leurs douillets matelas de laine, refaits, chaque année, par ma grand-mère.

Ils venaient s'asseoir, puis se coucher (car ils étaient fort rustiques), sur des sarcophages de calcaire, vides sauf d'un peu de poussière et de quelques feuilles qui s'y glissaient sous les couvercles mal joints, à la faveur du vent. Ces sarcophages ornaient le tour de notre place, sous la rangée extérieure des arbres. Ils occupaient un espace sur deux entre les érables. Quelques-uns étaient immenses, d'autres étaient tout petits, ayant abrité des corps d'enfants. Quelques amants, parfois, y faisaient jusqu'à l'amour sur leur couvercle.

La fille en avait pour trois jours alors à porter imprimée sur sa peau rose l'empreinte des coquillages qui s'étaient soudés voici plusieurs millions d'années.

Parfois, à cause de ces empreintes tatouées, des drames éclataient dans les bas quartiers. Mais de ceux-ci les dames du Nord ne tenaient pas le compte. Elles se les mentionnaient simplement au passage et ne daignaient pas les commenter. Il leur fallait se conter de plus belles histoires pour entretenir leur nostalgie. Les affaires banales les laissaient de marbre.

En revanche, les couples du grand jour les excitaient beaucoup. Et ceux-ci avaient tant à se dire que c'était plaisir de les voir ronronner parfois jusqu'à ce que s'allument les chiches éclairages que déplorait le conseil municipal tout entier et que notre maire maintenait dans leur parcimonie par sa seule volonté.

C'étaient des notables pour la plupart, ces couples conciliabulaires. Nos notables qui, ayant gardé à travers les civilisations l'habitude de l'agora, venaient ici vider leurs différends.

Parfois, c'étaient deux concurrents en pièces de drap, en litige pour quelque ristourne de fabrique et qui tournaient longtemps pour tâcher de trouver un accommodement. Parfois aussi c'étaient un créancier et son débiteur qui fixaient, d'un accord mal commun, de difficiles échéances.

Mais, le plus souvent, des gens de plus de poids encombraient posément de leur masse le dessous de nos arbres.

Quand l'avocat, par exemple, en avait assez, dans le secret capitonné du cabinet, de se heurter à l'incompréhension calculée d'une pratique, il la traînait ici, sur les allées, pour tenter de noyer le poisson et s'en défaire en douceur.

Quand il estimait en avoir assez fait pour ses honoraires, il plantait là sa pratique avec un large coup de chapeau et une molle poignée de main où il savait mettre toute l'infinie distance qui sépare un docteur en droit d'un croquant têtu. Cet exploit était plus facile à accomplir ici que parmi les dossiers verts du cabinet.

C'était aussi le terrain de rencontre, notre place, des curés de nos deux paroisses. Ils arrivaient chacun par une rue adjacente, se tendaient les bras du plus loin qu'ils s'apercevaient, se précipitaient l'un au-devant de l'autre comme s'ils ne s'étaient plus vus depuis des années. Ils avaient été au séminaire ensemble, aussi se donnaient-ils, sitôt réunis, le baiser de paix doublé d'une accolade fraternelle.

Au demeurant, l'un et l'autre desservant intriguait à l'évêché pour la suppression de la paroisse adverse. Il n'y avait, en effet, ni pain ni âmes pour deux dans cette chiche communauté.

Aussi, les dames du Nord supposaient-elles que de suaves sous-entendus devaient émailler les conversations, parfois interminables, de ces ecclésiastiques doucereux. Hélas ! Non seulement ils parlaient à voix contenue, mais encore le peu qui était audible de leur conciliabule, ils le prononçaient en latin.

Ils se taisaient néanmoins lorsqu'ils croisaient la naine ou qu'elle les dépassait, tant elle était véloce. Ils répondaient bien sûr à son bonjour aigu mais ils lui cédaient largement le passage et serraient l'une contre l'autre leurs soutanes que, par politique, ils portaient élimées. Ils agissaient ainsi instinctivement, comme s'ils devinaient de sombres connivences entre cet être insignifiant et les forces du mal qu'ils sentaient rôder autour d'eux, en leurs divers aspects. Elles vibraient sous ces ombrages, enfermées dans ces promeneurs madrés qui échangeaient leurs vilenies enfantines en de douteuses transactions, comme dans l'orgueil des notables qui se pavanaient pour faire peur aux simples, comme dans ces femmes mères de la douleur mais cependant beaucoup trop facilement distraites de leur propre malheur par ceux qu'elles soulignaient chez autrui d'une alerte parole.

Ils ne manquaient pourtant jamais de saluer à leur premier passage, d'une barrette très longtemps soulevée, ces dames du Nord qui leur rendaient un murmure de respect mitigé de crainte.

Ils saluaient de même notre maire parfois, lequel

ne dédaignait pas de venir se soigner ici de toutes les perfidies dont son conseil l'abreuvait.

C'était un être solitaire, au parler rare, qui retenait tant qu'il pouvait le moment où sa ville deviendrait moderne, qui cultivait la nostalgie des fontaines et des maisons qui racontent une histoire.

Il habitait pour sa part une demeure biscornue, tout entière construite sur les voûtes d'une chapelle à moitié enterrée et qui avait la propriété de protéger le fer de la rouille. Aussi notre maire, qui en vendait, en avait-il entreposé là des centaines de tonnes qui dormaient dans la pénombre des vitres ogivales, lesquelles avaient remplacé les vitraux. Il en conservait par-devers lui une odeur de sulfate qui ne le quittait jamais. Il vivait là-dessus, avec un frère et une sœur pareillement célibataires.

Cette sœur était la dernière porteuse d'ombrelle de la ville. Elle arborait aussi lorgnon de myope, ce qui la dispensait pour jamais de se heurter aux contours aigus de la réalité.

La Sarrasin, la Figuière et l'Agassonne, sans jamais s'être consultées, lui avaient fabriqué une superbe histoire d'inceste avec son frère, notre maire. Elles savaient même comment et quand tout avait commencé et se le certifiaient l'une à l'autre avec obstination.

Parfois, lorsqu'il promenait sa raideur, toujours vêtu de gris fer, autour du quadrilatère de notre place, cette sœur venait le rejoindre. Commençait alors, de sa part à elle, un monologue véhément, où prenait place le jeu de l'ombrelle soulignant les fortes périodes, tout cela comme si, le soir, ils ne devaient pas se retrouver, comme s'ils ne vivaient pas ensemble et comme si cette place lui était indispensable pour étaler ses idées à grand renfort d'ombrelle. Etant très grand et elle toute petite, il se penchait de côté vers elle pour lui prêter une oreille qu'il avait récalcitrante.

C'était sans doute ce monologue énervant parce que sans objet et cette seule inclinaison du buste qui avaient nourri la malice inventive de nos Erinyes en deuil, car il n'existait pas, déambulant sur notre place, de couple plus convenable que notre maire et sa sœur.

Du reste, ce magistrat fréquentait pour l'hygiène une charcutière rebondie qui suffisait à ses vieilles ardeurs. Mais celle-ci, nos Erinyes la passaient sous silence, les choses banales n'offrant qu'un fort plat intérêt.

Cependant, il errait aussi dans ces parages des couples dont la mort avait rongé la moitié et dont il ne restait plus qu'une épave à la dérive.

A la nuit tombante ainsi sortait de sa luxueuse boutique monsieur Lanthelme, l'antiquaire. Il remontait la rue du Terreau, il se glissait sous les arbres comme sous une couverture, il se mettait à arpenter l'asphalte d'un pas long et dégagé de chasseur toujours chaussé de bottes souples.

Cet homme s'était fait la tête d'œuf d'un poète italien à monocle dont le crâne était aussi imberbe que le sien.

Lui aussi s'était entiché d'une cantatrice laquelle jusqu'à sa mort, survenue assez tôt, avait entretenu sa flamme. C'était sur cette place que voici quarante ans il l'avait rencontrée, flanquée d'une duègne qu'elle disait sa gouvernante mais qui n'était qu'une insignifiante cousine. Jusque-là, il n'était que mollesse avec ses bonnes fortunes.

Maintenant, il n'avait plus à ses côtés qu'un épagneul blanc taché de noir qui lui servait de prétexte pour venir, à la nuit tombante, déambuler sous les érables ; fumant les cigarettes qu'elle avait aimées, dans l'espérance fragile de les faire humer, s'il était encore possible, à son ombre.

Aussi était-ce plus souvent qu'à son tour que cet homme pondéré venait s'accouder au parapet pour contempler le soir sur Toutes-Aures qu'ensanglantait le ciel.

Nous pouvions également nous enorgueillir d'un noble, en notre paysanne simplicité. Un noble rustique, possesseur de terres dans le Graisivaudan ou aux confins de la Savoie. Il avait un nom de ces coins-là d'ailleurs : il s'appelait M. de La Grave.

Il venait vers nous depuis sa maison carrée trop grande pour lui seul quand les échos des corridors et de la cage de l'escalier haute de trois étages et large à proportion ne suffisaient plus à contenir sa nostalgie.

C'était un bel homme, pourvu d'une moustache soigneusement lissée et sans aucune trace au voisinage des lèvres, ce qui prouvait qu'il savait manger avec distinction et fumer de même car il fumait. Il embaumait les cigares qu'il commandait à ses initiales.

Quel que fût le temps, il était toujours chapeauté à merveille de quelque feutre à plume de faisan et il abritait ses vestes de chasse à boutons historiés sous une courte pèlerine de bure qui paraissait toujours neuve bien qu'elle eût plus de trente ans.

Ses ancêtres avaient été seigneurs de La Grave, en Dauphiné, où ils péageaient à merci les rares passants qui se risquaient par ces défilés. A force de contempler les facettes du Pendu, le glacier qui faisait face à leurs échauguettes, ils avaient légué à leur postérité cette couleur des yeux qui couchait à leurs pieds toutes les romantiques.

Lorsqu'il apparaissait, venant de la place de l'Hôtel-de-Ville par la rue du Terreau, les dames du Nord penchées l'une vers l'autre se chuchotaient entre elles, comme s'il s'agissait de la dernière nouvelle, ce qu'elles savaient depuis longtemps.

— Il a aimé une marquise...

On l'avait vue une fois sur cette place, cette marquise, sous ces ombrages, voici longtemps, timide, voulant s'effacer sous les frondaisons, retirant son visage à l'abri de la capeline.

— Et, disait la Jeannette Sarrasin, dans le fond, n'ayant pas plus l'air d'une marquise que vous et moi...

L'histoire d'ailleurs ne valait que par sa fin, pour le reste, elle était insipide.

Mais la fin... Ah ! la fin ! Quel dommage qu'elle ne se fût pas déroulée ici, au vu et au su de tout le monde, sur cette place si bien faite pour y camper le spectre de quelque château.

— Et alors... Tout beau jour..., disait-on.

— Oh ! cette marquise devait avoir alors près de soixante ans. Son mari et elle ne communiquaient plus depuis longtemps que par billets qui fusaient entre eux, dans cette bastide du côté d'Apt, où un corridor long de vingt mètres séparait la bibliothèque du marquis du boudoir de la marquise.

» Un jour, le valet étant mort, le marquis lui-même dut porter le billet. Il trouva sa femme endormie à côté d'une missive inachevée qui ne lui était pas destinée et qui disait :

Mon ami, pourquoi prendre toujours ombrage de ma longue cohabitation avec un homme qui après tout n'est que mon mari ?

» Le marquis n'avait pas lu plus avant. Il avait ramassé sans bruit le calame lequel, de guerre lasse, était tombé des mains de la marquise. Sans la réveiller, il l'avait enfermée à double tour et il avait mis le feu à la bastide.

» On découvrit parmi les décombres un résidu chatoyant de cendres humaines et très peu d'os. Un camée qu'elle portait ordinairement en sautoir permit d'identifier la marquise. Il contenait, lui aussi, une pincée de cendres : tout ce qu'il restait d'une mèche de cheveux blonds prélevée sur ce vieillard tout blanc qui se promène maintenant, là-bas, sous les arbres.

Cette histoire tant patinée par le temps que, désormais, son horreur même en paraissait charmante, les dames du Nord se la contaient au plus juste et avec des détails infinis peut-être trois fois l'an et chaque fois, selon le mot d'ici, elles parvenaient à se rendre *gonfles*, c'est-à-dire qu'elles réprimaient une forte envie de pleurer.

— Quand une femme est morte pour vous de cette tragique façon, disait l'Uiaoudo, on ne peut plus dormir la conscience tranquille.

Voilà donc ce que ce monsieur de La Grave portait dans son passé lors de ses tours interminables devant Toutes-Aures. C'était cet incendie qui crépitait dans sa mémoire quand il allait s'accouder au rempart devant la chapelle empanachée de nuages sanglants qu'un mistral haut levé ébouriffait en flammes immobiles.

Et venait s'affaler à côté de lui le long Fidelin qui

courait sur ses nonante-trois ans, toujours de noir vêtu, les fanons écroulés tombant sur un col dur depuis cinquante ans porté, arborant un triste nez en bec de corbin. L'adage populaire : « gros nez gros bijou », toute la ville le lui appliquait.

Sa tristesse et son air pensif lui venaient de toute une traîne de femmes mortes qu'il revoyait parmi les vivantes, riantes, les lèvres rouges et passionnément attentives.

Pourtant, il ne s'était pas délivré de toutes. La très vieille Tisserin, l'une de nos dames du Nord, avait été sa dernière conquête. Cinq ans durant, les granges de leurs fermes respectives avaient retenti de leurs ululements de joie car ils n'osèrent ni ne purent jamais faire l'amour dans une chambre à cause des familles.

Elle ne comprit jamais non plus que, vers les soixante-quinze ans de son âge, il cessât brusquement de pouvoir l'honorer. Elle ne comprit jamais qu'il fût devenu caduc.

Dès qu'elle le voyait apparaître sur les allées, les bras haut croisés derrière le dos et l'air mi-figue, mi-raisin, elle plantait là son arrosoir bleu de nuit constellé d'étoiles. Elle enjambait le parterre minuscule qui la séparait de la rue qu'elle traversait. Elle escaladait résolument, en soulevant ses jupes, les deux marches par quoi la place était surélevée. Elle entreprenait, elle aussi, de faire trois ou quatre tours de Terreau, mais en sens inverse de la marche de Fidelin, de manière à le croiser à plusieurs reprises. Arrivée devant lui, elle feignait de l'apercevoir pour la première fois et faisait alors un grand écart qu'elle chargeait de tout le dégoût possible. En même temps, elle le foudroyait du regard. Mais lui, l'œil fuyant, s'arrangeait pour éviter cette rencontre et passait son chemin, filant doux.

C'était d'ailleurs à la suite de ces algarades muettes qu'il allait s'accouder tout flageolant au rempart qui offrait son appui aux misères du monde.

La Tisserin, de son côté, satisfaite de lui avoir rivé son clou revenait alors vers ses chères plantes et reprenait en main son arrosoir bleu de nuit.

Cette funèbre danse nuptiale à rebours passionnait fort les Erinyes noires qui en riaient sous cape.

Voilà les vivants et les ombres que la naine trouvait sur son passage lorsqu'elle surgissait de son capharnaüm.

Le vent tournait avec eux. Un vent qui ne s'arrêtait jamais, qui soufflait haut et silencieux sur les houppiers des érables ou dont le tumulte au ras du sol balayait les feuilles mortes. Et ce tumulte était le truchement de tous ces solitaires muets qui erraient sous les arbres, avides peut-être de faire connaître à tous leur histoire.

La naine tricotait à larges pieds, à travers cette foule de vivants et de fantômes jetant de fois à autre à quelque connaissance son aigre bonjour.

Elle humait avec délices, chez ces épaves, le parfum de l'enfer. Elle croisait, elle baignait dans ces parages de l'amour et des passions. Toutes ces histoires, elle les connaissait, elle en était friande, mais elle ne pouvait pas y atteindre. Aussi aspirait-elle à quelque aventure tragique qui lui permettrait enfin de souffrir tout son saoul. C'est pour cette raison, sans doute, qu'elle m'aima.

Cette naine rendait bien quelques menus services.

Elle donnait un coup de main pour les corbeilles à linge dont les lavandières avaient plein les bras ou les corbeilles de *merveilles*, ces beignets de la Chandeleur ; ou pour les caisses à raisin qu'on vidait des charrettes aux cuves sur le pourtour de la place, toutes choses où il faut être deux porteurs.

On lui confiait aussi la garde du bébé dans son landau pendant que les mères couraient les magasins. Mais ça, c'était après lui avoir bien recommandé de ne pas se pencher sur le berceau, afin que le lardon, brusquement réveillé, ne mourût pas de saisissement.

Le plus souvent, l'été, elle portait l'eau. On lui tendait quelque alcarazas ou quelque cruche.

— Nène !

Elle s'appelait Madeleine, mais il avait paru commode à tous d'amalgamer ainsi son prénom et sa taille.

— Nène ! Sois la plus belle ! Va vite me chercher un péchier d'eau fraîche que le Mius va rentrer du travail ! Qu'il faut que je surveille ma soupe ! Et te trompe pas surtout ! Va bien à l'Aubette hé ? Pas à la Calade !

— Non non vaï ! n'ayez pas crainte ! Je risque pas de me tromper ! D'abord, la Calade, ça monte trop pour revenir !

Mais il y avait aussi commissions plus mystérieuses dont elle s'acquittait dans le secret.

Pendant qu'elle déambulait sous les ombrages, une femme battue passait en coup de vent, l'échine toujours courbe comme pour se garer des coups qui pleuvaient souvent. Elle lui chuchotait à l'oreille des paroles précipitées :

— Nène, va vite dire à ma mère qu'il est pas là,

qu'elle peut venir ! Que je lui donnerai un *tros* de jambon et une bouteille de semoustas ! Fais vite !

Une fille timide l'accompagnait longtemps avant de lui glisser quelques pièces dans la main avec ces paroles honteuses :

— Nène ! Va me chercher une canule chez le pharmacien... Mais, surtout, ne dis pas que c'est pour moi !

On la criait à voix basse de derrière une persienne croisée pour faire la pièce sombre contre les mouches :

— Nène ! Va dire au Crimaud qu'il peut m'apporter mon sac de charbon de bois mais que, après six heures, ce sera plus la peine.

Parfois aussi, venant de très loin, c'était un homme anxieux qui mettait longtemps à oser l'aborder.

— Nène, regarde un peu voir, droite gauche, si par hasard y a pas chez la Berthe quelque tapis à battre sur la rampe de son galetas...

La fille de l'Agassonne, Gentiane, qui se mourait de consomption, lui faisait signe, passant la main à travers le rideau de perles de l'épicerie.

— Vite, Nène ! Pendant que ma mère fait sa sieste ! Prends cette lettre et porte-la au courrier !

Elle avait connu un garçon au sana, à Menton, où elle allait quand on espérait encore arrêter le mal. Ils ne s'étaient jamais touchés. Ils s'écrivaient seulement. Le facteur était au courant. Si Gentiane ne pouvait pas bondir au-devant de lui à l'insu de sa mère, il gardait la lettre, lui faisait un signe et elle lui courait après lorsqu'il était passé.

Peu à peu, en ces missives, les descriptions d'un érotisme fiévreux qui rend voluptueuse cette étrange maladie, s'étaient substituées aux tendresses platoniques.

La naine, toute dolente de convoitise devant ces mots ignorés mais qu'elle pressentait, admirait avec respect cette fille superbe, qui faisait tous les jours dimanche, tant elle était parée, parfumée, les lèvres rouges, les paupières bleues, les seins opulents penchés au-dessus du comptoir. La mort qu'elle portait en elle ajoutait encore aux plaisirs aigus dont son corps paraissait, aux regards de la naine, l'inépuisable réceptacle.

Elle l'observait sans trembler se mouiller les doigts de salive et barbouiller l'encollage de l'enveloppe avant d'embrasser goulûment le F.P.M.B. (fermé par mille baisers) qu'elle venait de tracer en croix.

Gentiane lui tendait le tout encore humide, accompagné des cinq sous pour le timbre.

La naine retenait son souffle, élevait devant elle la lettre nocive qu'une poitrinaire venait de tant tripoter. Elle la portait à la poste vite vite, la tenant haut levée entre deux doigts en forme de pincettes comme elle l'eût fait d'une allumette enflammée. L'affranchir était toute une histoire. Il ne fallait pas, pour un empire, que sa propre salive entre en contact, même indirect avec celle de la malade. Aussi, sous quelque prétexte demandait-elle à la préposée elle-même de lui coller la vignette. On n'avait pas popularisé encore les bienfaits de la *mouillette* et la naine regardait sans ciller la jeune postière barbouiller de sa salive le timbre et le coller soigneusement, en s'y reprenant à deux fois souvent, sur cette enveloppe qu'une tuberculeuse avait tant tripotée.

Mais quelquefois la naine en avait assez de ces déambulations et de ces services rendus, parfois, comme pour Gentiane, au péril de sa santé peut-être. Soudain, elle descendait les deux marches qui surélevaient la place, elle s'enfonçait dans la vieille ville. Les dames du Nord en interrompaient net leurs ouvrages et leurs conversations.

— Li vaï maï ! (Elle y va encore !) se disaient-elles sur un ton de panique.

Par les ruelles enchevêtrées, elle se glissait dans l'ombre perpétuelle de ces quartiers dont le soleil ne dorait que les toitures et qui respiraient parfois, dans les relents qui soufflaient hors des maisons, l'odeur des calens dont quelques-uns s'éclairaient encore. Les ânes et les chèvres la flairaient sous la porte des écuries. Des frémissements d'haleines effrayées l'accompagnaient, scandant sa marche insouciante.

Embusquée derrière ses caisses de morue et ses sacs de pois cassés, la mère Blanc, l'épicière, la voyait arriver chantant *Les Papillons de nuit* et disparaissait presque sur sa chaise, tant elle éprouvait de crainte.

— Li vaï maï ! (Elle y va encore !) murmurait-elle dans un souffle.

La naine tournait le coin de la rue Torte qu'elle suivait jusqu'à son confluent avec cette Grand'Rue qu'elle n'avait plus alors qu'à traverser pour s'engouffrer dans le couloir obscur au fond duquel gîtait Mme Sanson.

Madame Sanson : on aurait prolongé tous les *a* de ce madame en une immense prosternation de respect si l'on avait osé, tant elle faisait peur.

Elle habitait un rez-de-chaussée sombre donnant

sur cour, au fond d'un long corridor étroit dont elle ne fermait jamais la porte, pas plus d'ailleurs que celle de son appartement. Son nom seul lui tenait lieu de serrure.

Rien n'était plus anodin que son aspect physique. Souvent sur le champ de foire, dans la presse de la foule, on était soudain saisi de panique à la pensée qu'on venait de la bousculer par mégarde, ne l'ayant pas reconnue, tant elle prenait de soin à se rendre insignifiante, à se fondre parmi les falotes petites femmes qui hantent nos magasins et nos places, sans fesses ni tétons, sans visage, sans voix et sans âge, mais propres, décemment vêtues de paletots de laine aux couleurs éteintes, portant jabots de dentelle mécanique et souvent myopes derrière des lunettes de fer.

La Sanson, parmi ces êtres camouflée, passait toujours inaperçue. Elle était munie à l'égard de chacun d'un sourire sucré qui ne disait rien qui vaille à personne. On avait beau la connaître depuis toujours, une fois ou l'autre, on se laissait quand même piéger à lui marcher sur les pieds, à usurper sa place dans une boucherie, à lui fermer la porte au nez un jour d'hiver, sur quelque lieu public bien chauffé, à choisir juste avant elle, ou même un petit peu derrière elle, sur un éventaire fruitier, le plus beau des melons qu'elle convoitait depuis un quart d'heure. Et tant d'autres choses plus importantes, plus graves, car les occasions d'étaler notre goujaterie irrépressible ne nous ont jamais fait défaut. Et il était si facile de lui *manquer*. Elle était si chatouilleuse ! Quand elle disait de quelqu'un : « Celui-là il m'a manqué », on pouvait être certain que, elle, elle ne le manquerait pas... Alors, sachant qu'on lui avait manqué, on n'avait pas fini de craindre quelque funeste événement. On l'attendait dix ans parfois, l'échine courbe, mais on était certain qu'il adviendrait un jour.

Il n'était pas à notre portée, hélas, de la prier ou de la contraindre d'arborer quelque signe de reconnaissance car le danger qu'elle recelait n'était pas homologué par les pouvoirs publics, pas plus, il va sans dire, qu'il n'était reconnu des populations éclairées, et de moins en moins au contraire, à mesure que la lumière et la science l'emportaient sur la superstition et l'obscurantisme.

Les Marseillais, par exemple, riaient au nez de nos grand-mères lorsque celles-ci essayaient timidement de tempérer leur grossièreté naturelle à l'égard de cette femme redoutable. Ça les excitait beaucoup, cette croyance des *pacoulins* comme ils nous appelaient.

Aussi ne laissaient-ils pas d'inciter leur chien à compisser le seuil de Mme Sanson où leurs rejetons à lui balancer dans les fesses leur ballon de football.

Après, quand ils attrapaient des panaris qui mettaient trois mois à guérir ou que les joues de leurs enfants se couvraient de furoncles hideux, ils accusaient le mauvais air qui régnait chez nous et ils allaient porter ailleurs leurs vacances. Et nous, tout en ne déplorant pas trop leur défection, nous puisions dans leurs déboires la confirmation de nos craintes.

On citait aussi en exemple le cas de ce maçon, certain été, qui ravalait une façade au fond de cette cour obscure où prenaient jour les fenêtres de Mme Sanson. Il faisait trop de bruit et trop de poussière. Elle lui en fit la remarque sur un ton mesuré. Il lui répondit avec superbe et l'accent italien que *lui*, il travaillait.

On le suivit des yeux durant très longtemps qui déambulait sur deux béquilles, la jambe dans le plâtre. L'échafaudage d'où il était tombé resta longtemps à pourrir au fond de la cour. Le maçon italien accusa la malchance et sa propre imprudence. Nous l'écoutâmes avec politesse et sans faire aucun commentaire. Seulement, nous, nous savions.

Nous savions, parce que durant tant de générations, nos ancêtres et les siens avaient existé parallèlement et que *expérience passe science*. La certitude de sa maléfique nature nous venait de l'intérieur de nous-mêmes, par le truchement de la peur que ses aïeux avaient inspirée aux nôtres.

Cette madame Sanson était née la nuit du grand feu qui avait ravagé la ferme des Juste et menacé les granges pleines d'une récolte de cinquante hectares de blé.

On racontait que sa mère, le cordon ombilical encore pendant entre les jambes, s'était levée, était sortie, avait fait face aux flammes à une distance que nul ne pouvait soutenir et les avait étouffées d'une seule main ouverte et refermée devant elle d'une certaine manière. Pas assez vite, toutefois, pour qu'on réussisse à tirer de son lit le fils du propriétaire chez qui elle était gagée, lequel venait précisément de lui signifier son congé.

On dit longtemps que Mme Sanson ressemblait à ce fils, mais, quoi qu'il en soit, ce seul fait, attesté par douze pompiers et cinquante sauveteurs bénévoles, aurait suffi à inspirer le respect et la méfiance.

Son patronyme valait une enseigne à lui tout seul, aussi ne le prononçait-on jamais. Sanson suffisait bien, qui était celui d'un mari courageux, lequel s'était chargé d'elle mais n'avait pu faire, ainsi lesté, une bien longue traite. Il était mort dès les premiers jours de la guerre. On pensait qu'il n'avait été là que pour couvrir d'un vocable anodin celui de sa moitié.

Elle s'appelait Jeanne Crémat en réalité. Ce nom qui prenait racine dans les cendres des bûchers hérétiques flamboyait autour d'elle, chargé de toute notre terreur.

Aussi vivait-elle confortablement et dans l'oisiveté. Elle n'achetait pas grand-chose et cependant ne manquait de rien.

Les jours de marché et de foire c'était le défilé des offrandes. Les paysans pauvres — les autres ne croyaient plus depuis longtemps à ses maléfices — venaient déposer là le surplus de leur production. Et tantôt c'était un lapin enfermé dans une toilette d'osier et tantôt c'était une poule dans sa mue. Des tommes, des paniers de fruits, des litres d'huile d'olive, une bécasse déjà faisandée, des douzaines d'œufs comme s'il en pleuvait, quelques talons de jambonneau, mais aussi des bonbonnes de vin et des bouteilles d'eau-de-vie s'entassaient dans son corridor.

Toutefois, avant d'offrir ces sacrifices, les donateurs s'efforçaient malaisément, car elle jointait mal, de tirer sur eux la porte toujours béante de l'appartement, afin d'être au moins sous la protection du battant qui interdirait à Mme Sanson de mesurer ou de comparer leurs oblations sacrilèges.

Elle rendait les emballages qu'ils retrouvaient

vides dans le corridor le lendemain. Et c'était là un accord tacite qui prouvait que le sacrifice avait été bienveillamment accepté, car aucun merci ne lui passa jamais la bouche, de même qu'aucune parole de la part des donateurs ne fut jamais prononcée.

Notre race pourtant se targue de ne croire en rien, ce qui ne la dispense pas, à son avis, de se méfier de tout. Aussi arrivait-il parfois que par surcroît, dans ce corridor déjà tant honoré, fût déposé quelque bouquet de pâquerettes frais cueilli par les menottes d'une petite fille que guidait la prudence d'une grand-mère.

Lorsque quelque étranger s'étonnait de ces largesses, on répondait qu'il s'agissait là d'une pauvre veuve dans le besoin et dont on avait pitié. Mais il ne manquait pas dans notre ville d'autres veuves dans le besoin qui pouvaient toujours laisser béant leur corridor sans que rien y fût jamais déposé.

Sauf le « bonjour, madame » très allongé dont nul n'aurait osé se dispenser, à très haute voix et toutefois en détournant le regard pour ne pas rencontrer le sien, nul ne lui tenait jamais conversation. A l'exception, bien entendu, de ceux qui avaient d'elle le plus urgent besoin. Mais, chaussés de charentaises pour imposer le silence à leur marche et ne venant que par mauvais temps pour abriter leur incognito sous de savantes joutes de parapluie, ceux-là s'engouffraient en souplesse dans le corridor, à des heures indues, quand il n'y avait plus personne dans les rues et que les rideaux étaient tirés sur les devantures.

Ce n'était pas pour rien que les portes de Mme Sanson étaient toujours béantes, ainsi nul bruit ne révélait le passage de ses pratiques.

Elles venaient de tous les horizons sociaux. Elles lui demandaient la lune et, quelquefois, elles l'obtenaient. Elles payaient Dieu sait avec quoi, Dieu sait comment, rien n'en avait jamais transpiré sauf l'air réjoui du placier du Comptoir d'escompte lorsque Mme Sanson venait vers lui, munie de son cabas en toile cirée. Mais nous savons interpréter au plus juste les airs réjouis des comptables, même lorsque ceux-ci sont aussitôt réprimés.

Pourtant quoique souvent rendue nécessaire, comme celle des médecins, par l'extrême nécessité et en désespoir de cause, cette fréquentation n'était jamais dénuée de péril.

Car, nonobstant toutes les offrandes propitiatoires et les humbles soumissions, il arrivait parfois à Mme Sanson d'entrer en éruption comme un volcan mal éteint et alors elle-même ne pouvait plus contrôler son pouvoir. Oh ! c'était sans raison souvent : pour quelque humeur chagrine, due à des souvenirs mal éteints ; pour quelque manquement imaginaire dont elle soupçonnait toute la ville ou plus simplement et plus couramment pour quelqu'un de ces souhaits stupides qu'on avait le malheur de proférer dans ses parages.

Alors, les maléfices jaillissaient d'elle par bouquets, malgré qu'elle en eût, et finissaient toujours par nous éclabousser. Tantôt c'étaient des couvées ratées ; tantôt c'étaient des chèvres qui avortaient (et alors le propriétaire, pour ne pas trop perdre, buvait quand même le lait et il attrapait les fièvres de Malte) ; tantôt c'était un mari qui rentrait inopinément et trouvait dans le lit conjugal la mauvaise fortune ; tantôt c'était une reconnaissance de dette qu'on jetait au feu par distraction.

Nous n'avions jamais osé — du moins jusqu'à l'époque où se déroule cette histoire — aller plus loin dans l'évaluation des pouvoirs maléfiques de Mme Sanson, tant la superstition n'est pour l'esprit, ou du moins le croit-on, qu'un aimable divertissement. De quoi aurait vécu notre ennui si nous ne l'avions nourri par quelques prodiges ?

Ils prouvaient en tout cas, ces prodiges, que la fréquentation de Mme Sanson n'était jamais sans danger. Les malins qui par cruelle nécessité se trouvaient acculés à devenir ses pratiques, y employaient des hommes ou des femmes de paille parfaitement imperméables à cette sorte de poésie et qui se mettaient la main sur la bouche pour ne pas pouffer de rire quand ils allaient chez elle, tout caracolants d'incrédulité ce qui ne les empêchait pas de faire payer très cher leur intervention.

Les dames du Nord en citaient plusieurs qui n'avaient pas fait de vieux os. Bref. Nous tenions tous qu'il valait mieux se fier à la réputation de cette femme funeste plutôt que d'essayer d'en avoir le cœur net par expérience.

Cela explique la panique des dames du Nord et celle de la benoîte Mme Blanc l'épicière qui ne disait jamais du mal de personne sans raison apparente, lorsqu'elles virent la naine, la tête haute et tout en chantonnant *Les Papillons de nuit*, aller ouvertement en plein jour chez Mme Sanson.

Je crois que c'est ce qui leur mit la puce à l'oreille et leur permit enfin d'imaginer le pire.

Moi, j'avais quatorze ans : minables ! Bien que petit, je faisais long, tant j'étais maigre. Des cheveux blonds me tombaient pleureurs autour de la tête, partant d'une raie naturelle qui les partageait en deux et que je n'ordonnais jamais. Pour qui, d'ailleurs, me serais-je coiffé ? J'avais des yeux que trouvaient bleus ceux-là seuls qui m'aimaient et ils étaient fort rares. Mon visage était couvert de pustules d'acné, lesquelles crevaient au moindre rire qui me distendait la peau, et changeaient tous les jours de place. J'étais atteint d'une scoliose peu prononcée qui me faisait néanmoins une épaule plus haute que l'autre. Mes oreilles en paravent me procuraient le faciès d'un crétin des vallées du Queyras. J'avais les dents noires, qui n'avaient jamais vu la brosse. Je changeais de chaussettes tous les huit jours et, la plupart du temps, elles étaient trouées. C'était la croix et la bannière pour me faire laver le visage, les mains, tout le reste. Une paresse incoercible me décourageait de tenter tout effort.

Toute la famille me contemplait d'un air navré tant j'avais l'air peu sauvable. On m'avait porté à bras-le-corps depuis l'enfance espérant quelque changement à la puberté, mais les affres de celle-ci s'éternisaient sans aucun profit. J'avais exténué tout le monde : mon père, ma mère, ma sœur, mes grands-parents. On ne pouvait plus que me laisser aller à vau-l'eau. Cette abdication m'arrangeait bien : j'étais totalement libre.

Comme je n'étais pas assez fort pour devenir manœuvre maçon ni assez propre pour être bureaucrate quand, à douze ans, je quittai l'école suite à mon incapacité notoire, ma grand-mère me dénicha cette sinécure : apprenti typographe chez ses voisins, de l'autre côté de la place, où elle faisait les matelas.

— Au moins, dit-elle, il sera à l'abri de la pluie et il aura un métier.

L'autre côté de la place, c'était l'exposition au midi, c'était la face noble du quadrilatère. Seuls quatre immeubles l'occupaient : l'hôtel du Terreau, le cercle des travailleurs (avec une terrasse fleurie de cette énorme glycine qui nous enterrera tous), l'hôtel de M. de La Grave et, entre deux rues qui rejoignaient les quartiers nord de la ville, cette vaste maison aux trois paliers hauts de plafond dont le rez-de-chaussée était occupé par une imprimerie. Elle retentissait à longueur de journée du bruit funèbre de ses vieilles machines dont les mouvements compliqués et synchrones imitaient, faute de graissage, l'entrechoc d'une danse macabre.

— A une condition, dit la patronne à ma grand-mère, c'est que tous les matins, il arrive dix minutes avant les autres pour ouvrir la devanture, qu'il balaye tout le trottoir jusque chez Blaise, qu'il change les macules sous les machines tous les samedis et qu'il m'arrose mes plantes vertes tous les jours.

C'était tout ce qu'elle n'avait jamais pu obtenir d'aucun apprenti, ceux-ci ayant été assez avisés pour exiger d'apprendre le métier plutôt que de jardiner. Mais moi, j'étais si éperdu de reconnaissance, ce mot « typographe » était chargé de tant de mystérieuse noblesse que je tendis toute ma volonté pour la satisfaire.

Cette patronne, par ailleurs, était d'une fadeur irrémédiable. On ne pouvait pas rêver sur elle. Elle était sortie jolie de l'enfance, mais sa lésinerie native qui peu à peu l'imbibait comme un buvard, avait fini par exsuder à sa surface, infiltrant toute sa joliesse, la stigmatisant pour toujours de sa navrante banalité.

Elle n'aimait au monde que ses aspidistras et je n'obtenais d'elle quelque bienveillance que lorsque je l'avais bien aidée à les soigner. Elle en avait oublié le nom d'ailleurs, ce que peu lui chalait. Elle les appelait : mes plantes vertes, tout simplement.

L'ordinaire de sa pauvre vie était dominé par ce souci horticole : que ses plantes vertes soient les plus belles du quartier.

Elle surgissait dans l'atelier, tout affairée et remuant son informe derrière, toute suante aussi, d'un gousset fin à se faire reconnaître et suivre à dix pas à la ronde. Elle se précipitait sur moi, m'appréhendait par le bras :

— Vite vite, Jean ! Le cheval du Burle vient de crotter dans la montée du Terreau ! Prends le seau, la balayette et la pelle ! Il faut que nous arrivions avant les autres !

Et nous foncions, elle devant, pour maîtriser la concurrence, moi sur ses talons, tout tintinnabulant sous mes attributs de palefrenier.

Et fonçaient de même la vieille Tisserin et sa fanchon de dentelle ; la minuscule Omphale Roubaud ; l'amère Jeannette Sarrasin ; l'Agassonne qui avait juste eu le temps de laisser un client devant un morceau de roquefort qu'elle était en train de lui servir ; la traînante Uiaoudo trimbalant son ventre en forme de barrique et même la naine que sa sœur Marguerite dépêchait en toute hâte vers cette provende. Seule manquait la Figuière à laquelle son corset interdisait de descendre si bas.

Car la place du Terreau était un vaste concours d'aspidistras. Ils trônaient sur les seuils. On les portait enrubannés de faveurs jusqu'au bord du trottoir les jours de la Fête-Dieu, pour les reposoirs, et aussi les jours du défilé du corso pour la Saint-Pancrace.

Lorsqu'il pleuvait, on les traînait sous les gouttières bienfaisantes. Le dimanche, on les plaçait en exergue sur les balcons et les rebords des fenêtres afin de faire crever d'envie les jeunes voisines qui commençaient à peine leur collection.

Mais avant d'obtenir ce résultat que de soins ! Il fallait les fournir en purin consommé de longue date. On conservait le fumier dans les seaux, on le détrempait, on le laissait se décomposer durant des semaines et seulement alors on arrosait, peu mais souvent, avec ce magma. Malheureusement, les chevaux se faisaient rares. A part celui du laitier et du balayeur, il n'en restait plus guère en ville. Aussi ces dames étaient-elles à l'affût de la moindre provende et c'était une véritable course au trésor autour du plus petit crottin.

A ce jeu, moi et l'Andromaque (c'était le nom de ma patronne), nous étions les plus véloces. Elle plaçait le seau et sa ronde personne en arc de cercle interdisant déjà la moitié du champ de manœuvres aux concurrentes qui accouraient. Pendant ce temps, d'une balayette experte, j'enfournais déjà presque toute la défécation sur la pelle. Il ne restait plus que des miettes pour les dames du Nord. Elles s'en retournaient presque bredouilles et lourdes de rancœur :

— Il n'y en a que pour les riches ! disaient-elles.

C'était en général à ces moments-là, alors que je

patouillais dans le crottin, que passait, là-haut, à moins de dix mètres, l'avocate, comme si elle circulait dans le ciel. Elle ne jetait pas un regard sur notre tas grouillant tout occupé à ce travail de scatophage. Elle passait, et le sillage de son parfum dominait l'odeur rustique sur quoi mon nez était penché, me forçant à lever les yeux.

Elle avait également des plantes vertes, mais c'était sa bonne qui s'en occupait, aussi, d'après ma patronne, étaient-elles fort quelconques. D'après elle, aussi, elles trônaient au centre du vestibule, dans l'habitacle d'un berceau du Queyras sobrement astiqué, lequel autrefois, paraît-il, avait été le témoin d'un crime.

— Je te demande un peu ! Des plantes vertes dans un berceau ! disait ma patronne qui n'avait aucune imagination.

Moi, je rêvais d'égale façon sur cette avocate et sur ce berceau.

Nous revenions triomphants, sous le regard méprisant des ouvriers et du prote. Le seau restait trois jours à macérer, attirant les mouches et nous embaumant tous de son odeur changeante.

Les ouvriers me prenaient en grippe pour l'avoir rapporté. D'après eux, je devais le semer en route dans quelque caniveau. Ils me sommaient de le lever de là, d'aller le jeter aux latrines. Je refusais d'obéir. La peur qu'ils m'inspiraient n'atteignait pas celle, respectueuse, que j'éprouvais pour ma patronne. C'était elle, tous les samedis, qui m'allongeait les cinq francs de ma paye.

Ils se vengeaient comme ils pouvaient en m'apprenant le métier. En ce temps-là, apprendre un métier, ça consistait d'abord à surmonter les embûches et les rebuffades de tous ceux qui voulaient vous le faire prendre en horreur.

On tenait à ma disposition quantité de moyens pour parvenir à ces fins.

Le fastidieux quotidien consistait d'abord en cette tarte à la crème des imprimeries d'autrefois : le pâté. Le pâté en jargon de prote, c'est une forme qu'un maladroit a laissée choir et dont les divers caractères qui la composaient se sont mélangés. Il s'agit de les trier et de les distribuer dans leurs tiroirs respectifs qu'on appelle des *casses*.

A cette époque, toute imprimerie bien tenue en réservait toujours quelques dizaines de kilos en stock, afin de calmer l'ardeur des apprentis avides de devenir demi-ouvriers.

Le quotidien, c'était aussi les formes du journal local hebdomadaire que nous sortions tous les vendredis et qu'on lavait à la potasse, moins chère que l'essence. Au contact de cette potasse, les extrémités de mes doigts devenaient molles, blanches et friables. Autour de mes ongles noirs, des lambeaux de peau sanglants, que les ouvriers appelaient je ne sais pourquoi des *piérachons*, s'en allaient en lanières, se rebroussaient en direction de la dernière phalange, donnant la tentation de les arracher pour ne plus souffrir, la nuit, au lieu de dormir. Mais ils résistaient, la partie détachée seulement étant morte et tout le reste demeurant vivant.

Comme l'hiver la patronne nous chauffait en bourrant le poêle de boulettes de papier préalablement trempées dans l'eau, on travaillait, sous ces hauts plafonds, par quatre ou cinq degrés, de sorte que ces piérachons, de décembre à mars, se compliquaient d'engelures.

Je finissais par avoir, en guise de mains, des moignons griffus d'ongles noirs et rétractés à perpétuité, dans la perspective de la souffrance que j'allais éprouver de nouveau au contact de la potasse.

Ces mains, ainsi conditionnées, étaient bien utiles aussi pour nettoyer les caniveaux. C'étaient, sous le plancher de l'atelier, de profondes rainures mal protégées par des lattes de parquet disjointes. Notre imprimerie se targuait d'être moderne sur sa devanture. Son modernisme tenait sous ce plancher. Chaque presse était reliée à un unique moteur électrique, bruyant comme une locomotive et qui transmettait son énergie par un système compliqué d'arbres à came, d'embiellages et d'engrenages enfermés dans de rudimentaires boîtes à graisse.

Ce système appelait de fréquents nettoyages qu'on n'avait jamais pu obtenir des apprentis successifs. Mais moi, je n'imaginais même pas qu'on puisse dire non à une patronne, un contremaître et trois ouvriers. Je trempais donc mes mains fleuries de piérachons dans ce cambouis, cette graisse morte, cette poussière grasse, chargée de plomb. Ma peau en restait noire d'un samedi à l'autre où, enfin, on me forçait à me doucher.

On avait toujours respecté les apprentis assez forts pour dire non à tous ces travaux dégradants. On les avait rapidement remerciés mais tout en les respectant. Moi, on ne me remercia pas, mais on ne me respecta pas non plus. On avait rapidement pris la mesure de mon néant.

Le patron était un alcoolique qui ne supportait

pas l'alcool. Chaque matin, il surgissait vers neuf heures du bureau qui communiquait avec son appartement. Il traversait sur ses pantoufles à toute allure les quelque quinze mètres de long de l'atelier, accompagné de hoquets à rendre l'âme qui faisaient craindre à chaque coup qu'il n'atteignît pas son but. Il l'atteignait cependant. C'était un seau déposé là par l'Andromaque son épouse et dans lequel il venait vomir son trop-plein. Après quoi, il allait prendre son café, allumer sa première cigarette, puis il revenait vomir au seau et ainsi à trois reprises entre neuf et dix heures.

Quand tout était fini, je m'emparais philosophiquement de l'anse de la tinette et j'allais la vider dans les latrines qui déparaient notre place.

Pourtant le plus grave danger pour mon avenir, ce n'était pas dans ces tâches sordides qu'il résidait.

Les plus subtilement nocifs de nos travaux n'étaient pas les plus sales et ils paraissaient, au contraire, les plus glorieux. Nous imprimions les tableaux d'honneur de tous les collèges de la région. Moi qui n'avais jamais pu en obtenir un seul, il m'arriva, la première année, d'en apporter un à la maison, vierge de tout nom, pour le simple plaisir de le contempler tout mon saoul. Une fois par mois environ, nous avions une commande différente. Nous étions réputés pour la qualité de nos tableaux d'honneur.

On m'installait bien assis devant une table. Auparavant, on m'avait envoyé me laver soigneusement les mains à la poudre à récurer. On me les faisait montrer. Au besoin, on me renvoyait au lavabo à l'aide d'un agile coup de pied au train.

Ces jours-là, c'était le contremaître lui-même qui

margeait, c'est-à-dire qui passait à l'impression une à une les feuilles de chaque tableau d'honneur. Il les déposait sur la table et moi, muni d'une houppette de coiffeur, je tamponnais très délicatement l'encre fraîche de couleur jaune avec de l'or en poudre prélevé dans une boîte. Cette poudre d'or était volatile, elle restait longtemps suspendue dans le soleil en des millions de paillettes. J'étais nimbé d'or comme un ange dans un tableau du Quattrocento. La noirceur de mes ongles, même, était rédimée par tout cet or répandu. Mes chandails aux coudes troués, mes pantalons effrangés, en étaient tout rajeunis.

J'étais saupoudré ces jours-là d'une fine pellicule de cette poussière dont mes narines étaient tapissées, de même que mon palais, ma langue, mes dents car, par incurie et paresse incoercible, je ne me mouchais que rarement, de sorte que, la plupart du temps, je respirais par la bouche.

Bien entendu, tout cet or était du plomb vil transmué en cette trompeuse couleur.

Nous baignions, du matin au soir, dans les senteurs du plomb, les miasmes du plomb, la poussière du plomb et sur un individu crasseux comme j'étais, tout cela s'incrustait, s'accumulait, se collait dans les pores, les obstruant.

D'anciens typos ou des protes qui avaient émigré dans d'autres villes et jusqu'à Paris venaient parfois nous rendre visite. Ils étaient tous d'une pâleur verdâtre de spectre, ils étaient tous couleur de poireau malade, avec de profonds cernes sous les yeux, le poil rare, le mouvement lent, la voix sourde et éteinte. Quand ils riaient, rarement, ils montraient leurs gencives bleues comme la corolle d'un champignon vénéneux.

C'étaient des saturnins. A force de mijoter dans l'atmosphère du plomb, ils avaient attrapé le saturnisme. Cette maladie ne tuait pas tout de suite, elle faisait sous-vivre. Les saturnins n'ont aucun appétit, et pour quoi que ce soit, ni passion ni curiosité. Leurs émotions sont lointaines, feutrées. Ils passent à travers la vie, en général brève, avec une indifférence polie.

Si je ne devins pas saturnin pour toujours c'est que veillait sur moi je ne sais quelle providence infatigable, attentive à jamais et qui ne se laissait rebuter par rien.

Mais à ma laideur native, à ma crasse endémique, à la menace de saturnisme qui m'enveloppait, aux brimades dont j'étais l'objet, au mépris des manœuvres maçons qui se gaussaient de mes cinq francs par semaine, eux qui en gagnaient dix par jour, j'opposais une lucidité à toute épreuve vis-à-vis de moi-même.

Il ne m'arriva jamais de m'apitoyer sur mon sort. Il ne m'arriva jamais d'accuser quiconque et encore moins le destin. A chaque coup nouveau qui pleuvait, je me disais : « Ça t'apprendra. » J'étais une barre d'acier sous la masse du forgeron. Il se fatiguerait plus vite de frapper que moi d'encaisser ses coups.

Mais on ne peut pas vivre seulement dans l'amère réalité d'un quotidien dont rien ne vous permet de croire qu'il ne durera pas toujours, aussi lamentable, aussi terne, aussi désespéré.

Aussi m'ouvris-je à coups de poing une fenêtre sur le rêve. Il m'était tombé du ciel, en mon extrême nécessité, une incroyable aubaine : j'aimais lire. Lire me remplaçait tout. Je le faisais partout : en marchant, en mangeant, aux latrines.

Insomniaque depuis la plus tendre enfance, la lecture me soutenait jusqu'à des trois heures du matin. Si j'étais en train de lire, la plus belle fille du monde pouvait croiser ma route, je ne levais pas les yeux.

J'étais absent au monde pour cause de lecture. Je lisais d'ailleurs n'importe quoi. L'enchaînement magique des mots, même s'il était imparfait, médiocre ou vulgaire, ce dont parfois j'avais l'intuition, me tenait lieu de tout bonheur.

Nous quittions à midi, nous reprenions à une heure trente. A midi une, j'étais chez moi ayant couvert d'une traite et à fond de train les cinq cents mètres qui me séparaient de ma maison. A midi dix, ayant dévoré tout ce qui était sur la table, avec l'appétit le plus grand et l'indifférence la plus totale pour tout ce que ma mère avait soigneusement préparé, j'étais dehors.

Je dévalais la descente où se dressait l'hôpital, accompagné par le son grêle de la clochette du couvent où tintaient pour les sœurs, à longueur de journée, les heures liturgiques et parfois quelque glas.

Je m'engageais à toute allure dans la montée du Castelet vers ce domaine invisible parmi les pins d'Alep, où je ne suis jamais allé, que j'ai peuplé des plus profonds mystères et que flanquait, sous le canal d'arrosage, derrière une haute clôture grillagée, un tombeau protestant fait d'un berceau de rocaille dont j'ai toujours vu la dalle sans nom jonchée de feuilles mortes.

Là, au-delà du pont et de l'esplanade stérile où affleure le banc de coquillages fossiles dans quoi ont été creusés les sarcophages de notre place, je m'affalais enfin, le cœur battant, le livre ouvert, le nez au ras de cette badassière qui constitue l'horizon de la demi-lune où nos notables viennent pencher leur nostalgie et humer son parfum de jeunesse.

Cet été où la naine m'aima, je venais de dénicher sur le champ de foire un éventaire dont un casier contenait des livres attachés par trois à l'aide d'un élastique.

Le forain, lequel de son propre aveu n'avait jamais ouvert un volume de sa vie, avait racheté tout un stock d'invendus à une faillite de libraire.

Il les avait classés suivant le caprice des formats et la similitude des couleurs sur les couvertures. Il en donnait trois pour un franc, de même que pour les baigneurs en celluloïd qui voisinaient dans un autre bac; de même que pour les balayettes à tinette ; de même que pour les abat-jour de perles et les culottes Petit Bateau défraîchies.

L'un de ces assortiments m'allécha tout de suite. Le volume du dessus portait une illustration représentant une cathédrale, laquelle était surmontée d'un titre flamboyant : *L'Annonce faite à Marie*.

Je voulus absolument savoir si toutes les phrases du livre atteignaient à la perfection musicale que le titre laissait prévoir. J'en étais encore à cette période naïve du développement de l'esprit incertain où celui-ci, en dépit des sarcasmes, a soif de verbe comme d'eau fraîche.

Et pourtant je ne lus pas ce livre d'abord. A son

ombre, les deux autres titres proposés, c'étaient *Le Rouge et le Noir* et *Eugénie Grandet*. Je jetai mon dévolu sur celui-ci pour n'en plus sortir.

La virginale Eugénie et son inconsistant cousin m'ennuyèrent aussitôt à mourir. En revanche, je fus captivé par le bonhomme Grandet. Je le *vis* avec sa carrure, ses tics, son accent. Rapidement je l'admirai. Il fut mon idéal durant plusieurs mois. Je voulus être ce personnage capable de résumer sa volonté en ces trois simples formules : « Je ne veux pas. Je ne puis pas. Nous verrons cela. »

Je me répétais ces trois phrases à longueur de journée mais, comme j'étais sournois, je me gardais bien de les répéter à quiconque.

Je savais, j'avais mesuré que mon infimité ne me permettait pas de m'étaler au grand jour. Les formules lapidaires du père Grandet, j'avais assez d'intuition pour comprendre qu'il fallait d'abord *tenir le moyen*, avant de pouvoir les énoncer sans risque.

Le Rouge et le Noir me plongea dans un tourbillon de passions qui m'éberlua parce que je ne comprenais pas comment de simples pages écrites pouvaient obtenir ce résultat.

Cette majestueuse dinde qui s'appelait Mme de Rénal, j'essayai d'abord de la faire coïncider avec l'image que je m'étais dessinée de l'avocate du coin du Terreau. Mais ça ne cadrait pas.

Je ne parvenais pas à concevoir cette avocate parée de tous les charmes mais toujours occupée par des riens, s'asseyant désœuvrée à l'abri des grands arbres, dans la seule perspective d'y goûter la fraîcheur du serein.

Et pourtant, bien que certain que Mme de Rénal

n'avait rien de commun avec mon avocate, j'éprouvai tout de suite, à l'égard de Julien Sorel, pour ce personnage de papier, une haine violente, quoique parfaitement raisonnée.

Car je savais bien l'origine d'une telle détestation : *jamais* je ne pourrais, moi, occuper auprès de mon avocate cette position privilégiée, dans le noir, sur un banc de jardin. *Jamais* je ne serais en mesure d'avancer ma main vers la sienne pour la fourvoyer dans cette position intenable : ou crier sa surprise indignée ou accepter mon contact. Car, me disais-je, si Julien peut oser ce geste c'est parce que tout pauvre qu'il fut, c'était quand même un privilégié de la fortune : propret, sentant bon, les mains fines, cultivant l'aisance du langage et austèrement drapé dans cet habit à petit collet ; libre encore de respirer en même temps le paradis et l'enfer en une ambiguïté enivrante ; libre encore d'être arraché au célibat des prêtres, *mais de justesse.* Quoi qu'il en soit, pour ce seul geste que sa position l'autorisait à risquer, mon aversion passionnée poursuivit Julien Sorel de page en page, à travers mon haletante lecture.

Ma jubilation fut extrême lorsqu'il arriva à ce présomptueux de perdre la tête. J'en salivai littéralement de bonheur bien que, de sa part à lui, tout se passât le plus simplement du monde, ce qui me déçut quand même un peu.

La force de Stendhal ne me frappa qu'alors, mais en pleine poitrine, halluciné que j'étais par cette course folle où Mathilde de La Môle rapporte dans un sac la tête de son amant décapité.

Ce jour-là, peut-être venait-il de pleuvoir et l'herbe n'était-elle pas propice, je n'étais pas allé jusqu'à la badassière, me contentant de m'allonger sur le rempart bas qui dominait le boulevard des Lices et au loin notre colline.

Le roman était enfin enfermé en moi tout entier et j'en contemplais l'éblouissant tableau.

Je roulai sur moi-même contre la pierre sèche du rempart, les yeux au ciel.

Alors, je vis la naine qui me contemplait avec une expression que je ne connaissais pas. Je sus seulement beaucoup plus tard que c'était de la tendresse.

Je me souviens de ce premier frisson de crainte, voyant penchée sur moi cette naine à grosse tête, aux bons yeux de chien battu.

Je me relevai brusquement comme si j'étais nu devant elle. Elle se détourna, s'en alla sur ses grands pieds agiles.

Et moi je restai là, le livre serré comme un bouclier contre la réalité.

Je vis au loin sur leurs chaises en cercle les dames du Nord dont les têtes s'inclinaient les unes vers les autres en cette molle ondulation qui devait faire se frôler entre eux les roseaux du roi Midas.

Sans doute, avec l'acuité coutumière de leur regard et de leur esprit, avaient-elles remarqué cette station contemplative de la naine devant ma personne nonchalamment étendue et en avaient-elles saisi le sens.

Moi non. J'éprouvais seulement, jusqu'au soir, une sensation de malaise sur quoi je ne savais pas mettre de nom. Car l'horizon de mon rêve était bien loin de la réalité de cette naine ; car j'étais la proie de délicieuses félicités que je pouvais atteindre séance tenante ; car la lecture n'était pas mon seul remède contre le mépris.

Quand on a quatorze ans, les fesses d'une propreté hasardeuse, les ongles en deuil, les cheveux d'une couleur indéfinissable tombant de chaque côté de la tête, les oreilles en paravent et l'air incroyablement niais, on est exactement placé à la charnière du monde où tout est inaccessible.

Tout m'était inaccessible. Jamais le regard d'aucune femme ne descendait jusqu'à moi. Il passait au-dessus de ma tête.

Lorsque les ouvriers la plaisantaient à mon sujet, la Désirée, nièce de ma patronne, qui avait aussi quatorze ans, faisait sa moue dégoûtée de fille grasse déjà pourvue d'un peu de moustache.

— Baï ! Il est trop laid !

Les filles que j'avais connues à l'école et auxquelles, les rencontrant, je tendais candidement la main, refusaient de la serrer et faisaient mine de cracher dedans avec un sourire de mépris.

Tout m'était donc inaccessible, sauf le rêve érotique dont j'avais découvert qu'il pouvait aisément devenir aussi ferme que la plus enivrante réalité. L'onanisme devint mon jardin secret. Là où les amants aspirent à se retrouver inconnus à deux, je me retrouvais seul mais je meublais cette solitude par les quelques images suggestives que j'avais captées dans la journée chez les femmes qui me passionnaient. Les visages, les corps de ces femmes, se révélaient à moi foisonnant de détails voluptueux, de parfums, de regards poignants.

Je sentais littéralement leur peau soyeuse et j'arrondissais mes mains pour les caresser. Je parlais même, à voix basse, à mes conquêtes pétries d'ombre. J'obtenais quelquefois leur rire charmant et plein d'indulgence. *L'indulgence* surtout était ce que j'inventais le mieux puisque c'était ça dont on manquait le plus à mon égard.

Mais je ne m'inventais pas n'importe qui. La plupart des femmes qui traversaient l'ordinaire de ma vie, je les écartais sans examen. Sur aucune de celles qui *étaient d'ici*, qui étaient de mon monde, qui étaient simples, probablement bonnes et sûrement maternelles, je ne jetais mon dévolu.

Mon érotisme planait sur de plus grandes hauteurs. J'avais besoin pour l'exalter de femmes qui me rappellent les livres où je commençais à respirer. J'avais besoin de mystère et de romanesque.

Heureusement, la ville ne manquait pas d'étrangères énigmatiques contre qui se cassaient les dents nos dames du Nord.

A l'hôtel du Terreau vivait une inconnue. C'était une femme de trente ans, brune et fine, qui auréolait sa tête avec la natte de ses cheveux disposée en diadème.

Je ne lui ai jamais vu qu'un calme visage lisse, immobile, impassible. Ce qui convenait bien à toutes les expressions extatiques dont mon imagination prétendait l'embellir.

Elle était seule du lundi au vendredi. Le samedi et le dimanche, un homme surgissait à ses côtés, peu bavard et le visage aussi neutre que celui de sa compagne. Il se montrait peu, changeait souvent de côté lorsqu'il l'accompagnait, regardait souvent derrière lui. Où qu'il fût, il était toujours placé de biais, ne tournait jamais le dos aux portes d'entrée et posait à peine au bord des chaises ses fesses pointues.

Le lundi, ce personnage disparaissait et la brune restait au vert, désœuvrée et disponible.

En désespoir de cause, faute d'éléments susceptibles de leur fournir le commencement d'une réalité, les dames du Nord l'avaient habillée de pied en cap avec une histoire puisée dans quelque feuilleton et qu'elles osaient à peine se chuchoter entre elles, tant elle était scabreuse.

J'en éclusais quelques bribes lorsque je croisais dans leurs parages et que le vent m'apportait leurs paroles. Il y était question de Marseille, de rue Sylvabelle, de bain de lait d'ânesse, d'un sénateur ventru mort dans un lit dévasté et suspendu à l'espagnolette, par le cou et plus qu'à demi étranglé. Et il était vrai qu'elle était toujours vêtue de noir, ce qui m'exaltait énormément.

Je l'utilisais à mon plaisir solitaire aussi longuement que possible, gardant l'image de son visage immobile dont je retrouvais dans ma mémoire tous les traits, jusqu'à la plus fine de ses charmantes rides, jusqu'aux minuscules fentes verticales qui agrémentaient sa bouche fardée. J'arrivais même pendant ce sacrilège, ce blasphème contre l'amour (mais je ne pouvais accéder à rien d'autre), à vaporiser autour de moi le sillage de son parfum, le bruit furtif de sa robe de soie glissant sur le mouvement de ses muscles et le claquement de ses chaussures à talons. J'avais des aspirations fort communes et la vulgarité ne me faisait pas peur.

Toutefois, curieusement, je ne pouvais l'utiliser à mon plaisir les samedis et les dimanches où l'homme furtif était là. Et les autres jours, c'était quand même avec une passion mitigée et quelque réticence que je consentais à la recevoir dans mon capharnaüm érotique.

En effet, me fiant aux intuitions des dames du

Nord, je l'imaginais hautement tarifée, en sorte que ses transports, même s'ils étaient uniquement romancés par moi, ne pouvaient venir que du théâtre, ce qui tempérait d'autant mon ardeur.

Il existait des tabous, des obstacles aussi insurmontables dans ma conscience pour l'assouvissement de mon plaisir qu'il y en aurait eu, sans doute, mais d'un autre ordre si, à l'instar de Julien Sorel (qui n'avait aucune imagination), je m'étais efforcé de le partager avec quelqu'un.

C'est ainsi que l'avocate par exemple... C'était une longue flamme flexible et froide, tout juste bonne à figurer, convenablement garnie de poncifs, une héroïne de roman.

Ses sourcils en accent circonflexe, soigneusement épilés puis reconstitués en couleurs, abritaient de petits yeux verts qu'elle agrandissait par toutes sortes d'artifices.

Elle était de taille élancée, encore allongée par ses hauts talons et l'ascensionnel équilibre d'une coiffure à la Marie-Antoinette qu'elle allait chaque semaine se faire remettre en place à Marseille (rue Sylvabelle, elle aussi...).

Les blondes dans notre ville n'étaient pas légion, aussi jouissaient-elles d'un prestige particulier. Une femme blonde passant par chez nous, même laide, était toujours sûre d'attirer quelques regards flatteurs, tant nous en manquions.

L'avocate était blonde, ce qui était déjà un signal d'alarme pour toutes les femmes convenables qui se contentaient de simples cheveux noirs ou banalement châtains. A cause de ses cheveux blonds, le monde même dont elle faisait partie ne la fréquentait qu'avec circonspection.

Il ne manquait pas, bien sûr, dans notre ville, d'autres épouses d'officiers ministériels, de magistrats, de docteurs, de négociants, de propriétaires. Mais ces femmes se faisaient faire leurs mises en plis au grand jour, chez les coiffeuses du pays (le premier coiffeur pour dames n'apparut chez nous que dix ans plus tard) et toute leur personne attestait que ceux qui les avaient épousées ne l'avaient pas fait pour leur plaisir.

C'est dire que la ravissante avocate du Terreau était largement tenue à distance. « Comme au bout d'une paire de pincettes », disait M. de La Grave qui la contemplait toujours évoluer avec amusement.

Elle ne se promenait jamais. Elle n'allait jamais nonchalamment comme tous les commensaux de notre place. Elle était toujours portée, la taille cambrée, par un élan inconnu, vers quelque urgence dont la cause nous échappait.

Elle voulait être aimable. Aussi, parfois, elle bifurquait sans crier gare vers les dames du Nord qui étaient peut-être en train de *l'habiller sur mesure*, pour leur demander un service qu'elles seules pouvaient rendre : un peu d'arnica pour sa fille qui s'était tapé sur les doigts avec un marteau ; quatre brins de persil pour les pieds et paquets dont sa bonne préparait la garniture ; ou encore le secret des familles concernant l'astiquage des meubles ou l'entretien des cuivres.

Les dames du Nord s'extrayaient alors de leur nid en toute hâte pour la satisfaire sur-le-champ. Leur obséquiosité n'avait d'égale que leur panique pour avoir failli être pincées en flagrant délit de clabauderie.

Moi, toute ma passion se concentrait sur ses

robes, ses chapeaux, ses chaussures. Ce que tout cela soulignait ne m'exaltait pas outre mesure. Elle avait beau, en marchant, onduler des épaules aux genoux, en un frisson lascif, néanmoins je ne parvenais pas à l'intégrer dans cette ronde érotique dont il m'était bien difficile de ne pas m'exagérer les délices puisque je n'en jouissais pas.

Pourtant, l'été, je me glissais sournoisement dans son sillage lorsqu'elle avançait à contre-jour, aux rayons du soleil couchant. Il m'arriva de distinguer sous sa robe le galbe de ses jambes et même, mais une seule fois, le sillon au bas de ses reins, à travers le tissu que la lumière évaporait soudain comme s'il n'eût pas existé.

A quatorze ans de telles aubaines valent les Amériques. J'en restais pantois pour huit jours.

Mais en dépit de ces évocations qui surgissaient du souvenir durant mes nuits d'insomnie, je ne faisais pas, je ne pouvais pas faire l'amour en rêve avec elle.

C'était à cause de sa voix. Sa voix, que j'entendais quelquefois alors que l'avocate était hors de ma vue, ne s'accordait pas avec la suave lasciveté de cette créature superbe, elle démentait la sensualité de commande qu'elle ordonnait à son corps, à toute éventualité.

Or, j'étais d'une défiance de mulet pour les personnes dont les voix n'étaient pas adaptées soit avec leur aspect réel, soit avec l'apparence dont elles se grimaient. A la seule aide d'une voix, je prétendais corriger l'idée qu'un être voulait donner de lui quelquefois avec des peines infinies. On a de ces outrecuidances lorsqu'on a quatorze ans.

Je n'avais pas cette méfiance envers Mme G. dont

j'ignorai longtemps jusqu'au prénom et au son de la voix.

L'été à l'imprimerie, c'était la morte-saison. Quand les ouvriers en avaient assez de me faire passer sous les machines à changer les macules, prétendument destinées à protéger le sol des souillures ; quand la patronne n'avait plus de fumier à tasser autour de ses chères plantes vertes ; enfin, quand tout le monde était excédé de m'entendre chanter *Salut ô mon dernier matin*, à l'aide d'une voix qui n'avait pas fini de muer, on m'envoyait à l'entrepôt plier des feuillards.

Cet entrepôt était une simple remise située dans la rue adjacente, mais qui comportait un étage à usage de grenier.

On accédait à cette soupente par une échelle de meunier et sitôt que la tête dépassait de la trappe, on voyait scintiller devant soi le nœud de vipères de ces feuillards étincelants. Il y en avait plusieurs mètres cubes. Leur amas inextricable touchait les solives. C'étaient des rubans d'acier flexible qu'utilisaient les papeteries pour cercler les ballots de rames. Leur longueur variait de deux à quatre mètres. Il s'agissait de les tirer du tas un à un et de les plier, en cassant le pli à chaque torsade, faute de quoi le feuillard récalcitrant reprenait sa courbure initiale non sans avoir tenté de vous balafrer le visage. Les tirer du magma n'était non plus pas si simple car ils étaient munis, chacun à leurs extrémités, d'une ébarbure mâchée par la cisaille et qui s'agrippait comme un hameçon aux autres feuillards. De sorte que lorsque vous en tiriez un, c'était la masse tout entière qui se ruait sur vous en un miaulement électrique.

A côté de ce fouillis gisait une caisse où une centaine à peine de feuillards maîtrisés témoignait des efforts d'apprentis précédents.

Quand on m'envoyait sur les roses vers ces feuillards à plier, j'étais accompagné par la sollicitude de tous :

— Et surtout ne te presse pas ! Ne les finis pas tous ce soir !

J'y allais. Sur une étagère, coincé entre les rames de papier journal des Papeteries de France, oublié là parce qu'on n'avait su qu'en faire et provenant sans doute d'un héritage, s'empoussiérait un gramophone à pavillon bleu turquoise. Sur son plateau, un disque de tout temps avait été posé. Une face portait le titre : *De deux beautés égales*, et l'autre : *Salut, ô mon dernier matin*. Je retendais, à la manivelle, le ressort de l'appareil. J'appliquais l'aiguille sur la cire. J'étais au comble du bonheur.

Mais il fallait bien monter à ce grenier pour le débroussailler de quelques feuillards. Avec mes doigts entamés par les piérachons, je devais prendre mille précautions pour ne pas me blesser car le tranchant des feuillards était aussi coupant qu'une lame de rasoir.

Ce grenier était éclairé par une grande ouverture sans huisserie et béante sur le vide depuis le ras du sol. J'en repoussais le contrevent et je m'escrimais sur mes feuillards en contemplant mélancoliquement le mur orbe de l'hôtel de La Grave.

Pourtant, en me penchant un peu, je ne tardai pas à découvrir, je découvris tout de suite en réalité, qu'une femme s'asseyait en face tous les après-midi. C'était au rez-de-chaussée de l'immeuble de La Grave où s'ouvrait une large porte vitrée à plusieurs panneaux, laquelle abritait la cuisine des G. dont l'essentiel de l'appartement prenait jour sur la rue du Terreau, de l'autre côté de l'immeuble.

C'était la seule surface qui profitait du soleil, l'été, dans cet étroit passage. Et tous les jours, vers trois heures, Mme G. sortait une simple chaise de cuisine et s'installait là, au soleil, la tête protégée sous une capeline et brodant interminablement avec des gestes nerveux quelque insignifiant napperon.

D'abord, je la contemplai furtivement d'en haut, par le biais de l'ouverture. J'apercevais la naissance de son décolleté et son genou quand la robe remontait un peu.

Cette madame G. était âgée, d'après mes évaluations, d'une trentaine d'années, âge que je préférais alors chez les femmes. C'était une brune aux méplats accusés, aux yeux noirs très saillants, maigre et osseuse sans doute mais mon intuition infaillible dès qu'il s'agissait d'imaginer le plaisir, l'avait devinée remplie assez abondamment, là où il fallait. Son ventre plat se distinguait encore ainsi alors même qu'elle était assise et même un peu tassée, penchée sur son ouvrage absorbant. Je voyais le bout de ses pieds que j'aurais voulu mouler dans les paumes de mes mains et porter à ma bouche en des baisers qui l'auraient peut-être fait rire, elle que je n'aperçus jamais que sourcils froncés. Je voyais son chignon que je défaisais en rêve pour le répandre sur ses épaules. Mais cette vue surplombante ne suffisait pas à mon opéra interne. Il y fallait plus fortes nourritures.

Cependant, un soir, au soleil couchant, redescendant de mon perchoir par l'échelle de meunier qui laissait passer le jour entre ses marches, je m'avisai que, par les planches disjointes de l'entrée, la lumière pénétrait et que, par conséquent, les interstices, agrandis par les vers et les intempéries, devaient permettre tout aussi bien de voir à l'extérieur sans être vu.

Je n'utilisai pas le jour même cette aubaine car le portillon dans la porte cochère était ouvert et je craignais d'être surpris. Mais, dès le lendemain, ayant repoussé le portillon je me mis *à l'espère* avec la patience d'un chasseur. J'attendis longtemps, peut-être très longtemps, mais je n'en avais pas conscience. J'étais tendu de tout mon être vers cette promesse qui m'ôtait toute autre sensation.

Et soudain, elle fut là. Ouvrir la porte vitrée de la cuisine, sortir sa chaise et s'asseoir ne furent presque qu'un seul geste.

O merveille ! Mme G. était devant moi, à moins de quatre mètres (la rue n'était pas plus large). C'est tout juste si je ne l'entendais pas respirer, c'est tout juste si je ne percevais pas les battements de son cœur. Pour la première fois de ma vie, je pouvais à loisir, avec la minutie d'un maniaque, observer ainsi une femme sans méfiance.

Elle portait une robe couleur tabac dont la jupe s'évasait un peu autour des mollets. Ce devait être une mode de cette année-là que les robes fussent un peu plus longues que celles de l'année précédente. J'en étais fort déçu. En revanche, pour sortir à peine de chez elle et s'asseoir sur le pas de la porte, par cette canicule, elle ne devait pas avoir mis de soutien-gorge. Je la devinais nue sous son corsage froncé.

Le lendemain elle s'installa au même endroit

mais cette fois vêtue d'une jupe plissée probablement démodée et qui remontait le long de ses genoux chaque fois qu'elle croisait les jambes. Je m'accroupis contre la porte, essayant de voir de plus en plus loin, de plus en plus haut. Elle avait enfilé des bas de couleur fumée et il m'arrivait, lorsqu'elle changeait de position, d'en apercevoir la lisière et peut-être un peu de chair, à moins que ce ne fût le feston de l'un de ces pantalons à dentelle comme on en déployait sur les mannequins dans le catalogue de *La Samaritaine* que ma mère faisait venir.

Souvent, elle tirait sur sa jupe machinalement pour la rendre plus décente et serrait bien ses jambes l'une contre l'autre, restant ainsi quelquefois plus d'une demi-heure, toute refermée. Mais cette position malcommode sur une chaise devenait rapidement intenable et soudain elle s'ouvrait de nouveau toute chatoyante de reflets moirés sur ses bas et sa jupe et je touchais le ciel du regard.

Chaque jour qui s'écoulait m'apportait surprises nouvelles, mais, parfois, ma contemplation était traversée d'incidents. C'était l'Uiaoudo qui apportait *La Croix* et qui restait là plantée une demi-heure durant, son énorme derrière à tablier m'occultant sans grâce l'objet de mes délices.

C'était le vieux Fidelin qui venait de se faire toiser par Mme Tisserin et qui passait, d'un pas traînant, essayant, lui aussi, de distinguer quelque chose sous la jupe de Mme G. Il articulait, arrivé devant elle, une sorte de « Baou ! » qui pouvait être un salut. Elle répondait de même, mais à bouche fermée. Sans plus. J'ai toujours pensé qu'un conflit de voisinage avait dû éclater, autrefois, entre eux.

Il défilait le plus lentement possible, obscurcissant mon champ de vision. Il mollardait grassement contre la porte de la remise, toujours au même endroit et je devais me reculer pour ne pas être éclaboussé.

Avec une désinvolture, une paix de l'âme et une parfaite ignorance du prochain qui me confondaient d'admiration, ce Fidelin respectait un certain rituel quotidien que je supposai longtemps être sa vengeance ou sa réplique à la Tisserin et au mépris ostensible qu'il venait d'essuyer.

Il passait, donc, lentement, devant Mme G. J'entendais son pas mal assuré portant sa longue carcasse jusqu'au coin de son androne. Là, il ouvrait sa braguette avec difficulté, les doigts tremblants. Il pissait longuement contre les montoirs ferrés qui protégeaient autrefois les angles de son immeuble contre les chocs des roues des fardiers. Cela faisait un bruit d'averse sous le soleil aveuglant. Il pissait comme un cheval. La rigole de son soulagement s'étendait vrombissante de mouches jusqu'à la rue du Terreau où se dressait l'opulente devanture de son magasin de tissus.

Mme G. en profitait pour fouiller dans son sac à ouvrage, en tirer un écheveau coloré et vérifier qu'il était bien assorti à son canevas. Cela lui permettait de détourner la tête et d'oublier ce spectacle affligeant quoique familier.

Il n'était rien de plus voluptueux pour moi que le geste de cette femme désirée mouillant de ses lèvres pointues le bout du fil pour l'affiner et l'enfonçant d'un geste précis dans le chas de l'aiguille.

Je caressais, en compagnie de cette inconnue, des rêves érotiques dont aucune réalité par la suite n'atteignit jamais les paroxysmes dont ma lubricité les parait.

Elle avait une fille qui ne paraissait pas être l'enfant de l'amour. Fille de mon âge, robuste, rougeaude et fade.

Parfois, elle venait s'asseoir elle aussi, désœuvrée et ennuyée, non loin de sa mère. Elle montrait bien plus libéralement que Mme G., et toutes nues, des jambes musclées et parfois même me permettait d'écheler jusqu'à son pubis renflé. Mais elle portait encore de ces navrantes culottes Petit Bateau, aussi me livrait-elle en vain son quant-à-soi, je n'y jetais pas un regard. La volupté pour moi n'était pas fille de la jeunesse. Je savais déjà par intuition et tâtonnement, qu'elle ne peut naître sans mystère. Et il n'y avait rien de moins mystérieux pour moi qu'une culotte Petit Bateau.

Le mystère, d'ailleurs, je le découvris chez Mme G. bien au-dessus de la ceinture alors que je me croyais tout occupé à l'utiliser dans mes songes lascifs.

Jamais je ne me sentirai aussi proche d'un être que de cette inconnue, qui ne m'a jamais adressé la parole, qui, à peine, m'a croisé sans me voir, dans l'indifférence la plus totale de sa part, mais que j'ai eue, devant mes yeux, à moins de quatre mètres, seulement occupée d'elle-même, seule avec elle-même, durant les trois mois de cet été torride.

La plus grande surprise que j'éprouvai alors, ce fut de me dévoiler peu à peu à moi-même que je ne l'épiais pas seulement pour procurer à bon compte à ma lubricité du matériel érotique, mais que je le faisais aussi pour savoir ce qu'elle était et qui elle était : pour la connaître. Que ma curiosité la plus passionnée n'allait peut-être pas à son entrejambe mais peut-être à son cerveau, à cet élément irrationnel dont j'aurais rougi jusque-là de prononcer le nom, que je tournais dans ma tête avec circonspection, dont je tâtais les contours immatériels durant parfois des journées entières, et tout à l'inquiétude qu'on puisse me deviner occupé de cette fadaise et en rire avec commisération.

Ce mot, ce fut à l'occasion de Mme G. que je le chuchotai — sous la forme interrogative — devant le miroir déformant du lavabo, à l'imprimerie, pour la première fois de ma vie, à quatorze ans. « Son âme ? me dis-je. Ce serait donc ça que tu chercherais à savoir ? »

Derrière les interstices lumineux de cette porte vermoulue par où j'espionnais cette femme — la gorge sèche cependant à cause du pouvoir voluptueux dont je la parais — je me transformais peu à peu en tout autre chose qu'en un voyeur banal.

Je me persuadai que, tout ordinaire qu'elle fut, cette madame G. détenait en elle seule l'ensemble du secret féminin. Le plus grand secret du monde pour moi, alors, et le plus captivant. Un secret dont je savais que je ne me ferais pas une place dans la société si je ne le pénétrais pas ou, tout au moins, si je ne faisais pas semblant de le connaître et d'en participer. Un secret auquel j'avais l'intuition que, par grossièreté, par crainte atavique, peur du ridicule, fatuité ou suffisance, la quasi-totalité de mes aînés, mon père que je vénérais y compris, n'aurait jamais accès et que l'élite des hommes se recruterait seulement parmi ceux qui le comprendraient.

Un secret dont je n'approcherais — en dépit de tous les conseils brutaux et stupides qui me seraient prodigués — qu'en me faisant le plus humble possible et le plus fraternel et le plus attentif. Un secret qui ne me serait jamais révélé par des paroles ni par des transports, mais seulement parfois par un serrement de main ou, plus rarement encore, par la recherche fébrile, à tâtons, de mon corps, la nuit, non pour quelque élan sensuel, mais dans le besoin immédiat d'un rempart contre l'épouvante de la vie et de la mort.

Ça sert d'être voyeur. On apprend à cet exercice, entre autres choses, la parfaite maîtrise de soi et le parfait silence. Et là-dedans, dans ce vide, naissent les réflexions salutaires et les découvertes mirobolantes.

C'est ainsi que j'appris à savoir là que tout peut être concentré dans l'enveloppe d'un être sans que rien ne transparaisse au-dehors, même lorsqu'il est seul.

Cette idée m'avait effleuré d'abord à constater le peu de progrès du travail de Mme G. pourtant si diligemment conduit. Il en était toujours au même point comme si elle le défaisait lorsqu'elle était hors de ma vue.

Qu'y avait-il derrière cette activité de brave femme de ménage occupant ses loisirs à de nouveaux travaux ? Percer son secret, même s'il ne contenait rien, me paraissait essentiel.

Parfois, elle comptait sur ses doigts, ses lèvres remuaient sur des chiffres et des exclamations à peine proférées. Une fois, une seule fois, je parvins à comprendre le mot qu'elle avait à peine prononcé : « Jeudi. » Comptant en même temps qu'elle, avec patience (et mon regard alors suivait les mots sur ses lèvres et ne s'inquiétait plus du liséré de sa robe dérangée par le chevauchement de ses jambes croisées), je parvins à comprendre qu'elle arrivait toujours au chiffre vingt-huit. Et cela, pour moi, ne faisait qu'épaissir le mystère au lieu de l'éclairer.

En dehors du Fidelin, des hommes passaient parfois, qui la saluaient ou non, auxquels elle répondait ou non. Un jour elle en suivit un du regard. Je ne sus jamais qui était cet homme. Il défila entre elle et moi comme une ombre, comme ils défilaient tous. Elle soupira tout bas, mais assez longtemps après ce passage, abandonnant son ouvrage en un geste qui me parut tragique. Cet homme ne parut plus. En tout cas, je ne la vis plus se tourner vers le sillage de qui que ce fût.

Le soupir revint, lui, à reprises, et plus ou moins audible et parfois accompagné d'un geste de la main qu'elle faisait descendre devant son visage. Alors, après ce mouvement, son regard errait droit devant elle, c'est-à-dire sur moi qui la buvais des yeux.

Ah ! ce regard que je n'oublierai jamais ! Qui ne m'était pas destiné ! Que je volais ! Il flottait dans cet espace entre elle et moi, avec une impudeur désolée et cherchant où s'accrocher. Il était creusé d'un vide qui le rendait glauque comme l'abîme qu'il reflétait. J'avais lu quelque part quelque chose sur le regard d'une gorgone, mais le pire dans celui d'une femme c'est qu'il vous traverse désespéré sans vous faire aucun mal.

Si je n'avais pas été paralysé par la peur d'agir, mais surtout par la vive conscience de mon état : sale, laid, minable, apprenti et surtout quatorze ans, je n'aurais fait qu'un bond de ma cachette jusqu'à ses genoux, pour lui demander de quel chagrin elle pouvait bien être chargée, que son regard trahissait si bien lorsqu'il était certain de ne reposer sur personne.

J'aurais été Julien Sorel saisissant enfin la main de Mme de Rénal, mais mû par une curiosité dévorante et non par l'orgueil dérisoire de me prouver quelque chose à moi-même.

J'imaginais la panique de Mme G. devant cette irruption de brigand, redevenant à l'instant elle-même, le regard présent, hurlant peut-être au secours, renversant sa chaise derrière elle, toute l'imprimerie accourant à ses cris pour la délivrer de moi.

Pour obtenir son silence angoissé mais plein lui aussi d'une curiosité dévorante, hélas je n'étais pas armé. Je ne portais pas comme Julien Sorel ce petit collet qui lui avait permis d'ajouter une délicieuse peur de l'enfer à l'amour que sa saine beauté avait déjà fait naître. Il est certain que Mme G. n'aurait pas crié au secours devant l'apparition de Julien Sorel, propre, manucuré, rédimé par avance grâce à cette odeur d'encens gagnée dans la fréquentation des églises et que l'on confond volontiers avec celle de sainteté.

Je me jurais de me laver plus souvent, de couper à ras mes ongles noirs, de tailler mes cheveux et de les discipliner avec cette brillantine qui les collait si bien sur le crâne et conférait cet aspect distingué que j'admirais tant sur les gravures de mode. Et surtout il me paraissait urgent de me faire faire des serviettes chaudes chez le Charles, notre coiffeur, pour effacer un peu ces puants boutons d'acné desquels, en rêve, je voyais sortir de longs vers roses.

Mais la manustupration a ceci de consolant qu'elle délivre de tout besoin d'agir pour obtenir une réalité que, somme toute, elle remplace si bien.

J'en étais là de mes apprentissages, lorsque, pour la deuxième fois, la naine fit irruption au milieu de mes paniques.

Je me souviens de ces semaines torrides où la canicule sévit si longtemps. Je me souviens de la lenteur du temps où nous nous enlisions. Je me souviens de cette saison interminable où tant de choses se produisirent.

Depuis les dizaines de batteuses où l'on engloutissait les gerbes, montait de la plaine, avec le vent chaud, la balle des grains de blé, et nos rues s'estompaient sous ce brouillard d'or. Les rares promeneurs au pas mourant étaient tout chamarrés par ce poussier impalpable.

Notre ville ramifie ses pentes en entonnoir pour les déverser sur la plaine où se concentrait alors toute l'activité du pays. Le soir, c'était le retour exténué vers les maisons haut perchées, où il fallait encore grimper pour accéder aux cuisines et aux chambres.

Se déversaient aussi, en dépit du tout-à-l'égout récent, mais à cause de tous ceux qui n'y étaient pas encore branchés et des écuries qu'abritaient depuis toujours les bas quartiers, des quantités de rigoles suspectes, des sentines où caillait un liquide de plus en plus épais. Tout cela confluait sous l'abattoir, dans les méandres d'un chiche ruisseau, coupés de poches d'eau formées par les crues lors des orages et où se pavanaient de grasses charognes de plus en plus opulentes.

Sur ces parties honteuses de notre ville, le poussier venu des batteuses alentissait son cache-misère doré.

Notre maire dont l'enfance avait été bercée par de sombres histoires d'épidémies, craignait celles-ci comme un adversaire électoral. Souvent, il s'enquérait auprès de son adjoint, le Dr Parini, de l'état de notre santé.

Il verbalisa lui-même le vieux Fidelin qui compissait en toute paix le coin de son androne, comme il faisait depuis peut-être cinquante ans, et qu'il surprit en flagrant délit.

Ils se parlèrent à pleine tête une demi-heure durant et se reprochèrent bien autre chose que des histoires de pissat.

Tout l'environ, les dames du Nord en tête, vint se formaliser de ce vacarme, car c'était la première fois de notre vie que nous entendions notre maire hausser le ton. J'eus d'ailleurs là une grande frayeur car les ouvriers de l'imprimerie dévalèrent en force, le composteur à la main, vers le bruit de la dispute, par la venelle où j'étais à l'affût derrière la porte. Je dus me montrer moi aussi pour ne pas éveiller les soupçons. Mme G. me regarda surgir avec étonnement de cette remise qu'elle croyait vide. Mais comment aurait-elle pu savoir ?

Notre maire ne s'en tenait pas à ces sanctions. Chaque matin, vers cinq heures et demie, col de celluloïd, joues passées à la pierre ponce et boutons de manchettes, il venait agiter la sonnette chez le Jourdan l'*aïguadier* (celui qui réglait le débit des eaux). Celui-ci paraissait tout de suite aux ordres.

Je n'ai jamais vu cet homme autrement que ceint, comme d'un cor de chasse, d'un long tuyau flexible qui s'enroulait en bandoulière autour de sa maigreur. Il avait la longue mine d'un qui ne gagne guère dans un travail pourtant harassant. Son épaule était ordinairement chargée d'une longue clé à tube, faite de quatre branches inégales, qui servait à ouvrir toute espèce de vanne et qui ressemblait assez, pesant sur sa maigre clavicule, à quelque calvaire de fer.

Il avait gagné à cette similitude la démarche lente et longue que l'on prête, dans les Passions, à celui qui représente le Christ.

Il sortait. Le maire avait déjà tourné le dos. Ils ne se disaient pas bonjour, ils ne prononçaient pas une parole. Nous avions un maire à la hauteur de notre ville : il imposait silence. Il n'avait que faire du respect, encore moins de la servilité. Nul n'en ignorait qui était sous ses ordres. Il glaçait.

Ils avançaient par places et ruelles, stationnant à chaque regard, à chaque point d'eau. Le long Jourdan mettait bas sa clé pour ouvrir les vannes. L'eau dévalait les rigoles où tout à l'heure les éboueurs tremperaient leurs palmes de bruyère.

Ils allaient ainsi. Dans le clair-obscur du crépuscule matinal (c'était l'heure d'été) on distinguait leur maigre carcasse dans l'ombre se projeter d'une prise d'eau à l'autre, d'une borne à l'autre.

Parfois, le maire qui marchait en tête désignait du doigt ou du menton quelque encoignure particulièrement crasseuse dont il était sûr que les éboueurs l'oublieraient une fois de plus. Alors, l'aïguadier déroulait son tuyau et faisait pleuvoir le déluge sur les détritus des maraîchers ou les compissages répétés des ivrognes. Ensuite il accompagnait les déchets jusqu'à l'égout, d'une lance dévastatrice.

Au passage du contrôle où logeait une soi-disant syphilitique, c'étaient des trombes d'eau que l'on faisait jaillir. Quand le maire et son aïguadier sortaient de ce réduit, ils arboraient des têtes de comité de salut public.

Il faut dire que couraient par la ville deux ou trois typhoïdes dont l'une au moins menaçait d'être mortelle. Elles avaient beau sévir dans les bas quartiers ou dans quelque ferme à puits, les notables chargés d'enfants bruissaient effarouchés autour de ces foyers d'infection, et notre maire en avait les oreilles chaudes.

Ainsi allait notre ville par cet été torride. Dolentes, les dames du Nord ne parlaient presque plus. La paille de leurs chaises ne séchait pas de la nuit tant elles y transpiraient au courant de la journée jusqu'à ce qu'elles aillent, à la va-vite, préparer quelque frichti trop épicé.

Ce fut grâce à cette torpeur, sans doute, que la naine échappa à leur vigilance. Elles mirent plusieurs jours avant de s'apercevoir que, de plus en plus souvent, elle interrompait ses tours de Terreau pour s'engager dans cette rue où j'épiais Mme G.

Peut-être m'avait-elle vu tourner le coin de la place, à moins que l'une de ces intuitions, fréquentes chez les gens atteints du mal d'aimer, ne l'ait guidée à coup sûr.

Je me souviens de cet après-midi où elle vint contrarier ma vision. Jamais il n'avait encore fait aussi chaud de tout l'été. Jamais Mme G. n'avait été si légèrement vêtue. Je me délectais par avance de tout ce qu'elle allait peut-être tout à l'heure me dévoiler. A peine s'asseyait-elle, les genoux bien sagement serrés et révisant son ouvrage pour voir où il en était.

Le vieux Fidelin venait juste d'arroser les montoirs de son androne. Le procès-verbal du maire n'avait en rien refroidi son ardeur, au contraire : il s'efforçait d'uriner plusieurs fois par jour et la colère lui revenait à chaque miction nouvelle, qu'il exprimait par des imprécations et des injures. Celles-ci s'estompaient à peine au loin lorsque la naine parut.

Planqué derrière la porte, je ne la vis pas s'engager dans la rue, mais elle était toujours précédée de son bourdon comme un lépreux de sa crécelle. On captait d'abord la complainte des *Papillons de nuit* avant qu'elle parût où que ce soit.

Elle se tut. Elle fit halte. Je percevais presque le bruit de sa respiration. En tout cas je distinguais de biais sa grosse tête à faveur rose. Elle marquait l'arrêt, tel un chien de chasse : un pied bien posé à terre et l'autre faisant une pointe comme sur un chausson de danseuse.

Elle flairait littéralement. Son nez en pomme de terre humait bruyamment quelque chose. Elle se mouchait et remettait son mouchoir au devantier, observant avec acuité un bord et l'autre de la rue.

Une sueur d'angoisse me picota la nuque. Quelqu'un était là dehors qui me devinait. Elle avait fait halte juste devant le rayon immatériel qui barrait la rue et que constituait mon regard invisible accroché aux faits et gestes de Mme G.

J'avais l'impression que ce rayon, elle pouvait le mesurer, le suivre des yeux, en discerner la portée et la cible. Il me sembla que sa tête dodelinante le soulignait depuis la porte vermoulue jusqu'aux jambes de Mme G. Il me sembla même que ses traits s'altéraient à cette révélation.

Son silence soudain et son brusque garde-à-vous révélaient le pressentiment d'un mystère qui l'inquiétait. J'avais beau me dire qu'elle n'avait pas le don de traverser les portes du regard, j'éprouvais quand même un malaise qui me paralysait comme un lapin menacé par un serpent. Il m'apparut que la naine cherchait sa proie.

— Ho ! Nène ! dit Mme G. Alors ? Et qu'est-ce que tu fais de beau ?

Elle venait de l'apercevoir et lui parlait avec l'indifférence polie et le brin de condescendance amusée qu'on accorde aux simples d'esprit.

Il existait un regrettable malentendu à l'égard de cette naine : tout le monde la supposait arriérée mentale, alors qu'elle était seulement de taille exiguë et par ailleurs absolument normale, quoique d'intelligence moyenne comme nous l'étions tous.

— Bonjour, madame ! répondit-elle de sa voix haut perchée, et vous ? Vous brodez ? C'est joli ce que vous faites là. Comment vous faites ?

A cet instant, moi qui regardais avec espoir Mme G. changer de position, soudain, je ne vis plus rien.

La naine s'était interposée entre moi et l'objet de ma convoitise. Mon ciel était obscurci. Je ne voyais plus que le derrière disgracieux de l'intruse sous son sarrau noir, que ses courtes jambes, que sa nuque épaisse, que la faveur rose qui s'épanouissait dans ses cheveux. Elle s'était placée de telle façon que, debout, elle occultait entièrement Mme G. assise sur sa chaise. Et elle restait là, la tête un peu penchée, se faisant expliquer longuement chaque secret de ce canevas qui la captivait tant. Elle s'attarda une heure et demie ainsi, jusqu'au moment où il était convenu avec les ouvriers que je devais regagner l'atelier. Et le lendemain et le surlendemain et tous les autres jours où j'espérais qu'elle se casserait une jambe, elle fut là.

Elle arrivait tout de suite après deux heures, tout de suite après le passage du Fidelin et elle se plaçait toujours de manière à couvrir Mme G. de son corps.

Ou alors, parfois, et c'était pire, elle s'asseyait sur la chaise laissée libre par la fille aux culottes Petit Bateau et là, elle usait de ses jambes comme j'aurais tant voulu qu'en usât Mme G. Je pouvais voir ses bas gris jusqu'à la cocarde tricolore dont elle ornait ses jarretelles, un de ses grands pieds négligemment posé sur un genou et remuant avec coquetterie, en un balancement provocant. Je me voilais la face, sans même songer à profiter de ce qu'elle ne l'occultait plus pour observer tout mon saoul Mme G. Le charme était rompu.

Cette femme si passionnante lorsqu'elle était seule, se banalisait au contact de la naine, redevenait la ménagère laborieuse qu'elle n'avait jamais cessé d'être, sauf pour moi. Le fait qu'elle parlât de temps à autre pour tenir conversation à l'intruse détruisait entièrement le rêve que j'avais bâti sur son silence.

Je renonçai. Je remontai par mon échelle de meunier jusqu'au grenier où m'attendaient ces serpentins facétieux qui adoraient lacérer mes doigts.

Mes résolutions de propreté nouvelle et de brillantine rejoignaient les pavés de l'enfer. Il ne se plia jamais autant de feuillards que cette année-là, dans le grenier de l'imprimerie.

Et chaque fois que j'en sortais, je me heurtais à l'indifférence de Mme G. qui ne me voyait même pas et au bon regard de chien battu que la naine me décochait sans pudeur.

Mais j'avais l'esprit de l'escalier. Je ne comprenais que ce qui m'aveuglait : les demi-mots, les demi-sourires, les demi-mesures, les allusions étaient avec moi peine perdue.

Il me fallait le murmure des roseaux du roi Midas pour que je finisse par comprendre. Ce murmure, c'étaient les dames du Nord qui nous le donnaient à entendre. Il n'était pas un d'entre nous qui ne frissonnât sur ses ridicules, lorsqu'elles penchaient les unes vers les autres, d'un même mouvement de houle, leurs têtes chuchotantes, comme si le vent les berçait, les contraignant malgré elles à révéler la vérité sur notre compte.

Il ne s'agissait même pas d'une rumeur, mais d'un silence plus lourd que paroles et si alarmant que les oiseaux eux-mêmes, dans les frondaisons des érables, cessaient de pépier.

On n'est pas d'ici depuis des temps immémoriaux sans qu'une soudaine angoisse ne vous poigne lorsque, sur votre passage, les dames du Nord se taisent ainsi, contraintes, effarouchées, l'esprit soudain frappé, à votre endroit, par de funestes pressentiments.

Et si j'en ai tant dit sur toutes ces femmes, c'est parce que, bien avant moi, elles comprirent que la naine m'aimait.

Je ne pouvais pourtant déjà plus à cette époque amorcer le coin d'une rue sans me heurter à ce regard soumis et à ce nœud rose dans les cheveux qui paraissait faner comme un bouquet trop longtemps privé d'eau.

Je me remémorais le jour où je l'avais vue surgir au-dessus de moi allongé sur le rempart ; je me remémorais tant d'après-midi où, interposant entre elle et moi son corps opaque, elle m'avait masqué la vue de Mme G. Mais je n'en croyais pas mes yeux, tant il y avait loin de cette naine à l'idée que je me faisais de l'amour.

Je restai plusieurs jours dans le doute, plusieurs jours éberlué par cette perspective inimaginable : la naine avait jeté son dévolu sur moi.

La certitude absolue m'en fut confirmée par mon plus mortel ennemi : Victor.

Victor, c'était le fils d'un marchand ambulant qui parcourait chaque jour foires et marchés. Tous les matins, à grands coups de pied au derrière, son père lui faisait atteler le cheval à la carriole. Victor était arrivé ici dans cette carriole, lorsqu'il avait six mois, avec un veuf qui venait d'un pays en Italie pourvu d'un nom grandiose : ça s'appelait Città del Castello, et Victor, en réalité, s'appelait Victor-Emmanuel. Mais, si on lui donnait son prénom en entier, il vous sautait dessus. On savait qu'il détestait son père et l'on augurait que, plutôt que pour l'abondance des coups de pied au derrière, c'était à cause de ce prénom mirobolant.

Il avait un an de plus que moi et me dépassait d'une tête. Son regard d'acier opaque rappelait celui des tueurs de grand chemin qu'ils soient généraux ou coupe-jarrets.

Il était toujours porté en triomphe par une clientèle servile qui l'avait élu pour chef. C'étaient les plus grandes gueules de la ville, les têtes les plus faibles quoique les plus résolues ; les mafflus au crâne de cour des miracles ; les couverts de furoncles et néanmoins glorieux ; toute une troupe qui s'esclaffait au moindre mot un peu délicat ou simplement suspect d'exprimer quelque valeur morale ou tout bonnement inconnu de leur inquiète ignorance.

Ils passaient leur temps, ces anxieux, à sortir leur sexe de la braguette, afin de vérifier s'il faisait bien sa croissance selon leurs souhaits.

Certain jour, ce Victor, il m'avait proposé, il m'avait commandé, de rentrer dans l'équipe qu'il formait tous les dimanches sur la place, afin de corriger si besoin était et sous prétexte de sport les *drôles* du Soubeyran, un onze aussi qui ne laissait pas d'être patibulaire.

J'avais dû répondre, avec un peu trop de hauteur, que je n'aimais pas le football. J'avais dû ajouter que j'avais horreur des jeux brutaux et des jeux d'équipe que j'assimilais aux armées et aux batailles.

Victor avait déduit de cette aversion pour les jeux virils que je devais être pédéraste. Il avait une peur bleue, par il ne savait quel sortilège, de le devenir sans y prendre garde. Aussi les haïssait-il tous en bloc avec une égale férocité. J'étais son exorcisme contre cette abomination.

Du plus loin qu'il m'apercevait, il fondait sur moi, il me renversait, il me faisait toucher la terre des épaules. Généralement, c'était dans la boue, à côté d'une flaque qui n'en finissait pas de tarir. M'ayant ainsi jeté bas et rendu encore plus sale que d'ordinaire, il n'insistait pas. Il était content. Il avait terrassé la bête. Il dormait du sommeil du juste.

Mais cette crainte lancinante le reprenait à chaque occasion, aussi avait-il toujours besoin de me traîner dans la boue. Quelquefois, je parvenais à me cacher lorsque je le voyais arriver, parfois je lui échappais à la course étant plus rapide que lui mais, la plupart du temps, je m'abandonnais, résigné. D'ailleurs, à part l'humiliation et la boue, ayant appris à me laisser choir tout de suite, mes chutes ne me faisaient jamais très mal.

Ce Victor, un beau jour, ne me battit pas. La naine venait de passer devant moi. Je traversais la place, l'épaule chargée d'un ballot de papier saumon que j'allais livrer chez le charcutier Saille.

Victor me siffla d'un coup de sifflet bref qu'il utilisait à tort et à travers. Placé dans le sillage de la naine, il me signifiait par une mimique expressive qu'il s'était glissé dans ma peau, que c'était moi qui suivais la naine et non lui et qu'il ne tenait qu'à moi de profiter d'une aubaine qu'il se contentait de me signaler.

Quand il fut bien certain de *m'avoir ouvert la comprenette,* comme il disait souvent, il se contorsionna lubriquement, avançant et reculant son bas-ventre, arrondissant ses bras comme s'il y serrait quelque conquête, donnant à son visage cet aspect extatique qu'il imaginait appartenir à l'amour et tirant une langue obscène.

Il exécutait cette pantomime derrière la naine qui ne s'apercevait de rien, à deux pas de l'Uiaoudo qui passait par là, à cette heure matinale, serrant sous son bras un gros paquet de journaux et dont le regard suivait alternativement la promenade de la naine bourdonnant sa chanson, la pantomime de Victor et moi, cloué sur place, mon ballot de papier toujours sur l'épaule.

Ce fut le trait de lumière qui brillait dans les yeux de cette dame du Nord qui me fit enfin comprendre ce que tant de signes jusque-là auraient dû suffire à me persuader : la naine m'aimait et Victor s'en était aperçu.

Les brutes ont des intuitions phénoménales dès lors qu'il s'agit de lubricité. Avec quelle joie devait-il avoir fait cette découverte et quelle devait être sa déception à l'idée que je n'étais même pas fichu d'avoir conscience de la bonne fortune qui me tombait du ciel. Aussi choisissait-il ce moment propice pour me souligner la chose. Sa bouffonnerie signifiait qu'avec celle-là je pouvais y aller, qu'elle m'attendait, qu'elle ne demandait que ça et que, en somme, nous ne serions pas mal assortis tous les deux.

En tout cas, cette interprétation fut immédiatement saisie pour bonne par l'Uiaoudo qui s'en fut à toutes courtes jambes, son énorme derrière tressautant à chaque pas. Elle vola ainsi jusque chez la Miane, au coin de la rue Kléber. Je la vis s'engouffrer sous le rideau de jute. Je l'entendis se laisser choir sur une chaise qui grinça. Je l'imaginai jetant sa *Croix* sur la machine à coudre et, des éclats de voix véhéments qui me parvinrent, je pus aisément reconstituer la conversation de ces deux dames du Nord qui ployaient sous les péchés du monde.

— Tu crois pas que non ! La Nène est amoureuse du Jean maintenant !

— Qué Jean ?

— Le Jean ! Celui qui est tant sale ! Enfin tu sais bien : celui qui travaille à l'imprimerie !

— Moun Diou ! Laisse-moi m'asseoir que ça me coupe les jambes !

Elle dut, la Miane, se mettre les mains sur la tête :

— Mais tu imagines un peu les enfants que ça va faire ça ?

Et l'Uiaoudo dut branler du chef affirmativement, accablée. Après quoi, courageusement, elle reprit son paquet de *Croix* pour aller porter de seuil en seuil la scandaleuse nouvelle.

Depuis longtemps les dames du Nord se doutaient de quelque chose. Bien avant moi, elles avaient capté les regards enamourés de la naine me buvant des yeux, mais elles n'avaient pu que se consulter à voix basse sur leurs impressions en vérité fort vagues. L'obscène révélation de l'atroce Victor fut clairement interprétée, la rumeur publique nous donna l'un à l'autre, la naine et moi. C'était parfaitement logique : elle, dérisoire, à cause de ses quatre-vingt-huit centimètres de haut, de sa voix criarde, de son ridicule accoutrement de fillette attardée et du malaise que le mauvais destin de sa famille suscitait autour d'elle ; moi, il n'y avait pas besoin d'insister sur ce que j'étais.

Un propriétaire terrien qui tenait terrasse au café-glacier et faisait profession de peindre d'un trait les ridicules, nous cloua au pilori par cette formule :

— Ça s'emboîte bien ! dit-il.

Je n'étais déjà pas très persuadé que, pour un être de ma condition, la vie tînt en réserve de bien éclatantes promesses, mais, à partir de cette révélation, elle s'affadit complètement pour moi.

Les objets de mes obsessions mêmes se carbonisèrent dans mon imagination. Je ne vis plus la somptueuse démarche de Mme Bastide, l'hôtesse mystérieuse de l'hôtel du Terreau. La svelte avocate me parut soudain maigre et osseuse. Je continuai à faire le voyeur derrière la porte vermoulue de la remise, mais la naine ne cessa plus de venir s'interposer entre Mme G. et moi.

Mon avenir érotique se rétrécissait à vue d'œil. J'essayai bien de rêver avec Gentiane la fille de l'Agassonne, toujours si soigneusement peinte, les seins haut maintenus, la bouche en arc qui imitait si bien ces cœurs énigmatiques que l'on découpe dans les volets de bois. Cette Gentiane, hélas, était trop près de la mort.

Il ne me resta plus que la lecture et la badassière. Toutes-Aures devint mon église. Un livre bien serré sous le bras, j'y allais passer tous mes loisirs. L'allégresse me soulevait dès que j'y touchais terre ; dès que, passé le pont du canal, le vent au ras de l'herbe m'apportait l'odeur du poivre d'âne qui était mon emblème, mon philtre, mon antidote.

C'était un chemin dur et montant où les clous de mes chaussures arrachaient des étincelles.

J'y allais dès le matin six heures, avant de redescendre au travail. Les escargots bruissaient sur tous les genêts. Des coqs chantaient aux lointaines fermes. Je me retournais. La ville était adossée au mont d'Or. Au fond de la plaine, très loin sous le nord-est, la Tête de l'Estrop barrait l'horizon, bien visible, le soleil derrière elle, avec son arène de roches en gradins où il semblait que, bientôt, des milliers de spectateurs allaient venir s'asseoir pour nous regarder vivre. C'était le pôle vers quoi se tournait ma soif d'ailleurs qui n'alla jamais au-delà. Il y avait de quoi être heureux. Des phrases magnifiques explosaient dans ma tête, que peut-être je venais de lire, que peut-être je venais d'inventer.

Au nord de la badassière, se dressait un calvaire, offrande d'une mission, gravé d'un texte évangélique vers les années 1860 et dont les lichens commençaient à recouvrir la pierre. Ce calvaire qui allait jouer bientôt un certain rôle dans ma vie, je lui jetais alors à peine un coup d'œil. Il était trop neuf pour évoquer quoi que ce soit.

A partir de cet oratoire apparaissait le toit de notre chapelle. A deux cents mètres de distance, on la respirait, on en était couvert, elle vous faisait l'effet d'une mère qui vous attend. La légère atmosphère odorante où elle baignait contenait l'âme de tous nos morts. Ici, ils étaient tous venus, ici, ils avaient tous laissé des lambeaux d'eux-mêmes bien plus précieux que les restes qui dormaient dans leurs somptueux tombeaux.

C'était une rumeur d'âmes des morts qui composait le vent sous quoi se mussait cette chapelle. Elle datait seulement de trois cents ans, mais elle avait été érigée grâce aux décombres d'une autre, beaucoup plus ancienne. Le sommet de la colline était sacré car ces deux chapelles successives avaient profité des ruines d'un temple vénéré pendant beaucoup plus de siècles que la somme de leurs deux âges réunis et qui avait été enterré vif par elles. Mais elles n'avaient pu faire que les hommes pleins de sens pratique n'aient utilisé dans leurs murs quelque pierre plus belle et mieux taillée mais qui laissait apparaître, comme le bout de l'oreille de l'âne, quelque bribe d'inscription votive dédiée à certain dieu sylvestre et plein de modestie. Pour moi, c'était ce dieu champêtre et matinal qui chuchotait encore dans les cyprès de toute espèce qui flanquaient le sanctuaire comme d'un panache coquet.

Et alors, par là-dessus, il y avait le vent. Un vent de nulle part venu, charmeur comme les gambades d'un chien fou qui vous veut pour maître et qui s'efforce de vous apprivoiser. Un vent bouffi de claquements de robes de jeunes filles qui peut-être ont été vos mères. Un vent qui soudain embouchait la voix d'un cor de chasse pour vous faire frissonner aux plaisirs de l'automne.

J'entrais sous le préau désert où s'enlisaient les pavés dans la poussière et où soudain le silence succédait au tumulte. Je m'approchais du guichet creusé dans une porte épaisse comme celle d'une prison. Je collais mon front contre le grillage glacial. Là-bas, la pénombre était éclairée seulement par le bleu céleste d'une robe de Vierge. Le plafond de la chapelle était un ciel étoilé et, tout autour de la muraille où s'écaillait le plâtre en lambeaux, courait une inscription d'or : *stella matutina, virgina martyrum*... Le reste était illisible. Une grande profondeur sombre palpitait entre la porte et la statue de la Vierge. Mais, à force de regarder de tous mes yeux, je finissais par distinguer des bancs délabrés, un autel en bois doré aux planches déglinguées et mal équarries qu'une dentelle jaunie recouvrait depuis toujours.

Et sur cet autel, dans un vase bleu, des fleurs étaient mortes trop longtemps auparavant pour qu'on puisse encore leur donner un nom. J'imaginais la vieille femme qui les avait cueillies et placées là. Peut-être était-elle morte comme ces fleurs, couleur de gadoue et qui n'avaient plus de forme. Je l'imaginais jeune, je l'imaginais avant que le destin ne l'ait suffisamment aplatie pour qu'elle devienne cette chose sans nom qui glisse sans bruit entre les stalles, pour garnir de bouquets les vases propitiatoires. Je lui faisais une jeunesse fleurie, voluptueuse, tout agitée de désirs, toute honteuse d'aventures fatales. Elle n'avait pas de visage, elle n'avait pas de corps. Elle était seulement tout entière contenue dans la vague senteur qui suintait au pertuis grillagé. Je partais. J'étais à sa suite dans son histoire. Il s'y produisait des événements grandioses mais qui, toujours, étaient solidement tissés dans la trame du pays et de la terre. Je ne la voyais jamais seule, mais toujours incrustée au centre d'une foule aux couleurs seulement plus chatoyantes que ne l'était sa personne.

Je me retournais. Je croyais presque la voir arriver cette femme dont j'inventais froidement le destin. Non. J'étais seul, face à la ville, face à la Tête de l'Estrop, là-bas, au bout de la plaine et du feston des montagnes de Digne.

J'étais seul. Nul jamais ne troublait cette solitude. J'étais seul. Pourquoi ? Pourquoi personne d'autre n'éprouvait-il jamais le besoin, à six heures du matin, de venir respirer cet espace où tant de rires et d'émois haletants s'étaient fondus dans la trace du vent ? Qu'habitaient les mouvements désordonnés des fêtes où les pyramides de nos morts, entassés les uns sur les autres dans ma mémoire, avaient abandonné ici d'eux-mêmes bien autre chose que leurs dépouilles ?

N'y avait-il donc personne, de par la ville, qui fût aimé de quelque naine ?

Non. J'étais seul et il n'y avait qu'une naine. Il n'y

avait qu'un seul être malheureux. Il n'y avait que moi pour chercher la consolation dans de dérisoires exercices. Les autres se distrayaient par des plaisirs véritables. Le rêve ne leur suffisait pas. Ils résistaient. Ils se battaient. Ils étaient de glorieux Victor.

A sept heures, guidé par la clochette de l'hôpital qui appelait les sœurs à la première messe, je redescendais de ma colline muni pour la journée d'une résignation à toute épreuve.

Je traversais la badassière au pas de course, me penchant pour arracher quelques brins de poivre d'âne au talus abrupt du chemin et le broyer dans ma main pour en garder tout le jour le parfum enfermé sous ma peau.

Je croisais des vieillards, la houe à l'épaule, qui allaient aux amandes, à l'herbe pour les lapins, au bois pour le feu ou à ces parcelles mal orientées des ubacs où sont tous les jardins des pauvres. Tous les nécessiteux se levaient de bonne heure pour pratiquer leurs dérisoires travaux à des heures où nul n'était là pour les trouver ridicules. Nous échangions des sourires contrits. Ils me savaient, bien que je sois jeune, de leur race et de leur souffrance. Eux, ils ignoraient encore qu'une naine m'aimait. Peut-être ne l'apprendraient-ils jamais. Il faut quelque loisir pour capter ces nouvelles frivoles et les pauvres n'en disposent jamais.

Parfois aussi, par les ruelles des jardins dont je prenais les raccourcis, je surprenais le maire et l'aïguadier affairés tous deux sur une vanne rouillée qui refusait de fonctionner.

Pensivement, ces deux-là me regardaient passer, mon livre sous le bras. Je devinais dans leur attitude une défiance glaciale qui se déployait bien au-delà de ma chétive personne. Serrer un livre sous son bras à sept heures du matin en redescendant déjà de Toutes-Aures — et qu'étais-je allé y faire grands dieux ? — ne leur disait rien qui vaille.

C'était le moment où, d'après eux, pour chasser un sommeil réparateur et qu'ils leur souhaitaient sans rêves, les jeunes gens de mon âge font, à grande eau froide, leurs ablutions salutaires. Les révolutions, à ce qu'ils prétendaient, ne pouvaient avoir d'autres origines que ces livres nocifs, lus à des heures indues.

Ils auguraient mal, en tout cas, de mon avenir. Non content de m'être laissé aimer par une naine, il ne me manquait plus que d'aller lire, et qui sait quel livre, à la lumière soudain profanée de notre chapelle votive.

Ils hochaient la tête tous les deux sur mon passage sans avoir besoin de prononcer aucune parole. Leurs idées, à mon endroit, ne pouvaient être qu'identiques. Une seule fois, passant près d'eux ainsi, les frôlant presque dans l'étroite venelle des Ferrages, j'entendis le maire, de sa voix rauque et traînante, prononcer ce seul mot :

— Contemplatif...

Eût-il dit « gibier de potence » qu'il n'eût pas chargé ce mot de plus d'appréhension. On ne pourrait donc jamais m'intégrer dans l'un de ces circuits où la vie est jalonnée par l'action, l'une de ces cages à écureuil où les hommes d'âge mûr rêvent de faire courir en rond tous les enfants qu'ils ont faits, afin de conserver très peu peuplé le champ de leurs propres ébats.

Ce mot-là me peignait tout entier. Je frissonnais de crainte à l'idée de me sentir ainsi transparent aux yeux du premier venu. Je songeais à mieux me dissimuler, à me planquer plus profondément dans un néant anonyme.

Pour l'heure, j'esquivai prestement ces deux augures austères. Je disparus très vite au tournant d'un jardin haut muré pour qu'on n'en vît pas les agréments.

Tous les notables avaient là leur potager qu'ils ne dédaignaient pas de venir sarcler eux-mêmes. Mais c'étaient des jardins secrets. Il n'y avait rien à voler et pourtant les murs y étaient hérissés de culs de bouteilles coupants. Nos notables me donnaient là l'exemple : il fallait ici dissimuler qu'on aimait les fleurs. Ils élevaient des cosmos aériens derrière ces rébarbatives clôtures, mais à l'insu de tous. L'opinion publique ne leur tolérait guère que les chrysanthèmes, parce qu'on les porte au cimetière.

Ainsi, fuyant et méditant sur les étranges ostracismes que ma ville pouvait inventer, je débouchais tout courant sur la place, craignant d'être en retard, mais je ne l'étais jamais.

Déjà paisibles et aux aguets, les dames du Nord penchaient leur tendresse minutieuse sur les pots de plantes vertes. Déjà, l'antiquaire promenait son épagneul blanc et noir autour du monument aux morts. M de La Grave, les yeux perdus, contemplait ses amours calcinées qu'il recherchait encore aux formes des lointains qui flottaient sur la badassière.

Et la naine était là, faisant ses tours de place à larges rames de ses chaussures à boucles.

Il me restait dix minutes avant la demie de sept heures. Je m'asseyais sur le sarcophage le plus proche de l'imprimerie, afin d'être prêt à l'ordre dès que le clocher sonnerait, et je me mettais à lire.

C'était le seul défi que je lançais à ma ville. Je lisais partout ostensiblement, parfois en marchant, mais le plus souvent embusqué dans quelque recoin d'ombre. Mais là, en ces matins, la canicule qui allait peser sur nous tout le jour n'était pas encore insupportable. La fraîcheur des rigoles et des rues récemment lavées la tenait en lisière. Je pouvais lire en plein soleil sur cette pierre tombale. Ça permettait à la naine de s'approcher de moi sans bruit pour venir me contempler sous le nez. Je levais malgré moi mon regard et je rencontrais le sien : cet air de chien battu dont je voulais ignorer la douceur.

Alors soudain, un grand claquement joyeux retentissait du côté de l'hôtel du Terreau. C'était Mme Bastide qui repoussait ses volets. Je fermais précipitamment mon livre. Je me retournais. A travers les feuillages des érables qui me dissimulaient, j'apercevais la dame se penchant pour assujettir ses persiennes. Elle portait un peignoir chinois dont la soie traîtreusement avait tendance à couler au long des courbes sans défense. Je voyais le vallon qui s'estompait entre ses seins et que rosissait le soleil levant.

Les fenêtres de l'hôtel, au garde-fou ajouré jusqu'au bas des ouvertures par une dentelle de fer forgé, me permettaient de distinguer en pied l'objet de mes transports. Parfois, le peignoir s'ouvrait dans l'effort, sur le galbe d'une cuisse bombée. C'était en un éclair. Mais j'avais l'imagination fulgurante, aussi instantanée qu'un objectif de photographe. L'image à la fois figée et mouvante se gravait pour la journée dans ma mémoire.

Cet été torride aurait eu ses bons moments. Mais depuis que je savais que la naine m'aimait, cette image de Mme Bastide ouvrant ses volets ne me laissait plus qu'amertume et regrets. Je ne l'enregistrais plus que comme une œuvre d'art. La capiteuse vision n'était plus que susceptible d'être dépeinte et plus du tout de se sublimer en volupté.

La demie sonnait. Je me levais. Je m'enfonçais dans le couloir obscur, m'orientais dans la salle des machines où régnait une odeur composite dominée par celle des encres. Je m'escrimais sur l'espagnolette de la porte à quatre battants que j'ouvrais en grand sur le jour. Les aspidistras étaient là, bien encombrants, de manière que je n'oublie pas de les sortir.

A peine m'y étais-je employé que le *Bret* arrivait, notre patron. Penché en avant comme un joueur de rugby, il traversait à toute allure l'atelier depuis le bureau. Il plongeait vers le fameux seau, déposé à cet effet, pour y dégobiller tout son saoul avec des borborygmes d'agonie.

— Crève, charogne ! disaient les ouvriers qui montaient les casses sur les lutrins.

Il ne crevait pas. Il sortait au bon air fumer sa première cigarette. En même temps, il tirait sans en avoir l'air vers le bar-tabac du père Vassart, où écluser son premier gloria. L'Andromaque qui le guettait, surgissait à sa suite :

— Siegfried !

C'était ainsi hélas qu'on l'avait baptisé et je soupçonnais qu'ils s'étaient rencontrés dans la vie à cause de cette similitude dans l'extravagance qui s'attachait à leur prénom.

— Siegfried ! Tu vas encore boire un verre ! Tu n'es pas raisonnable ! Tu sais bien que ça te fait mal !

— Ah ! fous-moi la paix ! était la seule réponse de Siegfried.

Depuis plus de quinze ans ainsi, chaque matin, elle lui trottait au derrière pour lui reprocher son intempérance. Depuis quinze ans il lui répondait « Fous-moi la paix ! » pour résumer.

Elle aurait dû comprendre ce que nous comprenions tous : elle était bréhaigne, alors que son rêve à lui, dont il ne s'était jamais consolé, c'était d'avoir une kyrielle d'enfants. Il y avait peut-être dix ans qu'ils ne faisaient plus l'amour si jamais ils l'avaient fait. La guerre, il en était revenu sourd par le fracas des obus. Il ne pouvait plus fermer les yeux sans qu'elle soit là, la guerre, avec son odeur de pourriture présente dans ses narines, aussi neuve, aussi fraîche, que s'il allait tout à l'heure se réveiller sous un gourbi, aussi inoubliable que pendant les mille quatre cents jours où elle l'avait imprégné. Tous les kirschs du monde n'y pourraient jamais plus rien. Ils n'étaient tout juste bons qu'à lui liquéfier le foie, qu'à faire qu'on se gare de son haleine empestée comme il essayait vainement de fuir celle de la guerre.

Je suivais des yeux en hochant la tête la vaine quête de la patronne poursuivant un rêve de bienséance et de respectabilité derrière son ivrogne. Je saisissais philosophiquement le seau et j'allais le vider dans ces latrines surélevées qui défiguraient notre place.

Au retour, je trouvais la nièce d'Andromaque descendue de sa chambre. Son ombre de moustache paraissait toujours plus noire le matin. Elle me contemplait entre haut et bas, pour se persuader que ma laideur, qu'elle ne me pardonnait pas, ne s'était pas améliorée pendant la nuit. Un matin, ainsi, derrière la cloison du bureau, je l'entendis qui disait :

— Je me demande ce qu'*elle* peut bien lui trouver !

Elle, c'était la naine à n'en pas douter.

Je baissais le nez sur ma casse où je composais l'annonce pour la poudre Louis Legras contre l'asthme.

Les ouvriers cependant faisaient en ma présence plus souvent silence et m'observaient par en dessous. Ils étaient très mal à l'aise de ne plus m'entendre siffler faux et à tue-tête. Ils m'entouraient de sollicitude comme un gros malade. Ils essayaient de me faire rire à force d'histoires sales. Le contremaître lui-même avait le coup de pied au train moins nombreux. Soudain, ils semblaient tous se rappeler que je n'avais que quatorze ans. Etre aimé pour la première fois, et que ce soit par une naine, leur paraissait à tous un apprentissage bien suffisant de la vie.

Il me semblait à force de lui voir faire ses tours de Terreau innombrables qu'elle traînait après elle un fil de soie et qu'elle le tressait artistement comme font les araignées. Je voyais, malgré moi, cette toile géométrique se développer peu à peu pour qu'un jour, je sois destiné à y tomber.

Bien sûr je me méfiais de mon imagination, la sachant grandiloquente. Je me demandais même parfois si moi, Victor, les dames du Nord, nous n'avions pas tout inventé et si ce bon regard de chien couchant n'exprimait pas tout simplement une ordinaire sympathie, voire même un sentiment de pitié.

Je n'eus pas le loisir de me poser longtemps cette question. Certain après-midi torride, je sortis de l'imprimerie un ballot sur l'épaule, comme d'ordinaire. C'était du papier paille que j'allais livrer chez le boucher Chaillan à l'avenue de la Gare. C'était lourd : trente kilos. J'avais pris mon souffle pour couvrir la distance d'une traite, en trottant si possible, comme je faisais toujours.

J'avais appris ça au cinéma, dans un documentaire sur la Chine. On y voyait de minuscules coolies qui ne cessaient pas de trotter sous des charges énormes. J'avais essayé. Effectivement, ça paraissait alléger les poids.

Mais ce jour-là, il était dit que les obstacles couperaient mon élan à tout bout de champ. Comme si le destin s'opposait à cette course, comme s'il voulait m'empêcher d'atteindre mon but.

D'abord, dans la rue du Quatorze-Juillet, large d'un mètre cinquante, je dus céder le pas au curé de Saint-Sauveur qui venait prendre l'air du Terreau et montait lentement. Je m'immobilisai au garde-à-vous contre le mur pour lui laisser le passage.

C'était un homme solennel. Il s'arrangeait toujours pour occuper la totalité d'une ruelle lorsqu'il l'empruntait. La Grand'Rue elle-même avec ces cinq mètres d'une devanture à l'autre lui était à peine suffisante pour accueillir sa vastitude. Il était pourtant maigre et sec, mais la majesté dont il s'empreignait ne souffrait pas de contrainte. Elle avait besoin d'espace et il avait tant fait qu'il avait accoutumé chacun à la sentir autour de lui presque palpable, de sorte que les gens tenaient compte de ce surcroît pour s'écarter de sa personne avec déférence.

Son visage exprimait toujours, dès l'abord, une désapprobation sans appel autant qu'universelle. Et ce jour-là, sa lippe de dégoût me parut personnellement destinée.

Il devait être au courant, bien sûr, de cet amour contre nature que la naine me portait et dont il devait me soupçonner d'être responsable car on n'était jamais assez modeste à ses yeux. En outre, cette union, si par quelque maléfice il arrivait qu'elle se fît, il ne devait pas lui paraître qu'elle eût quelque chance de lui procurer plus tard deux ou trois catéchumènes nouveaux.

Toutes ces réflexions étaient inscrites sur sa face simiesque tandis qu'il défilait devant moi, au garde-à-vous contre le mur. Il avait ce jour-là, me jetant un bref coup d'œil, cet air funeste des serviteurs du Jugement dernier, cet air qui crie : « Repens-toi ! » à des êtres qui n'ont jamais été que la cible du péché d'autrui.

Il me fit une honnêteté cependant sur le poids de mon ballot dont il constatait avec bonté qu'il devait être bien lourd pour ma chétive personne. Il appréciait que les gens fussent ployés sous l'effort.

Je protestai que non, au passage, afin de ne pas prolonger la compassion dans son esprit, mais il était déjà loin, songeant sans doute à des choses plus graves.

Je repris mon chemin en trottant. Je passai devant Mme Grognard, la marchande de *taraillettes*, dans la boutique de laquelle je n'avais jamais eu assez d'argent pour pénétrer et qui vendait de si belles *gargoulettes* vertes. Les taraillettes, c'étaient de petits objets en terre cuite qui reproduisaient toute la poterie de ménage qu'on utilisait alors, et les gargoulettes, de minuscules cruches, lesquelles convenablement emplies d'eau au tiers ou à moitié, imitaient, quand on soufflait dedans par le bec, les chants de tous nos oiseaux dans les grands arbres.

Je tournai le coin du Ricou, le marchand de chaussures. La Grand'Rue était vide devant moi. La canicule qui sévissait avait refoulé tout le monde derrière les stores et au fond des alcôves ; ou dans les jardins autour de la ville, sous les tilleuls et les mûriers parmi les puisards au bruit rafraîchissant et où se déversait l'eau du canal. Les quatre cygnes de fonte crachaient dans la fontaine Saint-Sauveur un jet parcimonieux et dans le plus profond silence.

Je vis Zoé Meïmo sur son pliant. Zoé, c'était la providence de la ville. Elle avait déjà plus de soixante-dix ans à l'époque. Si Mme Sanson était maîtresse des ténèbres, Zoé était maîtresse de la lumière. Pour vingt sous — il y avait plus d'un quart de siècle qu'elle n'avait pas changé son tarif — elle tirait les cartes à tout le monde et n'avait jamais, pour les uns et les autres, que des trésors d'espérance à prodiguer. Jamais il n'était tombé de ses lèvres aucune méchante prédiction, jamais elle n'avait jeté d'ombre sur l'avenir de personne. Si notre ville était une ville de gens heureux, elle le devait aux radieuses prédictions de Zoé. Il fallait voir sortir de chez elle, le sourire aux lèvres, le riche et le pauvre, la femme et l'homme, jeunes filles et vieillards. Il n'était pas rare, mais toujours vers minuit, d'y rencontrer, dans les parages, rasant les murs, quelque boulanger enfariné ou quelque huissier tout noir, voire quelque gros commerçant, chacun quittant ensuite le couloir sombre en se tordant la moustache d'un air conquérant, ayant tous gagné, entre-temps, la certitude qu'ils n'étaient point cocus.

Après, s'il arrivait malgré tout que quelque tuile tombât sur ces gens de bien, il ne fallait pas douter que c'était aux agissements de la Sanson qu'ils le devaient.

Aussi n'y avait-il pas d'amour perdu entre ces deux coryphées du destin. Elles se portaient des coups épiques par clients crédules interposés. Et elles auraient pu — tant elles croyaient à leur mission — se rencontrer sans rire, ce qui n'arrivait jamais, car elles s'évitaient soigneusement, de crainte que le pouvoir de l'une ne soit inférieur à celui de l'autre.

Zoé *faisait le bas* avec application. Ses aiguilles diligentes accrochaient à toute allure une maille sur l'autre. Apparemment elle ne m'avait pas vu. Pourtant :

— Jean ! appela-t-elle doucement.

J'étais déjà passé. Je m'arrêtai, mon ballot à l'épaule.

Zoé ne levait pas la tête. Elle ne s'assurait pas si je l'entendais, tant elle en était certaine. Elle ne s'assurait pas si la rue était déserte, tant elle lui avait commandé de l'être.

Nous étions bien seuls dans la torpeur de l'après-midi ; seuls avec les mouches vertes, toutes vrombissantes de fureur contre la moustiquaire impénétrable qui leur interdisait l'entrée chez le Carretier, le marchand de fromages.

Toujours sans me regarder, toujours appliquée à son véloce travail d'aiguilles, Zoé dit, sans élever la voix :

— Jean ! Ne va pas chez la Sanson ! Oui. C'est à

toi que je parle ! Ne va pas chez la Sanson ! Elle brûle !

— Mais je ne vais pas chez la Sanson, vous voyez bien : je vais porter du papier paille chez le Chaillan !

— Mais si tu y vas ! Tu vas y aller ! Je le sens ! Ne me dis pas non ! Ne réponds pas ! Fais chemin ! Ne te retourne pas en passant devant ! Tu es foutu mon pauvre petit si seulement tu t'arrêtes !

De la porte bourgeoise à marches d'apparat de Zoé à droite, au corridor étroit de Mme Sanson, à gauche, il n'y avait pas deux cents mètres. Elles n'étaient séparées, l'une de l'autre, que par quelques étalages de commerçants qui empiétaient sur la chaussée et par la sinuosité de la rue qui les empêchait de se voir depuis leurs seuils respectifs.

Je parcourus cette distance la gorge serrée. Devant le bar *Au Tonneau*, sur ses longues jambes épaisses comme des allumettes et terminées par de grands pieds plats, la Lance tenait la moitié de la rue. Elle dormait allongée sur une chaise, pâle comme une morte, ses longues mains diaphanes posées en prière sur son ventre inexistant. Cette Lance se traînait toujours partout avec un grand panier plat rempli de victuailles. Elle faisait *tirer au saquet*. C'est-à-dire qu'elle avait un petit sac plein de boules de loto. On en tirait une pour vingt sous. Quelquefois, on emportait un saucisson si le chiffre correspondait, quelquefois un réveil, la plupart du temps rien. Elle vivotait avec ça. Ce jour-là, je pris conscience de son existence parce qu'elle avait l'air de vouloir me barrer la route avec ses jambes étendues.

De l'autre côté, la dame du *Bazar des Alpes*

déroulait tranquillement un écheveau accroché au dossier d'une chaise.

En face du corridor fatal, de loin, je voyais la bouchère enrobée dans son rideau de perles, le nez au vent, qui espérait un peu de pluie pour nettoyer sa cour des nuées de mouches qui proliféraient sur les poubelles pleines. J'arrivai à la hauteur de cette bouchère renfrognée. Le corridor du destin me paraissait dépassé. Je me crus sauvé.

— Jean ! Viens voir un peu ici !

Mon prénom est Chrysostome, en réalité. Mais longtemps on m'a appelé Jean. C'était plus vite dit. Et puis ce nom, tout orné d'or, à moi appliqué, ne convenait à personne. C'était de la confiture aux cochons. La ville ne l'avait jamais admis.

Je m'arrêtai comme si j'avais été percé d'une flèche. Je ne me retournai pas encore. J'espérais, je ne sais pourquoi, qu'ayant à demi obéi à cette injonction lancée depuis le couloir funeste, Mme Sanson allait me tenir quitte et m'oublier.

— Jean ! je t'ai appelé il me semble !

C'était la première fois qu'elle s'adressait à moi. Son âge et le mien lui donnaient le droit de me tutoyer. Néanmoins, la bouchère en face qui interrogeait le ciel, ne trouva plus aucun goût à cet exercice et, en percevant l'injonction incisive pour la deuxième fois, elle s'éclipsa brusquement. Le rideau de perles retomba sur elle prestement. Et tandis que je disparaissais dans le couloir sombre derrière Mme Sanson, je l'entendis distinctement annoncer au garçon qui ficelait des rôtis :

— Il va pleuvoir des tuiles !

J'avais eu le temps aussi de remarquer que la Lance avait retiré ses pieds du milieu de la rue et que la dame du *Bazar des Alpes* remisait ses deux chaises et son écheveau, se garant à l'abri de son vestibule à ornements de cuivre.

— Dépose ton ballot et viens voir ici ! commanda la Sanson. Et prends garde, il y a une marche !

Il y avait une marche en effet qu'elle me signalait trop tard, ayant déjà pénétré dans son antre. Moi, toujours véloce, je lançai le pied en avant et rencontrai le vide tant j'étais flageolant. Je repris l'équilibre en battant l'air de mes bras et m'agrippai des deux mains au rebord d'une plaque de marbre. C'était la console d'une cheminée de salon. Quand je levai les yeux au-dessus de cette tablette, je me trouvai nez à nez avec un monstrueux portrait de la naine qui y trônait. Ce n'était même pas une photo en buste. On n'avait mis en évidence que la seule tête. Elle était là, à quelques centimètres de mon visage. Je reconnus la signature au feu d'artifice d'arabesques qui l'enjolivait.

Cette photo avait été inventée par le bossu Bizot qui avait du génie. Ce n'était pas une tête difforme. Il n'avait pas pu la faire belle, mais il en avait fait une tête de caractère. Il lui avait donné l'air intelligent. Il lui avait même donné l'air distingué.

— Je crois, dit Mme Sanson qui devait me contempler paralysé devant l'apparition, je crois que je n'aurai pas besoin de beaucoup parler...

Je me tournai vers elle. C'était la première fois de ma vie que je la voyais à moins de cent pas. Mes grand-mères d'abord, ma mère ensuite, avaient toujours pris les plus grandes précautions pour me soustraire à ses regards, pour la soustraire aux miens.

C'était une sorte de demoiselle des postes voûtée

et petite, laquelle, par ces temps de canicule, n'en portait pas moins un gilet tricoté sur une jupe de laine. Son coup d'œil était anodin derrière les lunettes cerclées de fer. Elle frottait frileusement ses mains l'une contre l'autre tout en parlant, comme si elle était timide, comme si elle était incertaine.

Elle vivait, comme toutes les veuves de guerre de chez nous, avec la photo, en civil, du héros avant la mobilisation, ostensiblement flanquée d'une fleur de saison en un vase gagné par lui autrefois, dans quelque loterie.

Ici, ce portrait, certainement hier encore en bonne place sur la cheminée, avait été quelque peu bousculé ce jour-là par celui de la naine qu'on avait dû apporter ce matin de bonne heure.

L'ameublement était à la mesure de tant de modestie. Une cuisinière bleue émaillée, ornée de feuilles de lierre en relief, occupait la moitié de l'espace devant la cheminée à quoi la reliait un tuyau coudé.

D'un bahut commode qui luisait dans la pénombre exsudait une odeur de cire, de pâte de coing et de confiture de pastèque. Au mur, à part l'*Angélus* de Millet et le calendrier des postes, deux cartes postales, reproduites sur des loupes de résineux, représentaient, l'une, le casino-jetée de Nice et, l'autre, la grotte de Lourdes.

Une table ronde cernée par quatre chaises paillées était recouverte d'un tapis brodé d'un dromadaire vert chou, courant vers quelques palmiers de même couleur. Il n'y avait rien là-dessus.

Mme Sanson s'était assise derrière cette table, convenable, un collier de verroterie éclairant seul son cou ridé sans excès. Durant tout le temps qu'elle parla, parfois, machinalement, elle passa sa main en coupelle sur la bosse de ce dromadaire brodé, comme pour gober une mouche ou balayer quelque imaginaire château en Espagne, celui peut-être qu'elle me devinait construire pour échapper à ses prédictions désespérantes.

Je la contemplais fasciné, fragile et douce, telle qu'aurait pu être ma tante Hélène, si celle-ci n'eût pas été dotée d'une voix criarde qui faisait, à son approche, s'envoler tous les oiseaux. Je la contemplais bénigne et ordinaire et, par surcroît, fleurant bon cette odeur de badassière que portent sur elles toutes les femmes bien nées de chez nous. Ce sont des effluves de champs et de collines que se transmettent les armoires et les lessives. Ce sont fumets où aucun parfum de fleur ne vient troubler cette amère fragrance des herbes sèches dont nos pelouses sont prodigues. Souvent, il y traîne aussi, gagnée dans les conciliabules au coin des cuisinières de ferme, le fumet de ce café qui rebout doucement, au bord des fourneaux et que domine le relent de tous les fruits blets qui se sont momifiés sur les claies des celliers au cours des longs automnes.

Tous ces parfums étaient enclos sous la veste de laine qui protégeait Mme Sanson contre le froid mortel que sa seule présence provoquait autour d'elle.

Si j'étais né ailleurs, je me serais fié à ces apparences. Seulement mes souvenirs d'enfance étaient illustrés par trop de silhouettes calmes et frêles que mes grand-mères, furtivement, me désignaient au passage :

— Tu vois celui-là ? C'est un assassin ! En l'an tant, il a tué sa femme.

C'étaient devenus de fragiles vieillards parmi les fermes désolées, qui vivaient depuis longtemps avec le cadavre de leur épouse flottant entre deux eaux, à l'ombre de la citerne secrète où ils l'avaient ancrée au bout d'une chaîne lestée d'un vieux soc de charrue. Et jamais l'on eût imaginé qu'ils avaient eu la force d'emporter sur leurs chétives épaules la plantureuse Noémie depuis le bas de l'escalier où ils l'avaient précipitée jusqu'à ce trou obscur, engainé au centre d'un hérisson de ronces et d'églantiers, où il fallait se glisser à plat ventre, traînant le corps par le seul tunnel que les blaireaux y avaient pratiqué.

Et pourtant, ils gardaient, sans aucune trace de ce drame, leurs bons yeux bleus empreints d'une rieuse malice et ils pouvaient plaisanter et recevoir jovialement le facteur et savourer depuis vingt ans, au coin du feu, leur jalouse solitude enfin reconquise. Ils étaient deux ou trois ainsi que mes grand-mères appelaient des sangliers.

Lorsqu'on vous a désigné du doigt, tout petit, ces êtres habitués à contenir, sous l'aspect ordinaire des bonnes gens, de telles profondeurs de l'âme, les madame Sanson n'offrent à vos yeux qu'une transparence limpide, mais il n'empêche qu'on en a peur.

J'avais peur. De drôles de borborygmes me trahissaient, irrépressibles. J'en avais les jambes ankylosées bien plus que tout à l'heure, sous mon ballot de trente kilos.

— Naturellement, tu ne diras rien de ce que je vais te dire.

Pour ça, elle pouvait compter sur moi. Je ne disais

jamais rien à personne. Je n'ai jamais rien dit à personne. Ce qui trompait toujours tout le monde, c'est que je parlais beaucoup et de tout et de rien et à tout propos. Rien n'est plus propice à tenir ferme sa nature secrète qu'une solide réputation de bavard qu'on peut se faire au meilleur compte. Je me l'étais faite. J'étais donc tranquille pour l'essentiel. On me croyait tout en surface et, par conséquent, on ne se méfiait pas devant moi. En outre, tant de maladresses mineures accumulées me faisaient aisément prendre pour une tête de linotte et quelqu'un qui n'a aucune mémoire. Je n'avais non plus aucun effort à faire pour ne pas paraître rancunier, ma couardise naturelle m'y aidait beaucoup.

Quand, à quatorze ans, on choisit le père Grandet pour héros littéraire, beaucoup de choses s'affermissent sous vos pas hésitants.

Tandis que parlait Mme Sanson, posément et sans me regarder, je la considérais attentivement, cherchant sous ses lèvres en lame de couteau, dans son regard fuyant et ses prunelles délavées, les vestiges d'une autre femme dont mes grand-mères s'entretenaient à mots couverts devant moi, laquelle, autrefois, en dépit de ce mari mythique dont le portrait trônait sur la cheminée, avait eu, elle aussi, son histoire d'amour.

Elle l'avait vécue avec le fils de Mme Tisserin, mort du mal de Pott et qui portait toujours cravate sur sa minerve et avait d'admirables mains soignées. Elle avait arraché cet amant aux transports timidement incestueux de sa mère, laquelle en rugissait comme une lionne, parfois en pleine rue, sans égards pour sa réputation.

Cette femme peu perspicace avait eu la funeste idée, ni Porquerolles ni Berck n'ayant rien pu pour lui, d'appeler la Sanson en désespoir de cause. Celle-ci n'avait alors que trente-cinq ans et aussitôt qu'elle vit ce grabataire qui pouvait encore à l'époque remuer assez pour faire l'amour, ce fut le coup de foudre pour la première fois de sa vie. La mère, confiante, n'eut pas le temps d'en revenir tant ce fut immédiat. Elle pénétra, un jour, sans songer à mal, dans la chambre du malade où la Sanson, inlassablement, était censée lui caresser les vertèbres en appelant à la rescousse les forces des ténèbres. Elle les trouva tous deux dans une position peu commune mais seule permise par l'état du grabataire et qui, en tout cas, ne laissait aucun doute sur la nature du crime. D'où les rugissements.

La Sanson mise à la porte, il advint que Mme Tisserin, incontinent après, tomba d'une échelle alors qu'elle cueillait un panier de cerises et assez malencontreusement pour se briser le tibia et rester immobilisée dans le plâtre à son tour, de longues semaines durant. Malgré les ordres de sa patronne, la servante n'osa jamais interdire à la Sanson l'accès de la demeure, et l'amour reprit ses droits.

Cette servante raconta des choses terribles : ce n'étaient pas des soupirs que l'on entendait dans la chambre du fils, mais le bruit des vertèbres disjointes, huilées par le pus et qui s'entrechoquaient à chaque effort, en arrachant au malade des gémissements lamentables que la souffrance et le plaisir entrelacés rendaient affreusement ambigus. Le tout souligné par les imprécations de la mère clouée au lit dans la pièce voisine.

Cet amour tout ponctué de bris d'os dura jusqu'au

dernier craquement qui coupa le souffle à ce mort vivant.

Mais tous ces effroyables détails, ce n'était pas de mes grand-mères que je les tenais. Je les avais captés au voisinage des dames du Nord certain jour que la Tisserin s'était absentée et qu'elles en avaient profité pour mettre celle-ci sur le tapis afin de la décortiquer proprement.

Je scrutais Mme Sanson, cette femme passionnée — éteinte depuis qui sait quand ? — et qui me parlait doucement tout en laissant errer son regard sur n'importe quoi sauf sur moi.

Savoir qu'elle avait pu être cette jeune amoureuse ne me rassurait guère car les forces des ténèbres, m'avaient appris mes grand-mères, se complaisent autant, sinon plus, dans la plénitude exubérante d'une amante comblée que sous les aspects chétifs d'une femme frileuse.

Tandis que je tentais de me faire d'elle une idée précise, elle me dépeignait désespérée ma situation dans le monde.

Elle me soulignait le dernier degré de la misère où vivait ma pauvre famille. Elle me fit comprendre qu'à l'imprimerie, on m'avait embauché par charité mais qu'elle savait de source certaine que je ne donnais pas satisfaction.

J'allais, d'après elle, rebondir de fond d'abîme en fond d'abîme. Il n'existait pas de bout du tunnel. Elle avait consulté les cartes à ce sujet. Elles étaient formelles.

— Tu ne pourras être sauvé que par... ce que tu sais...

En même temps qu'elle prononçait ces mots, elle me désignait d'un mouvement de tête la console de la cheminée où trônait le portrait de la naine.

— Qu'est-ce que tu as pour toi, mon pauvre petit, à part ta jeunesse qui durera pas toujours ?

Je l'écoutais avec le plus grand calme. Tout ce qu'elle disait, je me l'étais déjà administré au centuple. Je ne desserrais pas les dents. Je ne faisais pas un geste. De plus en plus le mouvement de ses prunelles fuyait de tous côtés, évitait mon regard fixe.

— Oh ! dit-elle, ne crois pas ! Ce n'est pas tout de suite ; elle attendra... Pour le moment, tout ce qu'elle voudrait, c'est que tu sois gentil avec elle. Que tu lui parles (en cachette bien sûr) et surtout qu'elle puisse te parler. Elle m'a dit que tu faisais un bond de côté chaque fois que tu la rencontres. Tu crois que c'est brave ça ?

Elle prit soudain un air enjoué et se mit à lisser avec soin devant elle le tapis vert-de-gris où paissait le dromadaire.

— Et puis..., tu sais : elle n'est pas sans rien. Sa mère lui a laissé une grosse rente. Et avec le peu qu'elle dépense, elle doit avoir quelque chose comme magot sous son matelas. Elle m'a pas fait de confidence, mais... deux cent mille francs, je crois qu'elle les a. D'ailleurs, m'a-t-elle dit, un de ces jours elle va se faire construire une belle villa... Tu te rends compte, toi qui n'as rien, tu vivrais dans une villa !

Elle mettait une majuscule, en le prononçant, à ce mot prestigieux. « Avoir une villa » était le plus cher désir de tous mes compatriotes. Le comble de la gloire, c'était que l'on dise de vous : « Il a une villa. Ils vont se faire bâtir une villa. Son mari lui a offert une villa. Quand nous serons dans notre villa. »

Nous avions des villas anciennes et cossues, capables d'entretenir le rêve. Nous avions la villa *Colonna,* la villa *Paradis,* la villa des *Violettes,* la villa *Robinson,* la villa *Mireille,* la villa *Marie-Antoinette* dans le parc de laquelle j'imaginais voir passer une reine sans tête. Nous avions même une *Villa mystérieuse* dont nul n'a jamais pu me chuchoter le secret.

Si la villa eût été mon rêve, nul doute que je me serais fait violence, peut-être, avec cette naine.

Je voyais s'agacer la Sanson devant mon silence peureux. Je la sentais tourner autour des défauts de mon armure avec un flair de chien de chasse. Soudain, il me parut que dans le va-et-vient incessant de son regard, un éclair de triomphe venait de luire. Elle se mit, les yeux baissés comme pour un aveu, à pétrir le tapis vert-de-gris à la place exacte où le dromadaire logeait sa bosse.

— Et puis, tu sais, dit-elle, pour le moment elle ne demande qu'une seule chose : que tu te fasses photographier par le Bizot, à ses frais, bien entendu, pour pouvoir te contempler tout son saoul.

Je vacillai. Je m'appuyai au mur. Elle venait de toucher le seul point sensible où ma vanité était à vif.

J'ai dit que nous tenions un génie dans la personne de notre photographe. C'était un bossu du nom de Bizot. Il nous faisait à tous des têtes de paradis. (Il fallait voir ses couples de mariés !) Mon plus secret désir, c'était de posséder un jour assez d'argent pour me faire tirer le portrait par ce Bizot. Un portrait grand comme un tableau. Un portrait où l'on rendrait enfin justice à la clarté de mes yeux expressifs ; où mes cheveux tirés en arrière à force de fixatif dégageraient mon front haut, où l'on distinguerait enfin, grâce à cet artifice, mes pommettes saillantes et mes méplats volontaires que d'ordinaire cachait ma tignasse retombante. Enfin, je comptais fermement sur le Bizot pour me coller au crâne ces oreilles en paravent, objet de dérision.

J'avais déjà assez d'expérience pour savoir que, dès que mes contemporains pourraient contempler ce portrait rectifié dans la vitrine du Bizot, ce serait *comme ça* que désormais ils me verraient et non plus tel que j'étais dans la réalité.

Or, dans cette vitrine, j'étais assuré de demeurer assez longtemps pour que s'accrédite la légende de mon nouveau visage car ce Bizot aimait à se pavaner devant ses chefs-d'œuvre. Il n'était pas rare de l'apercevoir sous l'averse, par beau temps il n'osait pas, enseveli sous un parapluie qui touchait presque terre à cause de la petite taille du photographe. Il se tenait là, face à face avec sa vitrine, tout seul et tout jubilant de plaisir, à l'idée de nous avoir faits si beaux.

— Et en couleurs..., murmura la Sanson pour m'achever.

Alors je ne vis plus la naine, je ne vis plus que ce portrait en couleurs. Heureusement, j'avais une autre sorte de vanité : celle de ne pas aimer perdre. La Sanson eut tort de me montrer, dans son regard fuyant, cet éclair de satisfaction dont ne peut se dispenser le joueur qui a réussi un beau coup. Cet éclair me cabra et je secouai la tête instinctivement en signe de refus. Mais ce fut la mort dans l'âme.

Mme Sanson perdait patience, elle commençait à en avoir assez de mon mutisme stupide.

— Tu te vois tel que tu es ? dit-elle avec commisération.

Pour la seule fois de toute notre entrevue, ma bouche s'ouvrit et je répondis :

— Oui.

Oui, je me voyais tel que j'étais : le chandail luisant d'encre compacte ; le pantalon retenu par une ficelle, trop court parce que je grandissais encore un peu et dont le bas usé n'était plus qu'une frange. Toutefois, je constatais peu à peu, malgré ma peur, que la Sanson n'avait pas pris la peine d'aller au-delà de cette apparence. Elle se contentait de me voir tel que tout le monde m'imaginait. Le coup du portrait en couleurs était un trait de génie qui tenait plus de l'intuition que de l'observation. Pour le reste, le fait qu'elle ait avancé l'argent et la villa comme arguments péremptoires prouvait qu'elle me mesurait selon ses propres désirs.

Que m'importaient les rentes de la naine ? Une jambe soyeuse entrevue dans la pénombre me tenait lieu de fortune, sans même avoir besoin d'y toucher. Un coucher de soleil sur Toutes-Aures me gonflait de plus de joie qu'un rêve voluptueux. Je ne demandais rien d'autre à ce monde — et notre maire l'avait compris d'un seul regard — que de pouvoir contempler à loisir ses flamboiements et ses horreurs.

L'idée me frappa que si elle me connaissait si mal c'était peut-être parce que ses connivences avec les forces des ténèbres, dont elle se targuait, n'étaient pas aussi intimes qu'elle le prétendait ou peut-être, tout simplement, parce que celles-ci trouvaient l'objet de son étude si dérisoire qu'il ne valait pas la peine de l'approfondir. Savait-elle seulement ce qu'était *L'Annonce faite à Marie* ? Avait-elle jamais entendu parler de Julien Sorel ? Pouvait-elle imaginer qu'une certaine fraternité d'âme me liait au tonnelier Grandet ? Cette ignorance que je pressentais changeait la face des choses : nous ne respirions pas le même air et par conséquent elle ne pouvait me contaminer avec le sien. Elle ne pouvait pas me pêcher avec ses appâts : je ne les aimais pas.

Je commençais lentement à me rassurer, mais il n'était pas temps encore.

Elle se mit debout brusquement, repoussant sa chaise avec bruit. Elle me frôla, cinglante, en passant devant moi, et je sentis sa présence comme une lanière de fouet.

— Viens ! siffla-t-elle. Je vais te montrer quelque chose.

Elle tira une clé de la poche de son devantier et s'engagea devant moi dans le corridor obscur. La Grand'Rue à ma droite était pleine de clarté. Le cafetier Imbert secouait la grille de son brûloir électrique. La voix grêle de la Lance conviait un passant fourvoyé à venir jouer au *saquet*. C'était la vie. Mais la Sanson me commandait de la suivre de l'autre côté, vers le fond ténébreux de ce corridor que barrait une porte. Je me demandai, l'espace d'un éclair, pourquoi toutes les autres issues de la maison étaient béantes et pourquoi celle-ci était close ? Mme Sanson fourragea un peu dans le pêne d'une serrure et donna deux secs tours de clé. Le panneau s'ouvrit sur une lumière de sépulcre. Il y avait, là encore, une marche très haute que la Sanson cette fois ne prit pas la peine de m'indiquer. Je l'effaçai cependant, adroitement. Je tremblais moins. J'avais tort.

L'endroit où elle m'avait amené, c'était une cour, un tunnel vertical haut de trois ou quatre étages, obscur comme un puits, limité par ces murailles orbes, sauf du côté de la Sanson où trois fenêtres superposées prenaient jour. Ces murailles étaient si hautes, la cour carrée était si petite que là-haut, dans la lumière noire du ciel, je crus voir distinctement briller une planète.

Il régnait un froid de tombe. Le ciment du sol et ces parois n'avaient jamais vu le soleil. Quelque chose d'éclatant au beau mitan de la cour éclairait ce caveau et une odeur suave qui tenait de la mandarine et du marc chaud sortant de l'alambic, embaumait l'air humide.

— Regarde ! commanda Mme Sanson.

Je vis un pot vert au relief décoré de feuilles de lierre en céramique, semblable à ceux que je sortais le matin à l'imprimerie, mais trois fois plus gros.

— Tu sais ce que c'est ça ?

C'était une touffe luxuriante de ces feuilles revêches que je connaissais bien, pointues et piquantes comme des lances. Seulement, parmi elles, et les dépassant nettement, dardaient des hampes chargées de clochettes blanches dentelées comme celles du muguet mais dix fois plus grosses.

— C'est une plante verte ! dis-je stupidement.

— Une plante verte ! ricana Mme Sanson. C'est un aspidistra, ignorant ! Regarde-le bien ! Tu n'en verras jamais plus comme celui-là ! En fleur ! Et quelles fleurs ! Tu vois ? Tu respires ?

Oui, je voyais, je respirais. C'était étrange. Ces belles fleurs, ces fleurs au parfum suave, ces fleurs immaculées, une répulsion irraisonnée me tenait pourtant loin d'elles.

— Regarde bien ! disait Mme Sanson, avec une exaltation morbide. Tu n'en verras jamais plus ! Cette plante elle ne fleurit qu'en un seul endroit : un pays en Chine qui s'appelle le Kuku-nor. Il y en a des montagnes ! Il n'y a rien d'autre ! Qu'un lac au milieu ! Et c'est à trois mille mètres ! Et il n'y a pas de vent ! Et des pluies diluviennes ! Et un été où les pierres éclatent à force d'avoir chaud. Alors voilà : cette plante pour qu'elle fleurisse, il lui faut tout ça : les pluies, pas de vent, trois mille mètres et le Kuku-nor ! ajouta-t-elle en levant le doigt. Jamais ! Ni ta patronne, ni la Sarrasin, ni l'Agassonne, ni la Roubaud, ni (elle ricana) la Tisserin, ne verront jamais la queue d'une de ces fleurs !

Elle s'interrompit, aspira de l'air, reprit :

— Elles ont cru en voir une peut-être au ras de terre en regardant bien, mais avortée, mais toute rabougrie, tandis que moi regarde ! par la seule force de ma volonté, ici ! dans cette cour, hiver comme été, regarde bien ! Touche ! Touche, je te dis !

Je touchai, avec répugnance. C'est depuis que s'est imprégné sur la peau de mes doigts ce parfum que je traite d'odeur. C'est depuis que j'ai enfin pris l'habitude de me laver les mains le plus souvent possible. J'ai cru longtemps, je crois encore, sentir ce parfum sur ma peau. Il n'était pas de ce monde. Si l'enfer avait un parfum, je crois que ce serait celui-là.

C'était à mon tour de me mouvoir dans un milieu

qui n'était pas à mes dimensions. Le sortilège qui m'environnait, le parfum sans nom de ces fleurs maléfiques, le fait que leurs feuilles fussent à peine différentes de ces plantes stupides que je soignais tous les jours ; tout cela me remplissait le cœur de funestes pressentiments.

— Je ne la montre à personne, dit encore la Sanson. Et surtout pas aux dames du Nord car si je la leur montrais, elles ne me croiraient quand même pas. Elles seraient tellement jalouses, tellement envieuses, qu'elles préféreraient croire qu'elles n'existent pas, ces fleurs ! Même en les touchant ! Même en les respirant ! Tu n'imagines pas, mon pauvre petit, ce que c'est que l'incrédulité humaine, dès que la passion s'en mêle !

Elle me poussa au-dehors doucement et doucement elle me dit :

— Ces fleurs sont le produit de ma seule volonté et de ma seule foi. Alors, tu penses ! Qu'est-ce que ce sera pour moi, mon pauvre petit, que de te faire épouser la naine !

Elle referma soigneusement d'un double tour de clé la porte de la cour.

— Et rappelle-toi, dit-elle, tandis que je filais doux le long du corridor, si tu ne te décides pas à être un peu gentil avec elle, quelque chose il t'arrivera !

Je repris d'un seul élan mon ballot sur l'épaule. Il me parut fort léger. Je me préparai à fuir, à jaillir au trot du corridor, à m'envoler vers le grand jour. Je me ravisai.

Autrefois, lorsque je voulais me faire une opinion sur ce qu'on pensait de moi en réalité ou sur ce qu'on espérait de ma jobardise, je retournais sans bruit vers la pièce dont on venait de refermer la porte sur moi avec les souhaits ou les encouragements d'usage et je collais mon oreille au trou de la serrure. Exercice salutaire quoique cruel pour celui qui veut et qui prétend se bien connaître.

Chez Mme Sanson, cet exercice était difficile à exécuter puisque son antre était toujours béant. Mais l'ombre épaisse du corridor et le silence total où j'étais capable de me mouvoir facilitaient les choses. La pièce, en outre, où elle venait de disparaître après son dernier avertissement, était plongée dans la pénombre puisque sa seule fenêtre prenait jour sur cette cour lugubre.

Je restai néanmoins en retrait, invisible, le souffle court quoique muet. Mme Sanson tournait souplement, tel un félin, entre sa cuisinière bleue et cette table ronde à tapis vert-de-gris. Soudain, elle se dirigea vivement vers la cheminée, elle saisit à deux mains le portrait de la naine, elle le contempla fixement pendant peut-être dix secondes. Alors, elle le rapprocha de son visage et posément, à trois reprises, à travers la vitre qui protégeait la photo, elle lui cracha à la figure.

— C'est bien fait ! Ça t'apprendra !

— A quoi ?

— A toujours vouloir tout comprendre !

C'était ma conscience, sans doute, qui s'exprimait de la sorte. Et j'étais bien obligé de reconnaître qu'un mystère se présentait là, au moment où je l'attendais le moins. Et je comprenais aussi qu'une vie entière ne serait pas de trop pour tenter de l'apprivoiser et, peut-être, de l'élucider en partie.

La manière particulière dont les bruits couraient chez nous, tenait de ce que chacun cherchait à se libérer au plus vite de celui dont il était porteur. Comme nous nous connaissions tous, le premier qu'on rencontrait devenait le réceptacle obligé de la nouvelle qui était en train de s'épanouir.

Les jours ouvrables, une heure suffisait aux rumeurs pour s'étendre sur la ville. Le dimanche où tout le monde était au jardin ou au cercle, une journée entière y suffisait à peine. En revanche, les jours de foire, étant donné le nombre des relayeurs qui se passaient le témoin, c'était presque foudroyant.

Cependant, en dépit du peu de monde qui circulait en ville par cet après-midi torride, le bruit que la Sanson m'avait intercepté parvint à l'imprimerie en un temps record.

L'entretien avec Mme Sanson avait duré peut-être dix minutes. J'en avais mis trois, fonçant dans l'inquiétude de me faire engueuler, à revenir de chez le Chaillan où j'avais livré mon ballot.

Comme je surgissais sur la place par la rue du Quatorze-Juillet, je vis le Jude qui refermait la porte de l'imprimerie, qui sautait dans sa camionnette, qui embrayait agilement, qui disparaissait à fond de train par la descente des remparts, dans le tressautement cristallin des bouteilles vides.

Ce Jude, c'était le messager des dieux. Il était livreur chez le marchand de vins et circulait dans une Torpédo modèle 1913 comme j'en voyais au cinéma paroissial dans les comiques américains.

On l'appelait le sémaphore. Il ouvrait à grand fracas la porte de l'imprimerie pour nous cracher à la face la dernière information : mort, mariage, naissance ou scandale. Après quoi, il disparaissait aussi vite qu'il était venu.

Quand à mon tour, tout essoufflé, je pénétrai dans l'atelier, je compris que le Jude avait fait son œuvre mais que la stupeur régnait encore, interdisant toute attitude nouvelle à mon égard.

Aussi ne me posa-t-on aucune question sur mon retard. Affairé, je me mis à composer l'annonce de la poudre Legras, m'efforçant de respirer le moins possible. Mais rien ne vint. Silence de mort.

La patronne cousait derrière le vitrage du bureau d'où elle était censée devoir nous surveiller. Le correcteur raccommodait un ninas troué à l'aide d'un papier à cigarette. Le prote justifiait une forme en sifflotant. Le typo composait à grands gestes de ses courts bras musclés. Les machines m'attendaient pour marger.

On me savait bavard. On espérait un récit incohérent, des explications fumeuses, toute une narration embrouillée et sans suite, d'où jaillirait parfois quelqu'un de ces rires de crétin dont j'avais le secret.

Or je ne desserrai pas les dents.

On fit, les jours suivants, avec beaucoup de doigté, à ma visite à la Sanson, quelques allusions voilées.

Je ne répondis pas.

Alors, une sorte de crainte s'installa dans l'esprit de ces simples. Jusque-là, j'étais transparent pour eux, mais le fait que j'aie été convoqué par Mme Sanson me couvrait d'une ombre et d'un mystère qui les rendaient frileux. Le contremaître lui-même retenait au dernier moment ses coups de pied au train, lesquels, je le voyais bien, il lui démangeait pourtant de me distribuer. Une angoisse que ma seule vue lui communiquait, me servait de sauvegarde. Il ne croyait pas, bien sûr, à ces histoires. Toutefois, on n'est jamais assez prudent. Un derrière, si insignifiant soit-il, sur lequel la Sanson avait apposé son veto, lui devenait aussi sacré, à cet homme, que les ossements d'un saint.

Moi, j'avais les tripes tordues par la peur. La Sanson m'avait bien prévenu : « Quelque chose il t'arrivera ! »

Ce quelque chose était suspendu sur ma tête, dont la chute imminente pouvait se produire à n'importe quel moment. Et que serait-ce ? Me prendrais-je le bras droit dans les rouleaux de la Marinoni et faudrait-il m'amputer ? Attraperais-je le tétanos à cause d'un de ces clous rouillés dont il fallait débarrasser les planches des ballots à l'aide d'une tenaille ?

Après avoir vu en fleur ces aspidistras alors que pourtant, sur la place, ils étaient toujours parfaitement verts et stériles, j'étais prêt à croire n'importe quoi.

L'effroi permanent devint mon partage. Mais j'avais quatorze ans et le vol d'une mouche suffisait à m'émerveiller. Malgré la menace, les jambes de Mme Bastide étaient toujours aussi suggestives ; l'avocate offrait toujours à ma vue sa silhouette flexible dans l'ondulation suave qui tremblait tout au long de son corps lorsqu'elle se déplaçait ; la poitrinaire Gentiane avait toujours les seins aussi haut placés et les dames du Nord racontaient toujours leurs légendes d'une manière aussi captivante ; et je tenais toujours à la main, quel que soit le temps, l'un de ces livres bon marché où je découvrais le monde.

Je repris aussi, mais sans plus d'espoir, mes factions derrière la porte vermoulue de la remise pour découvrir, s'il se pouvait, les dentelles de Mme G. Mais la naine était aussi véloce que moi. Elle arrivait dès que j'arrivais et je n'avais pour tout potage que la vision de sa courte personne occultant le spectacle que je m'étais promis.

Alors, je me rattrapai en faisant tourner sur le gramophone *La Tosca* ou *Salut, ô mon dernier matin*. Je les écoutais deux ou trois fois par jour, m'enhardissant depuis que, par miracle, les coups de pied au train avaient cessé de pleuvoir.

Or, un jour, et l'été ne désarmait pas et la canicule sévissait sans faiblir, un jour, il arriva quelque chose.

Il arriva que, à force d'être laid, à force d'être sale, à force d'être malchanceux et malhabile, à force d'être en porte à faux dans le monde, il arriva qu'une fille normale jeta pourtant les yeux sur moi. Pourquoi ? Je me le demandai dès lors. Je me le suis toujours demandé. Je me le demande encore. Je crois que son destin avait besoin de ma minable personne pour s'accomplir sur le mode funeste.

Germaine, c'était une fille saine, lumineuse, que je n'avais jamais vue que souriante et gentille. Elle était déjà très formée pour les treize ans qu'elle annonçait et pourtant elle sautait encore à la corde. Je la voyais courir vers tout avec un élan irrésistible. Quand son père rentrait du jardin un panier au bras, elle se précipitait vers lui pour lui dérober une tomate mûre et elle mordait dedans à pleines dents. (Ce geste, je l'ai encore devant les yeux. Je vois le jus jaillir de la tomate éclatée et le mouvement de Germaine creusant son buste flexible pour en garer sa robe.)

Mais, pour moi, c'était un être comme tous les êtres, dont j'enregistrais machinalement les mouvements et les paroles parce qu'ils faisaient partie de la vie autour de moi et que c'était l'ensemble de cette vie qui me captivait et non pas l'un de ses éléments en particulier.

Pourtant, Germaine gravitait dans cet univers. Elle jouait sur la place avec ses camarades. Elle cousait devant sa porte, les jours de vacances. Elle m'aurait autant manqué que les dames du Nord, que le monument aux héros de la guerre, que le ciel sur Toutes-Aures, que les vieux hommes qui déambulaient sur la place tout encombrés de leurs rêves morts.

Un jour, cette Germaine, je la trouvai devant moi, dans la remise, alors que j'étais en train de compter les feuilles d'une rame de papier. Je ne devais pas m'attarder ce jour-là et c'est pourquoi, je n'avais pas, comme d'ordinaire, repoussé le portillon derrière moi.

Je la vis. Je la regardai pour la première fois. Je distinguai ses yeux. La pénombre n'éteignait pas les pépites de malice qui y scintillaient, pas plus qu'elle n'estompait les taches de rousseur qui lui éclairaient la peau. Je vois encore ces choses si fragiles : les paillettes d'or dans l'iris des yeux ; les taches de rousseur autour du nez un peu épaté, les cheveux raides couleur de châtaigne, un unique bouton d'acné aussi qui lui gâtait le menton, le cou peu délié, les mains qui se tordaient d'angoisse devant moi et sur lesquelles déjà se lisaient les pitoyables stigmates des travaux ménagers. Je vois tout cela, tout flambant d'exubérance, de vie. Quand je vais être mort, il n'y aura plus personne pour le voir.

Elle souriait. Elle rosissait. Je la sentais suffocante de panique, peut-être plus encore à l'idée de s'être glissée dans cette remise sous les yeux de Mme G. que de se retrouver devant moi, occupé à trier une rame de papier, dans la chiche clarté d'une ampoule de trente bougies.

Elle était clouée au sol mais elle me regardait hardiment.

— Qu'est-ce que tu fais ? dit-elle.

Je lui répondis :

— Tu vois : je compte !

Ce furent là toutes les paroles qu'il nous fut donné de prononcer l'un devant l'autre pour toute notre vie.

Elle ne s'en allait pas. Je voyais bien à ses mains qui se crispaient et se détendaient alternativement qu'elle se faisait violence pour ne pas détaler. Je voyais bien qu'elle attendait de moi un geste précis, immédiat, qui délivrerait sa poitrine de cette panique qui l'oppressait. Je voyais, je sentais, la formidable volonté qu'il lui avait fallu pour traverser la place, s'engouffrer dans la rue, surgir toute courante par ce portillon, pour trouver devant elle cet abruti plein de réserve qui jouait les béats en la contemplant souffrir.

Je me levai, paralysé comme elle, la gorge nouée, les jambes flageolantes. Je m'approchai d'elle jusqu'à sentir son odeur qui était celle de la fleur de pêcher. Je tentai vainement de faire le transfert. Non. Ça ne marchait pas : elle n'était ni Mme G. ni l'avocate ni même la Gentiane Brisart, la fleur malade. Elle n'était que la saine Germaine âgée de treize ans. Je ne pouvais rien pour elle.

Je n'avais aucun geste prêt pour accueillir la timide tendresse d'une simple adolescente. Je n'y avais jamais songé. Jamais aucune vierge n'avait capté mon attention. Entre la jeune fille et la femme aucun pont encore n'avait été jeté dans mon inconscient incomplet. Elles étaient bien distinctes l'une de l'autre et sans aucun rapport.

Je rêvais des jambes de Mme G. parce qu'elle avait des bas couleur de fumée et que je pouvais les relier, dans mon pandémonium érotique, à ces pantalons ornés de dentelle qui paraient les mannequins dans les catalogues de ma mère. Pour moi, Germaine n'avait pas de jambes. J'étais certain d'ailleurs que, comme la fille de Mme G., elle portait encore des culottes Petit Bateau. Or, aucun élan ne m'entraînait vers les culottes Petit Bateau. Mon imagination leur demeurait fermée.

Germaine était toute rose devant moi, elle se mordait les lèvres. Elle était normale et moi j'étais anormal. Il ne me vint pas un geste pendant plus de deux minutes qu'elle resta là, à me fouiller au fond des yeux. (Et ce regard je l'ai encore là, planté au milieu du front.)

Et tout d'un coup, n'en pouvant plus, elle me tourna le dos, elle s'enfuit en riant, parce qu'elle ne savait pas exprimer autrement sa déconvenue et son mépris à mon égard.

J'allais bondir à sa suite, lui dire : « Attends ! » peut-être. Car c'est cela que je pensais : « Attends ! Attends d'être devenue Mme G., Mme Bastide ou l'avocate ! Attends d'avoir trente ans ! Alors je m'éveillerai pour toi ! Alors nous nous retrouverons ! Et nous rirons ensemble de ma balourdise, lors de cette première rencontre. Et je te décrirai tout ce que j'ai aimé de toi dès la première minute. Attends ! » voulais-je lui dire.

Ce qui me retint, ce fut qu'en ce raisonnement je me découvris homme pour la première fois et que cette rencontre dans un miroir me frappa d'horreur. Je me découvris semblable au chien qui se trouvant devant trop de nourriture va en enterrer un peu partout, en prévision du sombre avenir. Il fallait avoir le courage de se regarder en face : je ne voulais pas de Germaine sur-le-champ parce que j'étais repu. La réalisation parfaite de mes rêves, par le truchement commode de l'onanisme, me blasait l'âme et le corps. Mais viendraient des temps de disette ou simplement d'autres temps, où retrouver Germaine serait peut-être mon plus cher désir ou mon unique ressource.

C'était cela qu'il fallait lui dire tout de suite : que je voulais la garder en réserve et non pas la bercer de ces paroles romantiques que j'avais si facilement inventées. Il fallait qu'elle sût quel genre de personnage elle trouverait en moi. Jouer avec mon vrai visage et non avec celui que, peut-être, contre toute attente, elle admirait mais par erreur.

J'allais, je fis le geste de la tourner vers moi, de la retenir par le bras pour lui avouer tout cela à bout portant. Elle m'échappa. Il était trop tard, elle franchit le portillon en courant. Je n'osai pas m'élancer à sa poursuite.

Et d'ailleurs à cet instant il se passa cette chose terrible : la naine la vit sortir. La naine arrivait, tranquille, pour prendre sa faction devant Mme G. et m'empêcher de la contempler. Elle arrivait sur ses grands pieds en bourdonnant ses *Papillons de nuit*. Germaine la frôla en courant sans la voir et disparut au coin du Terreau.

La naine était médusée, clouée sur place, son bourdon coupé au ras des lèvres. La pâleur de son visage couleur pain trempé s'était encore accentuée. Elle se retourna. Elle suivit aussi longtemps que celle-ci fut visible, Germaine qui s'enfuyait. Elle me fit face, les yeux chargés d'un triste reproche.

Alors, une intuition foudroyante me visita. Je voulus lui crier : « Mais elle n'est pas là depuis trois minutes ! Mais non je ne l'ai pas tenue dans mes bras ! Je ne l'ai pas touchée ! Je te dis que je ne l'ai pas touchée ! »

Bien sûr, on n'écoute jamais ces pressentiments fantastiques. On les écrase. On s'esclaffe devant eux. On les tourne en dérision. On se sait le meilleur gré du monde de figurer parmi les bénéficiaires les plus méritants de ce sens commun si bien partagé.

J'étais pourtant secoué jusqu'aux tripes par le regard noir de la naine. J'en étais à ce point bouleversé que je négligeais de contempler les jambes de Mme G. laquelle pourtant me les donnait à admirer généreusement pour la première fois, ayant saisi son pied droit dans sa main et l'ayant ramené à la hauteur de son genou, apparemment pour se gratter la cheville.

J'étais bien loin de tout cela. Je songeais à Mme Sanson, à sa menace, aux longs conciliabules qui se tramaient entre la naine et elle. Ces deux femmes me faisaient froid dans le dos.

Je fermai à double tour la serrure du portillon et m'enfuis vers l'imprimerie, une rame de papier sous le bras. Je comptais sur la brusquerie et les sarcasmes de mes compagnons ordinaires pour me rassurer un peu et me faire oublier mes appréhensions. Mais, depuis que la Sanson m'avait happé au passage (« Il y est resté plus d'un quart d'heure », avait répandu la bouchère), il ne fallait plus compter de la part de tous que sur une sollicitude inquiète. J'eus loisir tout le jour de cultiver mes idées noires.

Cependant, la canicule forcissait encore. Les volets restaient fermés sur les cuisines, les mouches vrombissaient sur les sentines à sec. Chaque matin notre maire et son aïguadier multipliaient les arrosages salutaires. La ville vivait dans un silence feutré.

La naine, infatigable commissionnaire, ne cessait de ravitailler en eau d'Aubette les dames du Nord et plusieurs autres habitants du quartier.

Pour ma part, je ne pus par la suite attester que d'une seule chose : c'est de l'avoir vu tendre à Germaine un alcarazas d'eau fraîche. Oui. Je la vois distinctement : elle appelle devant la moustiquaire de grillage. Germaine ne paraît pas. Pour éviter l'invasion des mouches, elle passe le bras sur le côté de cette porte grillée qui se rabat automatiquement. Elle se saisit de l'alcarazas avec mille mercis. La naine assure que ça la distrait d'aller chercher de l'eau fraîche pour les autres.

Ce geste, durant la quinzaine funeste qui suivit, je le verrai se répéter trois fois. C'est tout ce que je puis dire.

Il y avait quelques typhoïdes qui couraient ferme dans le bas quartier et le quartier nord. Il y en avait une qui venait tout juste de tourner à la méningite chez un garçon de mon âge. Il habitait sur mon passage pour aller au travail. Je faisais un large détour. Il criait, disaient les dames du Nord. On entendait ses cris lamentables à cent mètres à la ronde. Elles disaient qu'à trois, son père, sa mère et son frère, ils avaient toutes les peines du monde à l'empêcher de se jeter la tête la première contre les murs de sa chambre.

Elles branlaient du chef.

— Aussi ! disaient-elles. Il paraît qu'il avait bu de l'eau de la Calade.

— Qu'est-ce que tu veux : s'il avait soif, ce pauvre petit ?

— Ça fait rien. On l'a assez dit ! Quand on est né à Coni — c'est des Piémontais je crois, les Delmonte —, on fait attention ! On boit pas de l'eau n'importe où ! Surtout que, sur cette Calade y a un écriteau gros comme ça : « eau non potable », y a marqué ! Alors...

L'Uiaoudo haussait ses épaules charnues.

— Oï qué ! Moi j'en ai bu toute ma vie de l'eau de la Calade et ça m'a jamais fait que du bien hé !

— Mais nous aussi nous en buvons, l'Uiaoudo ! Seulement, nous, nous sommes ici depuis l'*an pébré*, mais un Piémontais, vous pensez !

Je commençai à éprouver des maux de tête insistants quoique peu douloureux. Je ne pensais plus à Mme Sanson. Je ne voyais plus que l'obsédante naine tournant autour de la place et s'arrêtant au loin, plantée sous les érables et regardant dans ma direction.

Certain jour, je m'aperçus que Germaine ne venait plus sur la place. C'était sa mère qui paraissait à la porte pour saisir l'alcarazas des mains de la naine.

Je regardais toujours machinalement la fenêtre où je l'avais vue quelquefois secouer un tapis. Je levais les yeux vers cette croisée, simplement parce qu'elle était à la hauteur de mon horizon lorsque je rentrais chez moi.

Ce jour-là, je vis que les volets, d'ordinaire grands ouverts, étaient à peine entrebâillés. La patronne arriva un matin disant :

— La Germaine est malade. Sa mère dit que la typhoïde s'est déclarée...

Je retins mon souffle. Désormais, ces volets entrebâillés furent le centre de mon attention. Je guettais leur position. Je les observais fixement. La nuit, après avoir quitté mes camarades, je venais faire un détour devant. Il y avait toujours de la lumière, une lumière douce, une lumière triste. Je me pris à imaginer cette chambre telle qu'elle était peut-être avec ses tommettes rouges, sa petite descente de lit gagnée dans quelque loterie foraine, son lit de bois et peut-être, dans un godet de porcelaine, un rameau de buis bénit.

J'imaginais Germaine toute blanche, toute pâle, les yeux fermés, le front (son front de treize ans) ridé par la douleur. Cette image venait planer sur moi depuis le fond de ma conscience et m'inondait de compassion. Et pourtant je ne souffrais pas. Je pouvais sans ciller contempler toutes ces images de désespoir. L'angoisse me submergeait à l'idée que je ne pouvais souffrir que sur moi-même, que j'étais parfaitement incapable de partager la souffrance d'autrui, sauf à la faire mienne, à croire que c'était moi qui souffrais, ce qui me paraissait le comble de l'égoïsme.

Un vent de malheur faisait se pencher un peu plus

les unes vers les autres les têtes discrètes des dames du Nord.

— Il paraît qu'on lui a mis la glace sur la tête...

— Le Dr Caire lui a fait la ponction...

Germaine mourut sans bruit et sans gémissements comme une bonne petite fille qui n'avait jamais donné que des satisfactions à ses parents.

Un matin qui sonnait allègre comme une cloche de Pâques, je sortis de chez moi pour gagner l'atelier, courant et sifflant à tue-tête, selon mon habitude. Je débouchais à fond de train de la rue du Quatorze-Juillet. Alors, je vis la table.

Chez nous, quand quelqu'un meurt, on sort une table drapée de noir au seuil de la maison, munie d'un encrier, d'un porte-plume, souvent rapporté de Lourdes et où l'on voit la basilique en transparence si on se le colle contre l'œil. Les proches vont vite chercher quelques-unes de ces feuilles de papier à lettres que vend le Maurel, le libraire.

Alors, tous ceux qui *prennent bien part* viennent apposer leur signature sur ces feuilles volantes que parfois le mistral emporte jusqu'au prochain caniveau.

La table était là, sidérante, me coupant le sifflet sur les lèvres, brisant mon élan. Je levai les yeux, voulant une autre preuve : les persiennes de la chambre étaient tirées comme si c'était pour toujours.

Je m'approchai, les jambes tremblantes. Je vis le faire-part cerné de noir : « les familles ... » « le décès de Germaine », « leur fille chérie ».

Sur la première feuille, car il était bien tôt, à peine plus de sept heures, un seul nom était déjà écrit, le premier de tous, à bonne distance du haut de la page, bien calligraphié à l'encre violette, d'une écriture appliquée de certificat d'études :

« Victor Bellacroce »

C'était le nom de mon ennemi mortel. L'étonnement fit taire tous les autres sentiments qui m'agitaient. Pourquoi Victor s'était-il levé de si bonne heure pour venir accomplir ce devoir de piété qui pouvait attendre ? Etait-il un parent ? Non. Les parents même éloignés ne signent pas au registre. Ils entrent dans la maison mortuaire. Ils s'installent autour du cercueil. Ils sont là, encombrants et inutiles, mais s'ils ne viennent pas, on le remarque et on ne les salue plus. Etait-il un ami de la famille ? Non. Je l'aurais su. Nous savons tout ici, les uns sur les autres. Nous apprenons, nous enregistrons, nous nous taisons. Chacun de nous a son entier fichier de la ville bien en tête ; il n'est pas besoin de pense-bête. Non. Victor n'était pas un ami de la famille.

A quel mobile avait obéi cette brute pour se lever dès potron-minet et signer ce registre ? Machinalement et toujours réfléchissant sur cette étrange chose, je trempai à mon tour la plume dans l'encrier. Je tirai un grand trait sous le nom de Victor afin de bien marquer que nous n'étions pas ensemble et j'apposai le mien, clairement. Il me sembla d'ailleurs que mon écriture était beaucoup plus assurée que la sienne.

Sonnait la demie de sept heures qui m'appelait au travail. Je me retournai. La naine était derrière moi. La naine s'approchait pour bien *prendre part* à son tour.

Si les dieux nous avaient donné le pouvoir de lire

sans erreur dans le regard d'autrui, si le message des yeux était aussi clair que celui de la parole et de l'écriture, même lorsqu'ils sont travestis, j'aurais compris la vérité à reconnaître en un éclair celui de la naine.

Jamais je ne l'avais vue d'aussi près. Or, il y eut une seconde avant qu'elle me reconnût, une seconde où je lui trouvai cet air de satisfaction repue que, me fiant à l'opinion générale, j'attribuai à son imbécillité latente. Mais l'instant d'après, dès que je lui fis face, son visage s'altéra soudain, se modifia. J'eus l'impression qu'elle m'observait avec incrédulité comme si elle me rencontrait pour la première fois.

Moi, j'avais seulement mon visage de chaque jour. La mort de Germaine si elle me frappait de terreur et m'emplissait d'une compassion glacée, ne suscitait pas en moi le chagrin que j'aurais dû ressentir si je l'avais aimée.

En vérité, la quiétude de mon regard, mes boutons d'acné, mes oreilles en paravent, mes cheveux hirsutes, tout cela ne peignait rien d'autre, comme d'ordinaire, que le comportement de quelqu'un qui n'a jamais aimé personne.

De longues réflexions me furent nécessaires pour finir par admettre que, précisément, c'était cet air-là qui remplissait la naine de stupeur et peut-être d'épouvante.

Je dis « peut-être » car la confrontation de nos regards ne dura pas une seconde et c'est au moment où je détournais le mien que je crus discerner dans le sien cette étonnante expression.

Je finis par démêler qu'elle comprenait enfin, à mon air dégagé et exempt de toute souffrance, que je n'avais pas aimé Germaine, que je n'avais jamais eu avec elle aucune relation d'aucune sorte. Ce que je voulais déjà lui crier le fameux jour de la remise.

Mais pourquoi paraissait-elle terrifiée à cette simple constatation ? C'est ce que je ne pouvais lire dans son regard. C'était là son secret.

J'avais à peine dépassé la naine que je vis poindre, fine et ondulante, Mme l'Avocate qui s'approchait pour signer à son tour. Pourquoi était-elle dehors si tôt, pour remplir ce simple devoir de voisinage ? Je me posai cette question longtemps après le dénouement de cette histoire et ne pus jamais trouver à cette hâte qu'une explication aberrante : c'était le destin, d'après moi, qui ce matin au lever du jour était venu frapper sur l'épaule de cette femme altière. Il était entré, à travers la porte fermée, dans sa chambre luxueuse qui fleurait bon les rassurants parfums composés et là, ayant occupé tout le cube de l'air, il lui avait enjoint de venir signer sur ce registre de Germaine morte, juste derrière Victor, derrière moi et derrière la naine, afin que nous fussions tous, et pour l'éternité, réunis dans sa main.

Les dames du Nord s'avançaient depuis le fond de la place, toutes noires, la cantatrice Figuière en robe de jais au premier rang. Elles venaient apporter leur consolation à la famille. On les savait capables rien que par leur aspect de chœur antique, de paralyser la douleur et de la prendre en charge. Nul n'osait se livrer absolument à l'indécence du chagrin devant des femmes qui avaient tant souffert.

Nous avions coutume, à l'imprimerie, lorsque passait un enterrement, de nous mettre en état de siège pour y assister en paix. On retirait le bec-de-cane, on se camouflait ensemble, patronne comprise, derrière les rideaux tirés, en groupe compact et, de là, on faisait les voyeurs, excités au dernier point, jubilant presque mais de terreur affolée et les fesses serrées, sous l'aiguillon de la mort ; méditant, autant que faire se pouvait, sur la certitude où nous étions qu'un jour ce serait l'un d'entre nous l'objet principal de ce voyeurisme. Car, en dépit des baptêmes et des unions religieuses, il n'était pas un d'entre ces humbles dont la foi résistât au spectacle de la mort.

Aussi, le jour où l'on porta Germaine en terre, nous étions tous là, en grappe, nos genoux s'entrechoquant, bien plus que pour n'importe quel autre défunt que nous eussions connu, la respiration oppressée, le cœur gros.

Car la mort qui emporte une fille de treize ans frappe l'imagination des mortels bien plus fort que les trompettes de Jéricho. On ne peut pas oublier la mort d'une fillette de treize ans autour de soi, ni en mangeant ni en travaillant ni en faisant l'amour. On l'a toujours placardée sur la figure comme une toile d'araignée. Elle obscurcit le ciel. Elle lui ôte ses couleurs. Elle fait de la sciure avec les petites joies que le monde dispense.

Et nous étions là, nous, la patronne, le prote, le conducteur, le typo et moi qui les imitais servilement, sachant qu'ils ne me pardonneraient pas de n'être pas semblable à eux ; nous étions là, peureusement agglomérés, à regarder partir Germaine pour l'éternité.

Nous avions un corbillard haut sur pattes, maigre comme une vieille fille, auquel notre maire n'accordait qu'une couche de peinture tous les cinq ans, de sorte qu'on se demandait toujours s'il terminerait son prochain service. C'était le grand-père des charrons Vinatier qui l'avait construit vers les années 1870. Il était attaqué d'autant de vers que les dépouilles qu'il avait, depuis lors, voiturées. Il *craïnait*, disaient les anciens. C'est-à-dire qu'il grinçait à fendre l'âme. Il couvrait, par ses protestations de vieillesse, les sanglots et les cris de souffrance de ceux qui avaient aimé son passager.

Un cheval triste, ordinairement utilisé en ville pour la livraison des colis, le traînait, dont il fallait refréner l'élan car il avait l'habitude de trotter allégrement sous le fouet qu'on faisait siffler à ses oreilles.

Ce jour-là, ce corbillard, on l'avait rajeuni d'un poêle de lin sur lequel s'accumulaient les bouquets de gouets et de glaïeuls blancs. C'était un enterrement de vierge.

Il y avait un clergé réduit. C'était un enterrement de pauvres. Les clergeons, ensoutanés à la va-vite, laissaient dépasser leurs godillots et leurs chaussettes retombantes des surplis sommairement immaculés. La foule attendait, à bonne distance, que le convoi s'ébranlât.

Nous vîmes, puisque nous étions là pour ça, sortir le cercueil léger de la maison modeste. Mais moi, ce fut comme si je voyais se précipiter sur la place la joyeuse Germaine et sa corde à sauter. Quel air avait-elle déjà, entre ces planches, deux jours après sa mort ?

Heureusement, pour me distraire de cette insoutenable vision, j'avais la foule.

Chez nous, aux enterrements, jamais les hommes ne se mêlaient aux femmes, même pas lorsqu'ils étaient membres de la famille. Les proches mâles marchaient derrière le cercueil, les proches femelles au second rang. Le fils ne soutenait pas sa mère. La femme ne soutenait pas son mari. Et d'ailleurs, nous sommes une race qui a de la force de caractère. Je n'ai jamais vu personne avoir besoin d'être soutenu. Les femmes du cortège, en bon ordre, se groupaient derrière la famille, bien droites et pleines de dignité. Venaient les hommes enfin avec cet air qu'ils ont tous, lors des obsèques, de troupeau en pagaille qu'on mène à l'abattoir et qui traîne les pieds.

Comme on nous faisait le même coup au cinéma paroissial, les filles sur les travées de gauche, les garçons sur les travées de droite (de quoi donner des idées à ceux qui n'en auraient pas encore eu), j'ai toujours soupçonné qu'il s'agissait là de quelque tabou sexuel.

Sans doute craignait-on que la promiscuité des sexes, confrontés ensemble à la mort, ne conduisît plus souvent qu'il n'était souhaitable à de scandaleuses idylles, sous cette trop facile excuse : « Ni plus ni moins pour ce que nous sommes. » Les corps constitués, par accord tacite, ne pouvaient évidemment pas assumer ce désordre.

Parmi les femmes, ce jour-là, je vis la naine au beau milieu. Elle avait posé une cloche noire à ruban violet sur ses cheveux rebelles. Elle avait troqué son sarrau contre une robe bleu nuit, enjolivée d'une ceinture à boucle. Sous son bras, elle tenait serré un sac à main en crocodile, qui prouvait à n'en pas douter qu'elle n'était pas la première venue.

Pourtant, je remarquai qu'elle occupait comme une île parmi les groupes de ses voisines. Alors qu'elles serraient leurs rangs, au contraire, on distinguait l'asphalte autour de la naine. On comprenait bien que ses compagnes de chemin craignaient de la heurter dans les cahots de la marche et ainsi, peut-être, d'être contaminées à son contact par le destin qu'elle traînait dans sa légende.

La Sanson était là aussi d'ailleurs, insignifiante, anodine, que jamais personne — même pas les dames du Nord — ne reconnaissait du premier coup lorsqu'elle était perdue dans la foule.

Seulement, celle-ci, les femmes n'osaient pas l'isoler comme la naine, de crainte de la froisser. On arrivait toujours, bien sûr, à force de coups de croupe balancés comme par mégarde, à la reléguer au milieu des foncières incrédules que nous comptions parmi nous. Mais celles-ci n'étaient pas plus d'une dizaine et, du reste, elles ne trouvaient jamais charmante cette intrusion de la Sanson parmi elles.

Le seul élément noble parmi tout cela, et nous ne manquions pas de nous en enorgueillir, c'était notre patron, le Siegfried, maigre, l'air sévère, toujours bien droit, malgré son imprégnation alcoolique. Lui, la mort, c'était sa copine d'enfance. Il l'avait tant vue frapper à tort et à travers autour de lui, le rater d'extrême justesse à plusieurs reprises qu'il s'y était accoutumé, qu'il n'y faisait plus attention. Il avait tant vu de corps enterrés, déterrés, à l'air libre des semaines durant, à tous les stades du devenir humain que lorsqu'un prédicateur de café venait lui prétendre « qu'elle ne se pouvait regarder en face », il lui riait au nez, doucement, sans bruit et il passait outre. Nous savions tous, sa femme comprise, qu'il l'appelait de tous ses vœux mais qu'il n'osait aller la chercher de crainte d'être taxé de lâcheté.

J'étais tout occupé, comme les quatre autres qui le louaient à voix basse, à admirer la tenue de notre patron, superbe dans son paletot mastic, lorsque je vis, presque dans son sillage, apparaître Victor, mon ennemi mortel. Victor, lui aussi, était sur son trente et un. Il arborait son costume de première communion dont le pantalon lui arrivait bien au-dessus des chevilles car on n'avait pas encore eu le temps de le retailler à ses nouvelles mesures. Chez nous, les costumes de premier communiant se faisaient très amples, avec des pinces savantes, de fausses épaules rentrées sous le tissu, d'énormes ourlets cachés dans les doublures, afin qu'ils puissent durer s'il était possible, à force de transformations industrieuses, jusqu'au mariage inclus.

Victor, là-dedans, était presque aussi superbe que notre patron. Droit, roide et solennel, il avait discipliné ses cheveux, à l'eau et au savon, par une raie à l'artiste sur le côté. Ses boutons d'acné luisaient de propreté et il tenait sa casquette à la main.

Je l'observai attentivement. Il devint mon point de mire. Quelque chose dans sa tenue et sa démarche jurait avec son aspect habituel et cela n'avait rien à voir avec le fait qu'il fût endimanché. Je mis longtemps à comprendre qu'il souffrait. Il n'avait plus l'air glorieux, fier-à-bras, vainqueur. Son regard, que je voyais de profil, me parut éteint.

Il était seul, parmi les hommes, à avoir moins de vingt ans.

— Jean ! Va me chercher deux rames d'in-quarto raisin à la remise !

Je tressaillis. J'étais toujours à réfléchir derrière le rideau, alors que la place était vide et que l'enterrement avait disparu. L'atelier se remettait au travail. On relançait le moteur. On secouait bruyamment les casses. On avait replacé le bec-de-cane. La patronne se lamentait sur le fait que ces enterrements ça n'amenait jamais rien de bon.

— Il va encore se laisser entraîner au café ! se lamentait-elle.

— Comme s'il en avait besoin ! ricanait le prote.

Mais c'était vrai. Chez nous, tout enterrement s'achevait toujours pour les hommes par une tournée générale des bistrots, puisque, ni plus ni moins, la journée était fichue.

— Jean ! Tu y vas chercher ces deux rames ?

Je m'élançai, saisis la clé au passage et fonçai vers la ruelle. Mme G. comme toutes les femmes du quartier était à l'enterrement et, d'ailleurs, je ne pensais pas à elle. Je pensais à Victor et à la curieuse transformation que j'avais observée chez lui.

Je donnai deux tours de clé, je repoussai le battant. A droite sur la muraille je tournai le commutateur. C'était inutile d'ailleurs. A l'heure qu'il était, le soleil se glissait de biais dans cette ruelle et un rai de lumière oblique descendait depuis le haut du portillon, illuminant le sol.

Alors, je m'arrêtai, sidéré. La terre battue de cette remise était recouverte d'une épaisse couche de poussière de safre feutrée où les pas restaient longtemps imprimés. Les ouvriers ne venaient presque jamais ici et le contremaître rarement. J'étais seul à hanter ces lieux et je passais toujours au même endroit pour entrer et sortir : le long de la muraille de droite pour actionner le commutateur dans un sens ou dans l'autre.

Et cela explique pourquoi, sur le sol devant moi, bien éclairées par ce rai de soleil en biais, il existait encore, intactes, les traces que les sandales de Germaine y avaient laissées, voici à peine quatre semaines.

Ces traces parlaient de la vie avec une telle tristesse que quelques larmes mouillèrent mes yeux.

Or, je n'avais jamais encore pleuré dans ma vie que par caprice d'enfant ou à cause des coups que je m'étais donnés en jouant ou pour ceux que j'avais reçus. Jamais, je n'avais pleuré *pour rien*. Cette découverte me plongea dans l'étonnement. Il existerait donc des cas dans ma vie où il me faudrait pleurer pour d'autres raisons que la simple douleur physique ?

Je pris l'habitude les jours suivants de venir me recueillir devant ces traces. Elles suffisaient, dans leur pitoyable dérision, à me tenir éloigné de tout plaisir. Je n'avais plus un regard pour les jambes de Mme G. Je songeais au corps de Germaine qui pourrissait sous son tertre. Je me tenais attentif et sans ciller devant cet avenir mystérieux qui la nettoyait de toute apparence terrestre. Un jour, j'apportai un typomètre pour mesurer ces empreintes de sandales qu'elle avait laissées. Je me penchai dessus, je me mis à quatre pattes, j'allai jusqu'à les flairer. Un être vivant qui m'avait peut-être aimé s'était tenu là, vertical, faisant porter sur la terre tout le poids d'élan qui, peut-être, le propulsait vers moi et qu'il retenait...

Je restai là, à quatre pattes, devant cette évidence, atterré à l'idée que je n'avais pas su répondre à cet élan et qu'il était trop tard pour toujours.

— Elle chaussait du trente-cinq... A peine du trente-cinq...

Dans l'énoncé de cette menue pointure que je me répétais à voix basse, il y avait tout le crève-cœur que m'inspirait cette vie gaspillée.

Je n'avais pas aimé Germaine de son vivant quand elle levait vers moi, dans la remise, son regard doré, mais maintenant qu'elle était morte, je pouvais enfin la contempler sans danger, sans risque d'être perturbé, et je pouvais enfin la sertir dans cette peinture du monde où se sublimait la parcimonieuse faculté d'aimer qui m'avait été impartie à ma naissance.

Cette dévotion pour des empreintes dans la poussière dura l'espace de quatre matins. Au cinquième, un gros camion arriva qui livrait des tonnes de ballots.

Le contremaître me précéda vers la remise. Il s'était emparé de la clé. Il fallait ouvrir à deux battants les portes vermoulues et récalcitrantes. Je ne pouvais parvenir seul à soulever l'arc-boutant. J'étais plein de panique. Je savais ce qui allait arriver. Il ouvrit prestement. Je voulus lui crier : « Attention ! Ne marchez pas au milieu ! Ce sont les dernières traces de Germaine ! Vous allez les effacer ! »

Il était trop tard, ses larges chaussures les avaient déjà écrasées.

J'en éprouvai une désolation navrée. Je comptais sur ces traces, fragiles en vérité, pour me comprendre un peu mieux. Car, sur ce point, je m'ignorais ferme : pourquoi, n'aimant pas Germaine, pouvais-je d'une manière aussi nette, me représenter sa vie ? Pourquoi son aspect physique, ses taches de rousseur, sa voix voilée, un peu rauque, les robes qu'elle portait, la façon dont elle était coiffée, sa démarche (elle était atteinte d'un léger *genu valgum*), l'exubérance qui la projetait vers tous ces lieux où les jeux l'appelaient, pourquoi tout cela me frappait-il maintenant qu'elle était morte, alors qu'auparavant je croyais ne l'avoir jamais remarqué ? Pourquoi me figurais-je avec tant de détails probablement imaginaires mais d'autant plus vraisemblables, ses derniers instants, son dernier visage, le dernier mouvement de ses mains ?

Sa mère seule, sans doute, parmi les quatre mille habitants de la ville, berçait son insomnie par tant de menus détails précis. Mais elle, c'était son amour. Ce n'était pas le mien. Je ne l'avais pas, consciemment, regardée dix fois en toute notre existence. Avant qu'elle surgisse devant moi dans la remise, je n'y pensais jamais, tout ce qui me rattachait à elle, c'est que, peut-être, elle m'avait aimé ou, en tout cas, qu'une toquade l'avait portée vers moi. Etait-ce la vanité d'avoir provoqué cet engouement qui me prédisposait à me souvenir d'elle ? Mais non, de ce côté-là, j'étais blindé. Si l'on m'aimait, je ne le croyais jamais tant j'étais fermement habitué à ne pas l'être. Non.

Je crois simplement que je pleurais tout bas, à sa place, sur cette vie qu'elle n'avait pas pu poursuivre. Je crois que c'était la fraternité de nos âges, de notre même pauvreté, qui me faisait prendre en charge son ombre, la ranger précieusement au fond de mes souvenirs. Je voulais la garder neuve, avec ses couleurs et son mouvement pour la ressortir en quelque occasion et la faire revivre un peu, espérant qu'elle était peut-être dans ma mémoire — car qui connaît le mystère ? — encore en chair et en os.

Je savais déjà que même sa mère finirait par l'oublier, qu'il y aurait un jour où elle n'y penserait plus que de temps à autre puis plus que de rares fois et enfin une seule fois par an, le jour des morts, au premier novembre, quand elle irait porter des fleurs sur sa tombe. Elle avait d'autres enfants qui lui feraient des petits-enfants. La vie dissoudrait le souvenir de Germaine comme la terre son corps.

Il importait donc que quelqu'un en ait bien imprégné sa mémoire pour que l'injustice de l'oubli lui soit épargnée. Mais je ne me représentais pas ces choses si clairement. Je me contentais de me tortiller comme un ver au milieu de mes contradictions, ne me comprenant pas.

J'eus besoin plus que jamais de la badassière et de mes livres pour bercer mon désarroi.

Or, un jour que je descendais la rue Léon-Mure, *L'Annonce faite à Marie* sous le bras, j'aperçus au loin Victor qui m'attendait devant la Calade.

Je me souviens. Ce livre, je n'en lisais que trois ou quatre pages par jour et je les relisais et j'apprenais les répliques par cœur. J'égrenais ce chapelet de mots pour bien soupeser le poids que chaque phrase contenait. Ma tête était pleine de cathédrales inachevées, sans toit, aux nefs inégalement avancées dans leur construction, aux pierres neuves et poussiéreuses d'avoir été sciées récemment. La dimension de *L'Annonce faite à Marie* avait débordé, dans mon imagination, le cadre du livre. J'entendais le bruit des ciseaux taillant les pierres tendres, je voyais les lépreux aux mains en lambeaux s'arc-bouter pour les soulever et les poser sur la muraille en chantier. J'étais halluciné par ma lecture. Un ciel de XIIe siècle brillait au-dessus de ma tête.

Victor m'attendait de pied ferme. Il me regardait venir. Je m'avançai, indifférent. Quoi ? Il allait encore me jeter à terre. Il pousserait quelques jurons de victoire, se frapperait les pectoraux à coups de poing, après il ne me resterait plus qu'à ramasser mon livre éparpillé, à m'épousseter et à reprendre ma route. Il n'y avait pas là de quoi m'émouvoir.

Mais il m'attendait dans une attitude inhabituelle et, au contraire d'avancer, il reculait vers le magnifique parvis de dalles qui pave les abords de notre fontaine de la mort.

C'était devant une grotte qui abritait un grand lavoir, un fronton gracieux fait d'une seule pierre, fendue en plusieurs points par les intempéries. Il devait être d'une extrême vieillesse car les traces d'une inscription latine, tant effacée que l'on se perdait en conjectures sur sa signification, se comblaient peu à peu sous les lichens qui le tapissaient.

Placés sur ce fronton à égale distance, trois canons de cuivre recourbés vomissaient leur tresse d'eau par une tête de serpent aux yeux mi-clos qui paraissait la distiller avec une expression de volupté. Ce n'était pas de l'eau qui sourdait de ces trois canons, c'était du velours liquide. Ces trois cordes harmonieuses, à peine sonores comme des accords de harpe, tramaient une musique séductrice sur le vert opulent des capillaires.

Cette eau brûlait de froid. Lorsque, au mois d'août, on passait les mains et les bras sous les jets, on les retirait tout rouges et il n'était pas trop de nos quarante degrés à l'ombre pour les réchauffer.

Depuis que les femmes n'avaient plus la résistance résignée d'autrefois, ce lavoir spacieux et pourtant si commode, avait été abandonné. On n'y rencontrait plus que quelques aïeules blafardes que toute une vie de chagrins et de durs labeurs avait endurcies pour toujours. Leurs doigts sortant de cette eau étaient blancs comme un panaris. On les voyait lamentables, ces vieilles, venir s'adosser au fronton pour tendre vers le soleil ces mains suppliantes qu'elles ne sentaient plus au bout de leurs bras.

Mais le roucoulement suave des canons attirait les passants, d'autant qu'autour du beau ruisseau qu'ils alimentaient, de magnifiques menthes d'un vert glauque embaumaient l'air alentour.

Il n'était pas rare qu'un jardinier, retour de ses ubacs, y arrêtât son âne pour se laver au bassin glacial. L'âne, lui, se plantait à la limite des dalles et n'en bougeait plus, bien arqué sur ses pattes, contre toute éventualité, humant pourtant avec convoitise la fraîcheur de ce courant dont la musique, au ruisseau, lui chatouillait les oreilles qu'il secouait en tremblant.

Mais on ne l'eût pas forcé à boire à ce bassin, même en le poussant à coups de trique. Il se serait fait tuer sur place plutôt que d'en avaler une gorgée. Aucun âne, aucun cheval, aucune chèvre, n'en approchait jamais. Ils manifestaient même en passant leur désapprobation, les ânes par leurs braiments, les chevaux en fumant des naseaux et l'échine parcourue de frissons et les chèvres en béguetant à l'infini comme des commères bavardes.

Cette prudence des animaux n'était guère imitée par les hommes. Aux beaux jours d'été, c'était une noria d'alcarazas et de *pêchiers*, autour de l'eau fraîche et allègre. Les enfants s'en aspergeaient en riant aux éclats. Les vieilles en remplissaient leurs tabliers noirs, imperméables à force de crasse végétale, pour que leurs petits-fils qui n'arrivaient pas encore aux canons puissent quand même s'y désaltérer et ce en dépit des recommandations de leurs mères.

Et pourtant, au travers de son fronton, comme pour la clouer au pilori, cette fontaine portait un écriteau énorme, solidement fixé, qui la défigurait et sur lequel on pouvait lire en lettres noires peintes au goudron cette sentence : *Eau non potable — Danger de mort*.

Et comme si ça ne suffisait pas, sous le dernier mot, on avait charbonné un crâne entre deux tibias entrelacés.

On racontait que la source naissait juste sous le mur supérieur du cimetière. On racontait que les canalisations passaient sous l'hôpital. On se chuchotait que depuis si longtemps les tuyaux d'argile s'étaient fissurés en plusieurs points, que les racines avaient dû agrandir ces fissures, que les eaux pluviales drainant les terres du cimetière, y entraînaient peu à peu tout ce qu'elles rencontraient sur leur passage et l'on soulignait ce mot : *tout* avec horreur.

— Et depuis le temps ! disait-on. Depuis le temps ! Vous vous rendez compte !

J'imaginais ces infiltrations à travers plusieurs mètres de terre. J'imaginais le jus des morts atteignant enfin les fissures de ces tuyaux, s'y délayant, s'y déployant, s'y élongeant, et venant tempérer la pureté de cette source à laquelle ils s'ajoutaient. J'étais subjugué par cette subtile osmose où se faisait jour peut-être, sous quelque espèce que ce soit, je ne sais quelle résurrection.

En tout cas, si les morts avaient cru exercer une vengeance contre leurs descendants coupables d'être vivants, ils avaient raté leur but par le caprice de la nature, laquelle avait pris soin, au cours des âges par le jeu de mystérieuses sélections, d'immuniser leur postérité.

Néanmoins, les gens raisonnables, les gens éclairés, mais aussi ceux qui croyaient à la vertu des écriteaux et ils étaient de plus en plus nombreux, ne fréquentaient pas la Calade et en éloignaient leur progéniture.

Ceux-ci allaient se ravitailler à la fontaine de l'Aubette. C'était une source gaie, sautillante, où l'eau en un frivole babil parlait à tort et à travers.

Elle se précipitait sans esprit par trois tuiles mal équilibrées dans un bassin sans ombre, en un jaillissement irrégulier, parfois pressée et abondante, parfois se raréfiant en des convulsions inquiétantes et soudain tarissant, avec un gargouillis caverneux qui remontait en un tire-bouchon musical jusqu'aux entrailles de la terre et finissant en un « plouf » sec, comme si l'eau avait replongé en elle-même, se dévorant vivante.

Nous autres, les enfants, nous collions notre

oreille à l'orifice, écoutant cette musique déconcertante, pleins d'émerveillement à l'idée que, peut-être, cette eau s'était dévorée pour toujours. Alors, sans crier gare, sans aucun trouble du silence, elle jaillissait de nouveau, nous inondant la tête, sous nos cris de terreur.

Les jours où l'on arrosait les prés au-dessus d'elle, les eaux de cette fontaine d'Aubette prenaient la couleur du purin. Mais elle n'avait jamais tué personne et n'avait jamais mérité d'écriteau, de sorte que les gens sensés ne tarissaient pas d'éloge à son sujet.

Pourtant, tous ceux qui chez nous aiment à se laisser éberluer par le mystère et gardent un esprit frais tout ouvert aux prodiges et tous ceux aussi qui se fient aveuglément à la Providence, tous ceux-ci gardaient leur fidélité aux eaux de la Calade. Ils en buvaient, ils en rapportaient chez eux, ils s'y lavaient aux grandes chaleurs avec des cris farouches de filles chatouillées.

Ils le pouvaient tant qu'ils étaient d'ici, tant qu'ils étaient protégés par cette épaisse cuirasse d'ancêtres qui s'étaient succédé à l'ombre de cette fontaine, dont certains avaient été foudroyés par elle, dont d'autres avaient réchappé par miracle. Alors, de ces tributs payés, de ces sacrifices consentis au cours des âges, avaient fini par émerger des générations forgées sur l'airain qui pouvaient boire de l'eau de la Calade jusqu'à plus soif sans courir aucun risque.

Il n'en allait pas de même dès qu'on venait d'ailleurs, fût-ce de Sainte-Tulle, à cinq kilomètres, ou de Volx, à sept kilomètres. Cette fontaine avait en effet l'étrange pouvoir de trier ses victimes, entre les autochtones et les étrangers.

Nous avions chaque été, et bon an mal an, six ou huit cas de typhoïde dont la moitié au moins étaient mortels. A chaque fois, il s'agissait la plupart du temps de gens qui n'étaient pas d'ici et qui avaient bu de l'eau de la Calade.

Les médecins étaient allés en délégation trouver le maire pour lui expliquer un cas qu'il connaissait d'ailleurs fort bien.

— Il faut la détruire, la murer, la faire sauter, nous ne savons pas quoi mais il faut faire quelque chose !

Le maire avait secoué sa longue tête de mule.

— Enfin ! Il y a un écriteau grand comme ça !

— Bien sûr qu'il y a un écriteau. Mais personne n'en tient compte !

— Ecoutez, dit le maire après s'être recueilli une minute, il ne m'a pas échappé que, depuis quelques années, une cabale se dresse contre cette fontaine... Alors, j'ai moi-même fait une enquête, j'y ai employé tous mes municipaux, y compris mon secrétaire qui renâclait. J'ai fait interroger *toutes* les familles qui vivent dans un rayon d'un kilomètre autour de cette fontaine et qui n'utilisent exclusivement que son eau depuis toujours. Je suis formel : il n'y a jamais eu un cas de typhoïde parmi eux, alors...

— Mais enfin ! Elle nous fait trois ou quatre morts par an ! C'est flagrant ! C'est prouvé ! Et tous des enfants naturellement ! Et, à chaque fois, le malade avoue qu'il a bu de l'eau de la Calade ! Et vous n'êtes pas sans savoir qu'il s'agit *toujours* de quelqu'un qui est étranger à la commune, qui n'est pas né ici ! On dirait, dirent-ils atterrés, qu'elle choisit ses victimes.

Ils avaient tous des enfants et ils venaient d'ailleurs.

Le maire leva les bras au ciel.

— Enfin, messieurs ! Vous êtes docteurs en médecine ! Et vous voudriez me faire avaler que vous croyez à ces balivernes ? Quoi ? *Ma* fontaine choisirait ses victimes d'après vous ?

Les médecins s'arrachaient les cheveux. Comment faire comprendre à cet âne bâté que, dans l'état actuel des connaissances, cette invraisemblance-là pourrait bien être vraie ? Il ne les écoutait pas. Il discourait.

— La vérité c'est que vous avez chaque année sept ou huit cas de typhoïde inexplicables et que vous essayez de les mettre sur le dos de cette fontaine qui n'en peut mais ! Non, n'y comptez pas ! Moi vivant ou, en tout cas, maire de cette ville, nul ne touchera à cette fontaine. Pas plus d'ailleurs qu'à aucune autre !

Et c'est ainsi que la Calade continua imperturbable à tuer trois ou quatre personnes par an. Des nuées d'enfants et de jeunes arrivaient joyeux autour d'elle par les jours d'été, enivrés par cette fraîcheur, ce parfum de menthe amère qui flottait sur le ruisseau, éblouis par le scintillement des capillaires au fond de l'ombre du lavoir. Ils se disputaient à qui boirait le plus vite, s'aspergeant d'eau glacée, s'enfonçant mutuellement la tête dans le bassin, sous l'impuissance muette de l'écriteau à tête de mort.

Alors, pour ceux qui étaient d'ici tout allait

toujours bien et, la plupart du temps aussi, pour ceux qui étaient nés ailleurs. Mais quelquefois, en rentrant chez lui, l'un de ces derniers se plaignait du froid malgré la canicule. Il frissonnait. On le couchait. On faisait venir le médecin...

C'était devant cette fontaine que m'attendait Victor ce jour-là. Il ne me barrait pas la route, il s'était placé sur le côté et il me regardait arriver. Du plus loin qu'il m'aperçut il me cria :

— Viens ici !

Il me tourna le dos et marcha vers le bassin.

Je m'arrêtai indécis. A cause du volume que je portais sous le bras, j'aurais préféré être attaqué sur l'asphalte, de crainte que le livre ne roulât au ruisseau.

— Viens ici ! répéta Victor. Aujourd'hui je veux pas te battre. Je veux te parler.

Je m'avançai. Je le reconnus à peine. Il avait changé. Il avait maigri. Je ne lui avais jamais vu que l'air vainqueur et vulgaire, ce qui va de pair. Je ne l'avais jamais vu que se rengorgeant, faisant rouler ses biceps et tâtant, à travers son pantalon, son sexe dont il avait fort bonne opinion. Je ne lui avais jamais connu qu'une voix de commandement très haut perchée.

Or, il m'avait appelé d'une voix sourde, voilée. Je le trouvais plus petit, devant le fronton de la fontaine que, d'ordinaire, sur la place du Terreau. Je le trouvais frileux, un peu voûté même. Ses yeux étaient toujours chargés du même mépris pour moi, mais je comprenais que je n'étais pas, pour l'instant, sa préoccupation majeure. Ils exprimaient, ses yeux, des sentiments que je n'avais jamais encore eu l'occasion de rencontrer chez un être de mon âge : c'étaient la douleur et le regret. Il n'avait plus l'air d'un enfant. Il avait l'air d'un homme.

— C'est elle qui l'a tuée ! s'exclama-t-il à voix basse.

— Qui elle ?

— La naine. Elle a tué Germaine.

— Elle est morte de la typhoïde.

— Non. Elle est morte de cette eau.

Il désigna la Calade derrière lui d'un geste tragique

— Et c'est la naine qui la lui a portée.

— Comment tu le sais ?

— Je l'ai suivie. Au lieu d'aller à l'Aubette, elle venait ici. Cinq fois, dix fois je l'ai suivie ! A midi, le soir. Au début, elle allait à l'Aubette. Et puis, tout d'un coup, elle s'est mise à venir ici.

— Et pourquoi tu la suivais ?

— Je la voyais jamais. Je la voyais pas assez.

— Qui ? La naine ?

— Mais non ! Germaine... Chaque fois que la naine arrivait avec son alcarazas, Germaine paraissait pour le prendre. Et alors, je voulais lui dire : « Si tu veux, moi, j'irai te chercher de l'eau ! » Chaque fois je me le disais. Mais je pouvais pas. J'ai jamais pu. J'osais pas. C'est comme ça que j'ai compris. Quand elle a été malade je me suis dit : « C'est la naine ! » Elle l'a tuée avec l'eau de la Calade.

Alors je me souvins que Germaine n'était pas d'ici. Elle était venue toute petite, mais elle était née à Saint-Maime à quinze kilomètres d'ici. Ses parents étaient de là-bas.

Je savais que Victor ne mentait pas. J'avais vu la

naine tendre un alcarazas à Germaine. Je l'avais vue à plusieurs reprises. Je me souvins de son expression, le jour où elle avait rencontré Germaine sortant de la remise. J'eus soudain les pieds glacés. Toute l'ombre et la froideur de la fontaine me tombaient dessus. Je la contemplai avec inquiétude.

Victor avait la face plissée de rides comme celle d'un vieillard. Ses yeux n'exprimaient plus aucun mépris. Ils n'exprimaient plus rien. Ils brillaient de larmes. Ces larmes, il devait les contenir devant tous depuis des jours et c'était à moi, objet de sa dérision totale, qu'il les offrait.

J'aurais cru, quand il me roulait dans la boue, que si un jour je voyais pleurer Victor, je serais au comble du bonheur. Je ne l'étais pas.

— Germaine, dis-je, c'était ta bonne amie ?

— Non non !

Je crus qu'il allait enfin me voler dans les plumes. Non. Il tapait du pied. Il donnait du pied rageusement dans les dalles comme il l'aurait fait de son cher ballon de football qu'il avait bien oublié.

— Non ! cria-t-il. Je...

Il ne connaissait pas le mot. Il ignorait la chose. Il avait cru, comme moi, que le monde autour de nous ne pouvait pas la contenir, nous qui étions nourris de coups de pied au cul.

Il se tortillait comme un lombric sous la lame d'un couteau. Il voulait le crier ce sentiment comme un chien brame à la mort, mais voilà : il n'avait pas les mots.

Je l'aidai. Mais ce n'était pas charitablement. C'était au contraire avec la cruauté calculée de celui qui sait qu'il va ouvrir les portes du malheur. Car la chose et le mot, moi, je les avais rencontrés dans mes livres. J'étais fier de pouvoir mettre dessus les accents qu'il fallait. Ce sentiment, inconnu de moi mais dont je savais l'existence probable, je venais de le découvrir chez autrui avec délectation.

— Tu l'aimais ? dis-je doucement.

Il me regarda, l'air égaré. Il dut réfléchir pendant toute une minute. Je voyais son front bas pointer en avant comme celui d'un taureau qui va foncer.

— Oui, avoua-t-il enfin avec un soupir rauque.

Je compris qu'il ne me pardonnerait jamais ce oui. Il souffrait de la peine d'amour pour la première fois de sa vie et ça lui faisait beaucoup plus mal qu'à moi tous les ramponneaux qu'il avait pu me distribuer.

Je contemplais cette souffrance avec le plus grand respect. Elle rejoignait les voûtes des cathédrales que j'étais en train de bâtir dans ma tête. Je la contemplais aussi avec bonheur : ainsi donc, en ce monde, même les Victor pouvaient souffrir.

Il dut comprendre à l'instant même que toutes les batailles ne se gagnent pas à coups de poing car il étendit les siens devant lui pour les considérer avec désespoir.

— Je vais la tuer..., dit-il.

— Qui tu vas tuer ?

— La naine. Il faut que je la tue. Et tu vas m'aider.

— Non.

— Si. Tu vas m'aider. Tu vas lui écrire pour lui donner rendez-vous ici, samedi soir ! Et c'est moi qui l'attendrai. Et je la noierai dans le bassin. On croira qu'elle s'est suicidée pour toi !

— Non.

— Si ! Sans ça c'est toi que je vais foutre dans le bassin !

— Non. Je n'écrirai pas à la naine.

— Si ! Tu vas lui écrire ! Tu vas lui écrire : « Ma chérie... » Tu vas lui écrire !

— Non non non et non !

Je hurlai ces mots. Je balançai mon livre au loin. Je fonçai sur Victor la tête en avant, ramassé sur moi-même, mû, pour la première fois de ma vie, par une colère plus forte que la peur qu'il m'inspirait. Il ne supporta pas le choc. Il s'en alla dinguer derrière le ruisseau, parmi les menthes et les orties.

Il traînait sur le sentier, au bord des dalles, un parpaing de muraille ébréché que quelque maçon négligent avait versé de sa brouette. Je me baissai. Je le saisis à deux mains. C'était un bloc de quinze kilos de gravier aggloméré, mais à force de transporter de lourdes formes de plomb et des ballots de papier dont certains pesaient cinquante kilos, j'avais gagné, à défaut de muscles, une force nerveuse dont je ne connaissais pas moi-même les limites.

Je brandis le parpaing au-dessus de ma tête, à bout de bras, avec cette fureur toute nouvelle que personne encore n'avait pu éveiller.

Victor avait bien pu me rouler dans la boue, jamais je ne m'étais révolté. Mais ce mot de « ma chérie » appliqué à la naine m'avait cinglé comme un coup de fouet.

J'étais là, bien campé sur mes jambes maigres, avec mon pantalon à franges retenu par une ficelle, le pull-over trop court soulevé, me découvrant le nombril, plus pitoyable peut-être, plus ridicule que dangereux, mais froidement déterminé. Je me voyais tel que j'étais mais comme si j'étais aussi un autre qui m'eût observé.

Je respirais calmement. Je sentais avec satisfaction que, ce parpaing de quinze kilos, je pouvais le soutenir ainsi brandi encore de longues minutes afin de le balancer sur Victor, le cas échéant. Je savais la vanité des défis. Je ne le défiais pas. Je me disais : « S'il répète encore une fois ma chérie, je l'écrase pendant qu'il est encore à terre. » Je me disais : « Quand il va se relever, je le lui balancerai à la tête. Non ! Pas à la tête ! il l'esquiverait. Au milieu du corps. Je viserai le bas-ventre ! Il ne pourra pas l'éviter ! »

En attendant, il était là-bas, dans les hautes orties qu'il avait fauchées, à trois mètres de moi, les bras rouges de piqûres, la figure boursouflée de cloques. Il commençait à se courber pour me bondir dessus. Mais, soudain, il se laissa aller sur le derrière avec un profond soupir.

Je crois que me voyant avec mon parpaing brandi au-dessus de la tête et prêt à être projeté, il venait de comprendre d'un seul coup ma véritable essence et que, dans le fond, je n'avais rien à lui envier.

— Ça va ! dit-il. Je lui écrirai moi. Elle ne connaît pas ton écriture ! Ça fera pareil ! Et je signerai de ton nom !

Il s'était levé pendant qu'il prononçait ces mots. Il se ramassait coudes au corps. Il s'enfuyait là-bas, de l'autre côté des orties. Il fuyait devant moi ! Je balançai mon parpaing impuissant sur les orties écrasées où il était vautré tout à l'heure.

J'allai récupérer mon livre froissé. Je n'avais plus envie même de lire. Une salive amère m'engluait la bouche. J'étais donc devenu pareil à Victor. J'étais devenu cet être devant qui l'on s'enfuyait. Rien de ce que je lisais, rien de ce que je contemplais n'avait pu me mettre à l'abri de cette vulgarité, de cette imbécillité.

Je m'approchai de la Calade. Nous étions seuls, elle et moi, et un oiseau qui buvait au lavoir et qui s'enfuit en silence lorsque bougea mon ombre. Je me penchai en avant pour me contempler. J'étais violacé comme un ivrogne dans le miroir parfait du lavoir. Mes oreilles en paravent avaient la couleur d'une crête de coq. Je n'avais gagné ni en beauté ni en noblesse ni en intelligence, pendant cette passe d'armes avec mon ennemi.

La Calade goguenarde me chuchotait son ironie par le truchement de ses trois canons qui chantaient à voix basse. Je me souvins tout d'un coup que cette eau était meurtrière. J'imaginai la monstrueuse connivence entre la naine et cette fontaine.

Elle était venue sur ses grands pieds, peut-être en chantonnant *Les Papillons de nuit*. Elle avait tendu sous l'un des canons, qui l'avait rempli avec obligeance, l'alcarazas de Germaine. Et patiemment, chaque jour, elle était revenue au gros du soleil, ne ménageant pas sa peine dans la rude côte, se hâtant même, tant qu'elle pouvait, afin de conserver l'eau bien fraîche pour celle à qui elle la destinait. Et elle avait continué jusqu'au jour où, au lieu du bras de Germaine, c'était celui de sa mère qui s'était tendu pour prendre le récipient.

— Et Germaine ? avait dû s'enquérir la naine.

— Ah ! elle s'est couchée ! Elle est pas bien !

— Oh ! avec ces grosses chaleurs, avait dû dire la naine, y a rien d'étonnant !

Je regardai pour la première fois sous un autre jour notre redoutable fontaine. Je me mis à tourner autour d'elle dans l'espoir de je ne sais quelle confidence qu'elle aurait pu m'accorder.

Mais les menaces vraiment mystérieuses sont toujours d'une effrayante simplicité. Nous les côtoyons parfois toute notre vie et nous mourons sans prendre conscience de leur mystère.

L'eau lisse qui coulait, elle offrait la fraîcheur et l'innocence parfaite des choses qui sont à côté de l'homme mais qui lui demeurent étrangères. Elle transportait la mort, mais c'était en toute ignorance, c'était en toute beauté.

Je m'en allai. Je vécus des jours et des nuits d'inquiétude et de peur. Je n'éprouvais plus aucune joie, je n'éprouvais plus aucun désir. Mes regards sur les jambes des femmes, pour machinaux qu'ils fussent, étaient aussitôt obscurcis par l'image de Victor et de Germaine (que je me représentais toujours mourant dans son lit alors que je ne l'avais jamais vue ainsi). Je ne me livrais plus aux jeux de l'onanisme. A quoi bon ? Le sexe était maîtrisé par plus fort que soi. La mort lui coupait le souffle. Aucun spectacle agréable ne m'égayait plus. Je mangeais de la sciure, que ce fût du bœuf en daube ou du gratin d'épinards, plats dont je raffolais d'ordinaire.

Je croisai la naine, bien sûr, à plusieurs reprises. D'ordinaire, je faisais en sorte de l'ignorer. Mais là, depuis que Victor m'avait annoncé son intention de lui écrire en signant de mon nom, je la scrutais à la dérobée en chaque occasion. Et soudain, à partir du jeudi, je lui trouvai l'air heureux. Je lui trouvai cet air *jeune marié* que le Bizot, notre photographe, avait immortalisé sur tant de clichés de couples, saisis au sortir de la sacristie.

Ce n'était pas un air triomphant. C'était, modeste et dissimulé, le sourire des êtres que guette une longue félicité. Je frissonnais à l'idée que, dans ce corps de quatre-vingt-huit centimètres de haut, se logeait un assassin impitoyable et sans remords. Un assassin si subtil qu'il avait pu s'éviter cette vision toujours pénible du moment où l'on ôte la vie à quelqu'un. Que pouvait-il y avoir de meurtrier, en effet, dans ce geste domestique et banal d'aller remplir un pot à eau à la fontaine ? On pouvait se tirer blanc comme neige à ses propres yeux d'un meurtre de cette qualité. Il suffisait de n'y plus penser ou peut-être même de ne jamais y avoir pensé.

A découvrir la naine insouciante et satisfaite, je supposai qu'effectivement, elle n'y avait jamais pensé. Elle aurait été horrifiée, sans doute, si quelqu'un lui en avait fait le reproche. L'instinct, seul, avait poussé ses pas vers la Calade, pour aller y emplir, plutôt qu'à l'Aubette, l'alcarazas de Germaine. Elle était aussi innocente que la fontaine de la mort.

Il m'arriva aussi de me persuader que Victor avait tout inventé. C'était rassurant mais ce n'était pas possible. Je revoyais le front bas de Victor. Il n'avait pas d'imagination. J'étais coincé entre deux assassins et je pensais avec beaucoup d'effroi que, de toute façon, je ne sortirais pas blanc de cette aventure. On retrouverait le billet que Victor avait écrit à la naine en le signant de mon nom. Que l'écriture ne soit pas la mienne ne changerait rien à l'affaire. Une écriture ça se contrefait. J'avais lu suffisamment de faits divers et l'on m'avait suffisamment raconté de sombres histoires d'innocents pour savoir que la justice, du moment qu'elle tient un suspect convenable, elle n'y regarde pas de si près, et si l'on m'avait appris à me défier des voleurs, on m'avait aussi prévenu contre les gendarmes. Je n'attendais rien de bon de la justice. La seule chose qu'elle peut faire pour toi, m'avait-on dit, c'est que tu passes au large, c'est que tu ne la rencontres pas, c'est que tu lui demeures parfaitement inconnu.

Or mon nom, Jean, serait écrit sur ce billet où il aurait convoqué la naine à son dernier rendez-vous. Peut-être même aurait-il poussé l'astuce jusqu'à signer Chrysostome. Car s'il y avait des dizaines de Jean autour de nous, il n'y avait qu'un seul Chrysostome.

Je savais qu'on ne guillotinait pas en dessous de dix-huit ans, mais je me disais que le crime paraîtrait peut-être si noir, assassiner une pauvre naine, l'opinion publique en serait à ce point soulevée, qu'il y aurait une dérogation à la loi. Je me voyais monter vers la veuve les yeux bandés et, n'ayant pas l'âme d'airain de Julien Sorel, tout arqué en arrière, dans la révulsion de ce qui m'attendait.

Si j'avais été conséquent avec moi-même, le samedi en question, je serais allé au bal des Variétés qui, chaque semaine, sentait la puissante transpiration des manœuvres et des filles de ferme alentour venus en *suer une* pour s'enivrer à bon compte au simulacre de l'amour. Je ne savais pas danser. Mais j'aurais fait tapisserie ostensiblement. Toute la ville m'aurait vu là toute la soirée.

Mais je n'étais pas conséquent. En dépit du

danger que je courais, le spectacle de ce qui allait se passer entre la naine et Victor m'attirait. Je m'imaginais me coulant vers le lavoir, une fois le silence revenu et découvrant la naine flottant sur le ventre dans son sarrau noir d'écolière.

Je ne voulais rater pour rien au monde cette chose dont je ne serais peut-être témoin qu'une fois dans ma vie : un meurtre.

Ce samedi, il faisait clair de lune. A la tombée de la nuit, je me glissai par les ruelles jusqu'à ce coin de boulevard que je savais le plus obscur et le plus désert. Des maisons de riches le bordaient et les riches ne sortent pas, les soirs d'été, leurs chaises devant la porte, afin de goûter le serein tous ensemble. Ils ont des terrasses pour cela où ils s'invitent les uns les autres.

Je traversai furtivement sous les grands arbres, le plus loin possible des réverbères parcimonieusement disposés par l'économie de notre maire. Je m'enfonçai dans la venelle campagnarde des Ferrages qui est tout en équerres et en hautes clôtures de jardin et où scintillaient, sous le clair de lune, les tranchants des tessons de bouteille incrustés sur les murs biseautés.

La lune était à l'aplomb de Toutes-Aures. On comptait les feuilles des arbres à sa clarté. La clochette grêle de l'hôpital venait de tinter pour quelque glas ou quelque office. J'entendis la roucoulante Calade. J'étais seul. A cette heure-ci, en dépit de la chaleur, cette fontaine reprenait tous ses droits à sa mauvaise réputation. Même ceux qui n'avaient rien à craindre d'elle, n'en approchaient plus. La nuit, disait-on aux enfants, on voyait sortir toutes les âmes des morts qui s'étaient glissées, depuis le cimetière, par les tuyaux crevés. Ça grouillait. Ça faisait l'effet de vers phosphorescents mais il y en avait des myriades, un jaillissement continu, une foison. Ça crépitait comme les étoiles au ciel. On en voyait qui s'aimaient. On en voyait qui se disputaient, qui s'envoyaient au diable à coups soudains d'étincelles plus fortes. Elles étaient capricieuses comme ces poussières jaunes dans le rayon de soleil qui traverse les chambres lorsqu'on croise les volets sur la clarté aveuglante des jours.

Les grand-tantes qui débitaient ces sornettes aux petits enfants pour qu'ils tiennent à jamais cette fontaine en horreur, en avaient elles-mêmes les yeux exorbités d'effroi devant leur propre imagination. Parfois, un tout-petit éclatait en sanglots tant il se figurait bien ces âmes en cataracte qui viendraient bousculer les vivants pour jouir à leur place des douceurs de l'existence.

Alors, une mère arrivait en catastrophe depuis la cuisine où elle s'activait.

— Mais tu es *propi* folle non de raconter des imbécillités pareilles à ces pauvres petits ?

— C'est pour qu'ils se tiennent loin de la Calade ! rétorquaient les grand-tantes froissées. Le jour où il attrapera la typhoïde tu pleureras mais il sera trop tard !

Mais non. C'était la paix du chant des grenouilles, de proche en proche, qui constellait le silence. Il se dispersait en bruits de bulles éclatées, les uns proches, les autres lointains, toujours solitaires, en une lente explosion suave, laquelle abandonnait dans l'air une traîne d'éclats qui n'en finissait pas de cascader. C'étaient aussi les trois cordes d'eau des canons et leur murmure de confidence qui n'arrêtait jamais de raconter une longue histoire. C'était la fuite de l'eau sous les menthes, dans le ruisseau soigneusement dallé par les soins des hommes d'autrefois.

Ce n'était que ça. Hélas, le monde autour de la Calade était tout simplement naturel. Hélas, il n'y avait pas plus d'âmes scintillantes sous le beau clair de lune que, là-bas, dans l'ombre épaisse de la voûte au lavoir où frissonnaient les capillaires.

Dans ce giron, en dépit des drames des autres, il ne pouvait rien m'arriver. J'étais chez moi.

Il me fallait trouver un endroit commode d'où voir sans être vu. Je m'avançai circonspect dans l'épaisse toison de plantes sauvages où je voulais me creuser une tanière et n'en plus bouger. Il me fallut du temps pour me décider. Il me fallut reculer jusqu'à un rideau de ronces qui faisaient paravent devant la clarté de la lune et où le sol était sec sous les armoises et les orties. Je pouvais m'y tenir à genoux et même m'y allonger. Je ne craignais pas les piqûres d'orties. Mes grand-mères m'avaient appris très jeune à les supporter et même à les provoquer. Elles m'en frottaient vigoureusement les fesses malgré mes hurlements. Elles les paraient de vertus mystérieuses, en faisaient des soupes, des omelettes, des gratins.

Je me fis parmi elles un trou spacieux. Je m'y couchai à plat ventre, la tête appuyée sur les deux mains. Dix heures sonnèrent à Saint-Sauveur.

Depuis que Victor m'avait raconté son histoire, c'était la première fois que je me sentais si parfaitement en paix avec ma conscience. L'idée ne me traversa jamais que j'aurais dû avertir la naine afin de l'empêcher de tomber dans ce traquenard.

J'étais là, attentif au moindre souffle, écoutant les grenouilles et plus loin la rumeur à laquelle je n'avais pas, d'ordinaire, l'occasion de prêter attention. C'était celle de la ville en train de s'endormir. Elle était faite de quelques grondements de moteur, de la trompe du laitier ambulant appelant les ménagères, des clochettes d'un petit troupeau citadin que ramenait un chevrier tardif. Le train de Briançon traversait la plaine en sifflant aux passages à niveau.

Je restai là, songeant aux cathédrales de *L'Annonce faite à Marie*, contemplatif, tranquille et sans remords.

Soudain, la lumière de la lune bougea devant moi, fut habitée. Sur les dalles, près de la fontaine, dansa une silhouette rapide, furtive qui offrait à peine à la clarté un profil coupant, d'une incroyable étroitesse et qui paraissait conçu pour échapper aux reflets. Cette forme ne faisait aucun bruit. Elle se déplaçait avec agilité. Elle fonça tout de suite dans l'ombre du lavoir et reparut presque aussitôt. L'éclat de la lune se prit dans une paire de lunettes, sur les maigres méplats d'un visage insignifiant.

Je reconnus Mme Sanson. Elle portait une petite cruche qu'elle remplit prestement à l'un des canons. Pendant quelques secondes, le ronron de l'eau changea de tonalité puis redevint normal. Aussi furtive qu'à l'arrivée, Mme Sanson tournait le dos, gravissait la pente vers la ville, disparaissait.

J'étais saisi d'étonnement. D'ordinaire, Mme Sanson n'avait qu'à lever le doigt pour faire faire toutes ses commissions. Pourquoi avait-elle eu besoin de venir elle-même remplir sa cruche à la fontaine? N'y avait-il plus personne dans la Grand'Rue, à cette heure ? Et pourquoi la Calade ? C'était loin de son domicile. La fontaine d'Aubette était bien plus proche.

Alors je me souvins qu'avant de remplir sa cruche Mme Sanson s'était d'abord engouffrée sous la voûte du lavoir. Elle n'avait fait qu'entrer et sortir comme si elle avait besoin de vérifier quelque chose. Pourquoi ? La curiosité me piquait d'y aller voir. J'en avais pour deux secondes. Ni Victor ni la naine n'auraient le temps d'arriver pendant ce court instant car le morceau de chemin que je contrôlais du regard était absolument vide. Je bondis hors de ma cachette et gagnai en trois pas l'abri du lavoir. D'abord, je me heurtai au noir total, mais peu à peu mes yeux s'accommodèrent à cette obscurité. Je distinguai la moire d'eau qui traversait le bassin. Je repérai la margelle basse où les lavandières d'autrefois battaient leur linge.

Une tache plus sombre sur ces pierres lisses attira mon attention. J'envoyai la main. Je la refermai sur un objet sec et léger qui me parut long et plat.

Je ne perdis pas de temps à essayer de l'identifier tout de suite. Je m'en saisis et regagnai ma cachette où je me mussai profondément à plat ventre. J'avais posé l'objet à côté de moi. Un curieux relent de terreau et de vieille lavande s'en échappait. Tourné sur le flanc, je me ressaisis de ma trouvaille pour l'élever devant la lune.

C'était un cercle tressé en tiges de lavande. La lumière était suffisante pour que je puisse constater qu'il était dépenaillé, qu'il ne pesait presque rien, réduit qu'il était au squelette de ces tiges tressées voici peut-être cinquante ans.

Je lâchai tout de suite cette tresse ronde en un réflexe de répulsion.

C'était une rose d'amour éternel. J'en avais entendu parler par mes grand-mères qui décrivaient cet objet avec précision : un cercle d'osier conçu comme un napperon en broderie, dans la trame duquel on avait piqué des épis de lavande rayonnant autour de l'axe. Ils étaient noués par leurs tiges de la même manière que la queue d'un *roi des rats*, c'est-à-dire qu'ils ne pouvaient être séparés qu'en les tranchant et que seul le temps pouvait les anéantir.

Lorsque deux époux étaient trop pauvres pour s'offrir un tombeau, on les enterrait en fosse commune et comme ils disparaissaient quelquefois à vingt ans de distance l'un de l'autre, ils l'étaient dans des carrés différents du cimetière, et quelquefois ce n'était pas dans le même pays, si le survivant finissait à l'hospice du canton.

Alors, ceux qui s'étaient aimés jusqu'au bout, en dépit de la pauvreté, avaient recours à ce stratagème : cette broderie de lavande quelquefois tressée en commun, durant les longues soirées d'hiver. Toute la légende tenait dans le caractère inextricable de la tresse. Et là, chacun avait son secret : ça voulait dire amour indestructible.

Quand l'heure venait, on déposait ce cercle léger sur la poitrine du mort et on l'ensevelissait avec ça. On en usait de même pour l'autre conjoint lorsqu'il disparaissait à son tour.

C'était grâce au parfum de ces épis que les amants devaient se reconnaître dans l'éternité, parmi l'innombrable foisonnement des âmes.

L'Eglise condamnait sévèrement ces vaines pratiques et, derrière elle, les familles. Ces familles n'admettaient pas sans dégoût que la grand-mère et le grand-père, lesquels avaient dépassé les quatre-vingts, aient pu encore songer à l'amour. Si elles avaient été seules en cause ces familles, l'aïeul et l'aïeule auraient pu toujours courir pour retrouver leur entente au royaume de Dieu.

Heureusement, il y avait le croque-mort. C'était, presque toujours, le menuisier du pays. Et lui, il passait en dernier pour fermer la bière. Grâce à une petite rétribution payée d'avance et quelquefois déjà bue depuis longtemps, souvent même par simple amitié, le croque-mort sortait de sa poche ce précieux viatique et il le jetait sur le suaire, avant de clouer le cercueil.

Au bout de trente ans, pelle à l'épaule passaient les fossoyeurs, lourdement. Ils recreusaient les tombes frappées d'aliénation et dont il fallait récupérer l'emplacement. Les ossements étaient réduits. Il ne restait le plus souvent que du terreau souple et savonneux, quelques tibias et des planches vermoulues qui tombaient en poussière sitôt qu'on les touchait. Les roses d'amour éternel s'étaient dissoutes en terre arable auprès de ceux dont elles devaient faire se reconnaître les âmes.

Seulement quelquefois, par miracle, on en dénichait une presque intacte, sous l'abri d'un restant de couvercle qui l'avait protégée contre le mouvement constant de la terre.

C'était le pourboire des fossoyeurs. Ces babioles, à cause de leur rareté, on n'avait pas manqué de leur attribuer un pouvoir surnaturel. Elles avaient le don, disait-on, de rendre éternel aussi l'amour terrestre de deux fiancés. Aussi se vendaient-elles fort cher aux poétiques avides d'absolu.

Par quelles sombres menées Mme Sanson s'était-elle procuré cette rose d'amour éternel ? C'était la naine, sans doute, croyant me rencontrer ce soir sous cette voûte, pour son premier rendez-vous, qui lui avait demandé de l'apporter.

Je pulvérisai dans ma main cette ridicule offrande. Elle était si vieille qu'elle ne m'opposa aucune résistance, mais j'eus quand même l'impression désagréable d'écraser un être vivant, un être qui s'excusait humblement, par son anéantissement, de ne pouvoir être plus crédible à mon bon sens d'enfant de quatorze ans. Quand je l'eus bien réduite en une farine impalpable, je la laissai couler au ruisseau qui en emporta la poussière.

J'entendis alors le bruit martial d'une paire de galoches cloutées qui pianotaient sur les dalles. C'était Victor. Il traversait la plage du clair de lune. Il s'enfonçait aussitôt sous la voûte sans un regard autour de lui. Il n'hésitait pas. Le droit était pour lui. Il ne se posait aucune question. Sa démarche et son allure répondaient de son absolue conscience tranquille.

Il marchait toutefois pesamment. Il serrait sous son bras une masse qui paraissait très lourde et dont s'échappaient, luisant sous le clair de lune, deux ou trois anneaux d'une forte corde qu'il s'était enroulée autour du torse.

Je frissonnai. Je pressentais que s'il réussissait à passer cette corde au cou de la naine, il l'arrimerait au fond de l'eau et qu'elle aurait alors cet aspect que j'avais imaginé tout à l'heure. Un choc sourd sur les dalles du lavoir m'apprit qu'il avait déposé son fardeau, qu'il était là-bas, tapi dans les ténèbres, attendant, espérant, l'image de Germaine descendue en terre soutenant sa haine.

Le calme était maintenant aussi serein qu'avant son arrivée. Les grenouilles après un arrêt marqué s'étaient ressaisies et coassaient de plus belle. Les trois canons de la fontaine faisaient toujours entendre cette rumeur brouillée de paroles incompréhensibles que l'on capte parfois au voisinage des groupes cachés sous les charmilles et qui chuchotent de dangereuses vérités. Le clair de lune paraissait inviolable dans sa sereine immobilité.

Un coup de cloche se détacha là-bas à Saint-Sauveur et s'assena sur le silence. Je sursautai. En même temps, à la clochette de l'hôpital, un appel à la prière sonna grêle et strict. J'imaginais les sœurs surgissant hors de toutes les portes dans les immenses corridors briqués à mort par leurs soins et luisants comme de la glace dans leur odeur d'eau de Javel. J'imaginais ces quarante ou cinquante corps de femmes dont les carreaux noirs et blancs reflétaient les dessous invisibles. Je les imaginais impassibles, toutes en Dieu, et s'en allant sans mot dire, la pensée disciplinée en un seul courant collectif, au large froissement de leurs robes, vers la chapelle où se célébrait leur premier office de nuit. Je les enviais.

Alors, la naine arriva. Je crois que je l'avais oubliée au tintement de la clochette sur ce havre de l'hôpital.

Elle arrivait en toute hâte. Elle dévalait presque la pente, sous les rares réverbères dont l'alignement cessait brusquement à partir du carrefour des Ferrages. Elle disparaissait sous l'ombre des platanes, mais son mouvement produisait une clarté laiteuse qui permettait de suivre sa marche pressée. Enfin elle apparut proche dans le clair de lune à quatre mètres de moi, insouciante et bourdonnant ses *Papillons de nuit*.

Je me soulevai sur les coudes tant j'étais saisi. Elle était tout de blanc vêtue d'une robe de laine où ressortait l'invraisemblable perfection de sa poitrine haute. Elle l'avait serrée d'une large ceinture qui lui faisait presque une taille. Elle avait dû, dans l'après-midi, aller chez la Corriol, la coiffeuse, se faire faire la *permanente*. Par là-dessus, elle avait posé un peu de côté une toque blanche fichée d'une épingle à perle. Ses lèvres étaient outrageusement fardées, le clair de lune soulignait le cerne bleu de ses paupières passées au crayon de couleur. Sous le bras, elle serrait le même sac que le jour de l'enterrement de Germaine. J'en voyais rutiler le fermoir de cuivre. Sa main qui le soutenait était gainée d'un gant de filoselle.

Le destin qui, sans doute, la conseillait à voix basse depuis déjà très longtemps, avait dû lui souffler que rien n'est assez beau lorsqu'on a rendez-vous avec lui.

Elle s'arrêta net. Elle ouvrit son sac. Elle en tira un poudrier. Je la vis devant le petit miroir se passer furtivement sur les joues et sur le nez une houpette à poudre de riz et vérifier timidement le résultat. Elle était une vraie jeune fille marchant vers son premier vrai rendez-vous d'amour.

Alors, un sentiment inattendu me secoua tout entier : c'était une immense pitié. Je ne voyais plus cette naine horrible qui s'efforçait de m'engluer dans ses traquenards. Je voyais une naïve amoureuse aux pudeurs délicates, facilement désarçonnée et dont le cœur battait sans doute la chamade à l'idée que j'allais la prendre dans mes bras.

C'était insoutenable de se dire qu'à la place elle allait rencontrer la mort. Je me préparais à bondir pour la retenir mais il était trop tard : c'était en courant qu'elle s'était précipitée vers la voûte. Je n'avais pas eu le temps d'esquisser un geste.

J'entendis un hurlement, des vociférations. Les grenouilles s'arrêtèrent toutes ensemble. J'entendis un plouf énorme, suivi de deux cris de souffrance émanant de deux voix différentes. L'eau glacée avait dû les saisir tous les deux.

A partir de là, subjugué, je n'entendis plus que les grognements sourds, que les plongeons désordonnés des deux corps aux prises dans le bassin. J'avais l'impression d'être à l'écoute d'une bataille de grands poissons. La voûte sonore répercutait les chocs sourds de la lutte. Je haletais d'émotion. Je voulais et je ne voulais pas intervenir. Je me disais confusément que j'allais être débarrassé en même temps de la naine et de Victor. L'un par la noyade, l'autre par la prison. Je me disais que j'étais faible de constitution, que si je me précipitais pour sauver la vie à la naine ou bien j'attraperais la crève dans cette eau glaciale ou bien Victor m'assommerait et alors il y aurait deux morts au lieu d'un dans le lavoir, ce serait tout ce que j'aurais gagné.

J'étais cloué sur place par le saisissement, la prudence, la peur, mais surtout parce que je contemplais pour la première fois le déchaînement mortel d'une grande passion et que je ne voulais pas me dresser en travers de ce que le destin avait décidé d'en faire.

Et soudain, tout se tut. Je me soulevai à demi sur mon lit d'orties et d'armoises. Seuls conversaient agréablement les trois canons de la fontaine. Les grenouilles reprenaient courage, laissaient fuser un « floc » prudent pour essayer le silence avant de s'y lancer à fond. Je regardais de tous mes yeux l'entrée obscure du lavoir, claquant des dents, le cœur chaviré.

Il s'écoula une longue minute dans le calme le plus total sur ce coin de nuit où j'attendais que quelque chose se produisît. Alors, la naine parut. Elle se détachait si lentement hors de l'ombre de la voûte que je crus d'abord que c'était son fantôme. Elle s'appuya de la main contre le fronton de la fontaine. Elle resta longtemps, toussant et haletant, parfois courbée en deux.

La lune l'éclairait de face sans pitié. Elle dégouttait d'eau littéralement. Une flaque se formait à ses pieds. Son coquet chapeau avait disparu. Les cheveux lui cachaient la figure. Ils descendaient en voile noir jusqu'au menton. C'était en vain que machinalement elle essayait de les écarter de la main. Ils retombaient comme pour lui masquer la réalité. Mais, cette réalité, elle n'avait pas besoin de la voir, elle la portait en elle. Elle avait récupéré son sac et le serrait convulsivement sur son cœur. Le tissu de sa robe blanche était devenu gris comme du linge fraîchement essoré. Elle se mit en marche, péniblement, un pas devant l'autre, titubant, hébétée. Je vis à trois mètres de moi sa face ravagée. Elle pleurait. Elle s'engageait dans la montée. L'eau floquait dans ses fortes chaussures. Je la vis disparaître sous les réverbères, là-haut, à l'entrée de la ville.

Une inquiétude subite me tira hors de ma cachette. Je m'avançai sur les dalles jusqu'à la fontaine sans oser pénétrer sous la voûte. Etait-il possible que la victime ait eu raison de son bourreau ? Mais l'ombre bougeait dans le renfoncement du lavoir. Victor apparut. Il était aussi lamentable que la naine : trempé, exténué, il mit plus longtemps qu'elle, lui aussi appuyé au fronton, à récupérer son souffle. Il suffoquait, il éructait. Il me regardait, hagard.

— J'ai pas pu..., dit-il. J'ai pas pu...

Il se laissa glisser à terre de tout son poids, comme un pantin de chiffon, écrasé par cette cruelle évidence : il y avait donc certains actes qu'il ne pourrait jamais commander à son corps.

Il se couvrit le visage de ses mains. Il répéta :

— J'ai pas pu... J'ai pas pu... Je lui tenais la tête sous l'eau... Elle se débattait presque plus. Et c'est moi qui la lui ai sortie, la tête... de l'eau... Je pouvais pas ! Je la voyais morte ! Je pouvais pas !

Il se redressa péniblement. Il s'avança. Je le sentais la proie de réflexions amères.

— Je suis pas un assassin..., dit-il dans un souffle.

Il ne prononçait pas ces mots sur le ton soulagé d'une innocence enfin sûre d'elle grâce à une expérience décisive. Il faisait, au contraire, une constatation désolée.

— Je le serai jamais ! Jamais ! hurla-t-il.

Il entreprit, selon son habitude, de distribuer de grands coups de pied aux dalles du pavement. Les clous de ses brodequins trempés y arrachaient des étincelles. Il cherchait autour de lui quelque chose, quelqu'un, à qui s'en prendre, quelqu'un à affronter. Il me vit. Je ne bougeai pas. Il ferma les poings.

Je me rapprochai de lui jusqu'à le toucher. Je lui dis :

— Frappe-moi si tu veux. Mais tu sais : la mort ça ne se frappe pas !

Je ne sus jamais pourquoi j'avais prononcé ces paroles sans queue ni tête ni qui, à travers moi, les avait proférées. Ce que je sais, c'est que je les entends encore parfois, scandées par quelqu'un d'autre, avec un autre accent que le mien, ou plutôt, prononcées sans accent, comme sur la scène d'un théâtre, et je vois devant moi un acteur inconnu déclamer cette phrase sous un masque blanc figé dont la bouche carrée offre l'ourlet de lèvres prometteuses. Alors, je me dis que ce jour-là, j'aurais dû me couper la langue.

Victor tournait en rond devant la fontaine, trempé, dégouttant d'eau. Ses brodequins imbibés produisaient un bruit ridicule lorsqu'il marchait.

— Je peux même pas tuer quelqu'un ! clama-t-il dans un sanglot.

Il contemplait sous le clair de lune ses mains aux doigts écartés. Il les brandissait devant lui, incrédule. Il ne parvenait pas à digérer sa mauvaise surprise. Il était bien attrapé. Il faisait péniblement connaissance avec les étranges mécanismes de la vie. Il avait cru jusque-là qu'il lui suffirait de vouloir pour commander à tous ses actes. Le démenti flagrant venait de lui en être donné. Ses sentiments se lisaient sur ses traits désorientés. Comme une chrysalide qui se débarrasse de sa dernière tunique, je voyais se déployer devant moi un autre homme qui naissait.

Mais manifestement cet être nouveau qui éclatait en lui au point que le précédent se désagrégeait jusqu'à disparaître, Victor ne l'aimait pas, Victor n'en voulait pas, Victor le repoussait de toutes ses forces. Il tendait les bras vers celui qu'il avait cru être jusqu'à tout à l'heure comme on tend les bras à son père mort à l'instant.

— Je pourrai jamais tuer personne! Jamais! Jamais!

Il ne se pardonnait pas de n'avoir pu achever cette naine meurtrière alors qu'il la tenait à merci, mais il ne comprenait pas davantage pourquoi il aimait encore Germaine, cette morte dont il ne pouvait plus rien attendre, qui ne lui servirait jamais à rien d'autre qu'à se souvenir d'elle, toujours.

J'avais l'impression absurde — et j'aurais dû l'avoir pour moi-même — qu'il donnait de la tête contre une grande vitre dressée entre lui et la réalité, qu'il essayait astucieusement de la contourner par les extrémités, mais qu'elle n'avait pas d'extrémités.

Soudain, il bondit sur le rebord de la fontaine. Il empoigna résolument l'un des cols de serpent aux yeux voluptueux qui ornaient les canons. Il se pencha. Il se mit à engloutir gloutonnement, comme s'il la mâchait, l'eau roucoulante et tentatrice qui se tordait aux issues des tuyaux.

Alors je me souvins brusquement qu'il était né là-bas, derrière les montagnes, et que, par conséquent, la Calade pouvait lui être mortelle. Je lui criai :

— Ne bois pas cette eau! Tu n'es pas d'ici!

— Qu'est-ce que ça peut te foutre? me cria-t-il.

Il sauta à terre. Il enfonça ses mains dans le bassin. Il se mit à m'asperger méchamment, me visant au visage.

Il aurait dû savoir, pourtant, que cette eau et moi

qui étais du pays, nous étions de connivence, qu'elle était inoffensive pour moi, que nous nous connaissions d'assez longue date, elle et moi, pour que la mort, entre nous, ne soit plus de mise. Mais il était atterré par sa propre faiblesse. Il ne pouvait pas la supporter. Il lui fallait la déverser sur plus faible que lui.

Je n'essayai pas d'esquiver. Je restai impassible sous la douche glaciale. Je m'aperçus d'ailleurs, à cette occasion, que je ne détestais pas l'eau froide et, dès ce jour-là, je me mis à me laver régulièrement.

— Lève-toi de là ! cria-t-il.

Il me dépassait. Il me tournait le dos. Il pleurait. Il remontait la rue Léon-Mure vers la ville à l'allure d'un vieillard, frissonnant, trempé comme une serpillière et gesticulant dans sa fureur impuissante. Je l'aimais.

C'est à partir de ce moment-là que je m'aperçus que la mort rôdait autour de moi avec une insistance cauteleuse.

Il y avait eu Germaine. Il y avait eu ce garçon de quatorze ans aussi, mort à grands cris dans la vieille ville. Il y avait eu deux ou trois vieillards du quartier que j'aurais bien cru devoir être immortels tant ils duraient déjà depuis longtemps et tant ils respiraient en harmonie, par tous leurs rares gestes et paroles, l'éternité des collines et celle des badassières.

Par les chuchotements des dames du Nord que ma patronne rapportait fidèlement, j'appris la maladie de Victor.

Un matin que, dans l'écurie, il était en train d'atteler le cheval, son père lui présenta la sous-queue devant le nez et lui demanda à brûle-pourpoint de lui désigner la chose en piémontais. Il ne sut pas. Il prit son dernier coup de pied au train et tomba le nez dans le fumier. Son père dut le charger sur son dos pour le porter jusqu'à sa chambre. C'était son fils unique. Lui, était veuf. Huit jours. Quinze jours. Je retenais mon souffle. Les dames du Nord, comme pour Germaine, rapportèrent les paroles fatales :

— On lui a mis la glace sur la tête.

Victor ne luttait pas en silence. Les nuits du quartier, à fenêtres ouvertes à cause de la canicule, retentissaient de ses imprécations, de ses cris. Il appelait Germaine comme si seul un bosquet d'yeuses l'eût séparé d'elle. Parfois, il chuchotait son nom d'une voix d'amoureux troublé. Parfois, il lui demandait si le rhume des enfants était guéri.

Son père tournait en rond dans la chambre les mains sur les oreilles et pensant au dernier coup de pied qu'il lui avait donné. Il était trop tard. Il ne pouvait plus le reprendre.

Ma grand-mère mourut sur ces entrefaites, mais elle, c'était naturel, elle avait quatre-vingt-cinq ans et s'éteignit en dormant. J'allai flairer dans ses cheveux où brillaient encore des reflets blonds, l'odeur des blés mûrs que j'y avais tant respirée étant enfant.

Les dames du Nord effarouchées rapportaient que Victor ne parlait pas seulement de la pauvre Germaine dans son délire. Il couvrait aussi la naine de ses imprécations, de ses injures. Mais jamais on ne put savoir de quoi il l'accusait. Son délire était trop décousu. Il déparlait. Deux ou trois fois « en ricanant », rapportèrent les voisines, il s'expliqua longuement sur Mme Sanson, et là, il parut presque qu'il discourait sensément. Une fois, une fois seulement, il prononça le nom de la Calade.

Un soir, les dames du Nord annoncèrent la sentence suprême :

— Le Dr Caire est venu lui faire la ponction.

Un matin, au-dessus de la ville à peine éveillée, le glas se mit en branle, assourdissant, péremptoire, tombant de la grosse cloche, là-haut, à vingt-cinq mètres au-dessus de nos têtes.

Suspendu à la corde de tout le poids de ses cinquante-cinq kilos, le vieux Pécoul trouvait toujours des accents différents pour chaque décès. Pour ma grand-mère, ç'avait été presque guilleret, le sonneur jugeant qu'à quatre-vingt-cinq ans on est assez vieux pour faire un mort. En revanche, il mit dans le glas qui tinta ce matin-là toute la désolation qu'avait suscitée chez lui la parole désespérée du père de Victor chuchotant ses sanglots, sous les voûtes de la nef, en lui apprenant la mort de son fils.

Presque en même temps passa le *publieur* aux carrefours, pour sonner dans sa trompette une grande annonce de mort qu'il s'appliqua à moduler plus solennelle encore que de coutume. « Font part à leurs amis et connaissances. »

— Mon Dieu, quel malheur ! s'exclama ma mère.

C'était Victor, le fils du Piémontais, celui qui vendait de tout sur les foires et marchés, qui venait de mourir de méningite.

Tous ceux qui avaient des enfants de cet âge se figèrent au garde-à-vous sur le geste qu'ils avaient commencé : retourner une fourchée de fumier ;

balancer un seau d'eau dans le mortier qui prenait trop vite ; visser un boulon sur l'écrou d'une roue ; écrire la phrase d'usage sur le registre d'état civil ; prononcer le *Notre Père,* dans une travée obscure de la grande église ; verser le café au premier client debout devant le zinc. Tous ces gestes et beaucoup d'autres furent interrompus par l'annonce qu'un enfant venait de mourir.

Moi, j'arrivais à l'imprimerie. Je venais juste de m'arc-bouter sur le plus lourd des pots d'aspidistras pour le sortir sur le trottoir. Le glas m'atteignit entre les oreilles comme un coup de massue, car je compris tout de suite à sa tonalité qu'il n'annonçait pas la mort d'un vieillard. Incontinent après d'ailleurs l'avis du publieur vint dissiper mes derniers doutes.

J'étais le seul à savoir que Victor s'était suicidé de colère. Le seul à savoir que, sciemment, il avait bu cette eau de la Calade dont il se doutait qu'elle pouvait lui être fatale. Il l'avait fait par défi, par dépit contre soi-même, par révolte contre son caractère qui lui interdisait d'exercer sa vengeance.

L'enterrement, comme celui de Germaine, se fit avec le poêle blanc et des fleurs blanches. Cela me fit un effet bizarre. Je croyais que seules les filles y étaient prédestinées. Sans pouvoir discerner si je trouvais ça infamant ou glorieux, je me dis que, le cas échéant, j'aurais droit au blanc moi aussi. S'il s'agissait de pureté, s'il s'agissait d'innocence, je savais que je n'avais rien à envier aux adultes sur le chapitre des pensées et des actes et j'espérais pouvoir le crier à tous avant de mourir. Disparaître avec une charge d'homme et non pas avec une âme d'enfant me paraissait essentiel.

Il y eut une scène aux obsèques. Quand on ouvrit le corbillard, pour extraire le cercueil, on vit se précipiter le père de Victor. Il échappa aux griffes de ses trois sœurs qui s'étaient agrippées à lui. On crut qu'il voulait se jeter sur la bière de son fils pour descendre avec lui dans la fosse. Non. C'était pour le porter, comme il l'avait fait, le jour du mémorable coup de pied, dans la remise. C'était pour le porter en une désolée et dernière demande de pardon, le porter, lourd de tout son fourniment solide de planches de chêne et de poignées de bronze. Il faillit y parvenir d'ailleurs, après avoir écarté tout le monde méchamment. C'était un colosse qui commençait à vieillir. Il tituba et s'écroula sous le poids de la caisse. On eut juste le temps de retenir la bière pour éviter ce scandale : un cercueil qui choit sur le sol, en plein cimetière.

Il me sembla dès cette mort de Victor, après celle de ma grand-mère, que le royaume des cieux était peuplé de plus d'êtres avec lesquels j'aurais voulu vivre que n'en contenait ce monde-ci. Mais, si je les voyais eux, comme si cela allait de soi, parmi l'éternité où se reconnaître, je me voyais moi dans le néant, n'existant plus nulle part dès le moment que j'aurais cessé de respirer. Je ne parvenais pas à *croire*, en dépit de toute la bonne volonté que j'y mettais parfois.

J'éprouvais certains maux de tête depuis quelque temps. Je me mis à en prendre conscience avec attention. Il me parut qu'ils augmentaient graduellement, que bientôt ils deviendraient intolérables. Je me vis dans ma chambre dont je sentis l'odeur : tel le garçon qui se jetait la tête contre les murs ; telle Germaine ; tel Victor. L'idée de la mort m'emplit tout entier, repoussa tout le reste, s'installa en maître. Je m'éveillais avec ces maux, je les traînais tout le jour, je finissais par m'endormir avec. Ils ne croissaient ni ne diminuaient. Ils étaient là, planant comme une menace.

La Sanson m'avait bien prévenu : « Quelque chose il t'arrivera. » C'était ça qu'il était en train de m'arriver : la mort.

Les premiers jours après la nuit de la Calade, quand la naine arrivait à capter mon regard (ce qui se produisait chaque fois que, plongé dans mon livre, je le relevais sans méfiance), je lisais dans ses yeux une stupéfaction douloureuse, incrédule. Je comprenais que sous la voûte de la fontaine, dans l'obscurité, elle n'avait pas reconnu son agresseur et qu'elle l'avait pris pour moi.

Heureusement, Victor parla dans son délire et si fort que tout l'environ put l'entendre et répandre ses paroles. Le regard de la naine redevint à mon endroit ce bon regard de chien battu.

Mais avait-elle eu le temps ou la volonté de détromper la Sanson ? Le maléfice n'était-il pas irréversible ? Peut-être pouvait-elle jeter des sorts sans avoir le privilège de les effacer...

L'idée me traversa de capituler, d'accepter la naine mais, outre que cela me révulsait, une partie de mon intelligence échappait à mes cauchemars. Elle me criait que ni la Sanson ni la naine n'avaient barre sur le destin ; que ce serait trop facile ; que ce signe dérisoire pour néfaste qu'il fût, s'il existait, tendrait à prouver qu'une puissance venue d'ailleurs planait au-dessus des hommes, laquelle pourrait être appelée au secours par certains et que c'était sur cela précisément qu'il ne fallait pas compter. Au surplus, me soufflait ce bon sens apparent, ce n'était vraiment pas la peine de nier l'existence de Dieu pour se jeter tête baissée dans la croyance en ces balivernes.

Mais je ne me fiais pas à cette intelligence-là. Elle ne pouvait me servir à rien. Tous ces raisonnements persifleurs ne m'empêchaient pas d'éprouver des maux de tête. Et d'ailleurs, Dieu, je m'efforçais d'y croire. *L'Annonce faite à Marie* me présentait un monde où cette foi pouvait vous investir facilement, où il suffisait de s'y laisser aller. Au moment où je commençais à sentir ma mort prochaine, je m'appliquais avec patience à apprivoiser cette partie de mon intelligence qui avait si bonne opinion d'elle mais qui s'anéantirait tout simplement avec moi si rien d'autre n'existait.

Tous les matins au lever du jour, je montais à Toutes-Aures, ce livre entre les mains que d'ailleurs je ne lisais plus, tant me paraissait vain le plaisir de garnir mon cerveau pour le peu de temps qui me restait à vivre et parce que j'en connaissais maintenant par cœur au moins la dimension. Il demeurait en moi avec cette certitude qui émanait de lui, que j'admirais, qui m'exaltait mais que je ne parvenais pas, quelque besoin que j'en eusse dans le plus bref délai, à partager. Et je percevais bien d'ailleurs dans ma tâtonnante ignorance que si je l'admirais, s'il m'exaltait, c'était plus pour les mots étincelants dont il parait sa magnificence mondaine que pour la ferveur qu'il prétendait véhiculer.

J'entrais sous l'auvent de la chapelle. Alentour et au loin tout dormait encore : la ville et les paysans. Seuls, quelques coqs s'égosillaient en vain. J'étais seul. J'appelais sans parler, de l'intérieur de moi-même, vers cette foi que je voulais obtenir. Mais là-bas, au-delà du guichet grillagé, dans le bleu céleste de la *stella maris,* tout n'était que délabrement et abandon. Depuis le printemps, des plâtras s'étaient encore détachés et jonchaient les travées, souillaient les bancs. Le bouquet de l'autel était couleur de cadavre.

Je flairais le vide entre ces murailles élevées par une ferveur morte en même temps que ceux qu'elle avait soulevés. Ce n'était plus que la dévotion à heures fixes des fidèles bien portants qui ne viennent ici que pour les processions ou lorsqu'ils ont peur.

A deux cents pas de la chapelle se dressait le calvaire constitué de deux blocs de pierre et d'une croix de fer ajourée que les ancêtres des Tempier, les forgerons, avaient fournie gratuitement.

Le socle était incrusté de lichen gris. Nul ne s'arrêtait jamais devant cet oratoire et pourtant, sur l'entablement de la croix, il y avait un petit bouquet de pâquerettes attachées par un fil à coudre et sèches depuis longtemps.

Il me sembla que ce calvaire me parlait, qu'il m'appelait. La chapelle m'avait paru dépeuplée de toute ferveur. Ce calvaire levé devant le ciel et tout pauvre et tout simple, je le jugeai plus lourd de signification et plus proche de ma misère.

Je le regardais longtemps en passant devant lui, longtemps je me détournais de lui. Et puis un jour, croyant que mes maux de tête augmentaient encore et que bientôt même je ne pourrais plus venir jusqu'ici, je capitulai. Mais ce ne fut pas sans avoir vérifié à droite et à gauche si personne ne me voyait. Lorsque j'en fus bien certain, je tombai à genoux sur le grain dur de la pierre.

Je demandai à la croix de me conserver à ce monde. Je lui demandai de guérir mes maux de tête. Mais c'était uniquement à la pierre où mes genoux s'incrustaient que je le demandais et à la croix de fer. Je n'allais pas au-delà. Je n'aurais pas su prononcer les paroles. Je ne les avais jamais apprises. De même, je ne joignis pas les mains. Joindre les mains sans croire me paraissait un sacrilège punissable, ce qui prouvait bien que si je n'étais pas mûr pour la foi, en revanche, je l'étais bel et bien pour la surperstition.

Je m'accoutumai, les yeux fermés, chaque matin, à déposer ma soumission au pied de cette croix, à lui expliquer ma misère. Il m'arriva même de lui parler à haute voix comme à une grande personne.

Je m'attardais sans prudence agenouillé à ses pieds. Or, certain jour que je venais juste de prononcer le nom de la Sanson en réclamant justice contre elle (ce qui démontrait bien que je n'avais aucune notion de religion chrétienne), quelqu'un cria à côté de moi :

— Qu'est-ce que tu fous là ?

Je me redressai vivement, avec la précipitation que j'aurais mise à me cacher le sexe si l'on m'avait surpris en train de m'exciter. Je rougis de tout mon front, de toutes mes oreilles extravagantes. Mon cœur se mit à battre violemment. Etre pris en flagrant délit d'agenouillement me parut le comble de la honte.

Je vis un homme maigre, immense, tout noir, le chapeau vissé sur le crâne mais qui ne parvenait pas à couvrir entièrement les boucles épaisses de ses cheveux poivre et sel. Il me regardait les mains enfoncées dans les poches. Il avait de gros sourcils froncés et ses petits yeux furetaient en moi jusqu'à l'âme.

C'était le père de Victor. J'aurais dû me méfier. Depuis la mort de son fils, cet homme était devenu un sanglier. Il avait interrompu son commerce. Il parcourait collines et vallons à toute allure, comme s'il espérait y semer son chagrin. Ses sœurs le cherchaient partout en clamant son nom. La douleur de la mort de Victor se perpétuait par leurs lamentations.

— Orfeo ! criaient-elles. Orfeo !

C'était son nom.

— Mais je te reconnais ! Tu es Chrysostome !

C'était la première fois de ma vie que quelqu'un m'appelait ainsi. Ma mère elle-même me disait Jean.

— Tu parlais de la Sanson ! s'exclama-t-il. Tu en disais du mal !

Je haussai les épaules et secouai la tête. Un homme et un enfant, ça ne communique pas. Je ne voulais pas communiquer avec lui. Je n'avais rien à lui dire. Nous n'existions pas l'un pour l'autre. Nous n'existions ni dans le même lieu ni dans le même temps ni dans le même rêve.

— Réponds ! commanda-t-il. Qu'est-ce qu'elle t'a fait la Sanson ? Réponds !

Il me sembla lui voir les poings serrés. Je me dis qu'il allait me battre, comme l'avait fait son fils, seulement lui, s'il me touchait, il me laisserait pour mort. C'était un colosse dégingandé mais tout en nerfs. Il dut comprendre le mouvement que j'esquissais pour me protéger la figure du bras, comme font tous les enfants du monde lorsqu'ils se sentent menacés.

— N'aie pas peur, dit-il doucement. Maintenant, je ne frapperai plus jamais personne.

Il s'accroupit sur les talons pour être à ma hauteur. Je vis son visage labouré de rides anciennes où de nouveaux affaissements s'étaient encore creusés. Je vis ses mains qui avaient toujours dû être malhabiles pour caresser et qui maintenant se croisaient inutiles, n'ayant plus rien à aimer. Je le regardais souffrir avec une intense curiosité. Je ne comprenais pas qu'un homme qui commande puisse souffrir aussi.

— Tu comprends, dit-il, la Sanson, elle a emmasqué mon pauvre Victor. Et toi, je connais ton histoire. Je sais que la naine te veut. Je sais que ce qui est arrivé à Victor, c'est à cause d'elle et de la Sanson. Alors, dis-moi, qu'est-ce qu'elle t'a fait ? Elle t'a emmasqué toi aussi ?

Je haussai les épaules une fois encore en levant les yeux au ciel.

— Mais non ! Victor, c'est la Calade ! Je lui avais dit de pas boire de cette eau.

— Et alors ? S'il en a bu, c'est parce que la Sanson l'avait emmasqué ! Pas plus...

— Pourquoi ?

— Parce qu'il savait que la naine avait tué Germaine. Et toi, elle t'emmasque pour que tu veuilles la naine ! Réponds : Qu'est-ce que tu faisais au pied de cette croix ? Qu'est-ce que tu as ?

Je baissai le nez piteusement et je lui avouai :

— J'ai mal à la tête.

— Comme Victor ! s'exclama-t-il triomphalement. Elle t'a emmasqué toi aussi ! Mais t'en fais pas ! Celle-là, elle l'emportera pas en paradis !

Il se redressa immense, tout noir, avec du crêpe partout : à son chapeau, à son bras gauche. C'était le deuil fait homme.

Il se détourna. Il s'en allait à grandes enjambées du côté de la chapelle. Au bout de dix pas, il se ravisa. Tourné vers moi, il désigna la croix d'un index accusateur.

— Et puis tu sais, c'est pas la peine que tu comptes sur celui-là ! Moi aussi je l'ai prié ! Huit jours ! Nuit et jour ! Sans m'endormir ! Tu n'as qu'à voir !

Il disparut du côté des cyprès.

« C'est bien fait ! Ça t'apprendra ! » me dis-je comme si souvent. J'aurais mieux fait de me taire — quand donc apprendrais-je à me taire ? Je savais bien pourtant qu'il n'y avait pas de communication possible entre un homme et un enfant. Je savais bien que je devais considérer tout adulte comme un ennemi en puissance. Celui-ci venait de me casser sans le faire exprès, comme s'il avait tenu un oiseau et que le rapprochant de son visage pour mieux l'observer, il l'eût fait mourir d'épouvante.

« Comme Victor ! » Je me recroquevillai sur moi-même en méditant ces paroles. En les prononçant il m'avait frappé plus fort qu'il ne l'eût fait armé de ses seuls poings. Elles étaient ma condamnation : chez Victor aussi, ça avait commencé comme ça... De plus, il avait tourné la croix en dérision. Alors, que me restait-il à moi qui allais mourir à quatorze ans ?

« Comme Victor... Comme Victor... » Ces paroles lancinantes soulignaient mon lancinant mal au crâne. Mes prières au pied de la croix n'y pouvaient rien, ne me soulageaient pas.

La naine me rencontrant paraissait pleine d'espoir. Son regard de chien battu s'éclairait de quelque triomphe. Elle devait penser que j'étais sur le point de plier. Je l'imaginais se tenant en relations étroites avec la Sanson afin de suivre les progrès de mon mal.

Un médecin m'avait soigné l'année précédente pour deux doigts que la presse m'avait fait éclater alors que, margeant, je regardais passer l'avocate dehors, au lieu d'avoir la tête à mon travail.

Ce médecin, j'allai le voir, à l'insu de mes parents et de tout le monde. Il me reçut tout guilleret. C'était un bel homme propre, aux grandes mains soignées et aux beaux yeux doux. Il m'examina, mais surtout en me frappant à petits coups de marteau sur les rotules afin de mesurer mes réflexes qu'il trouvait fort courts.

— Alors, me dit-il, tu as peur de la typhoïde, mais pas de la tuberculose ?

Il hocha la tête pensif. Je compris qu'il craignait plutôt pour moi cette maladie que l'autre. Je perdis à l'instant ma confiance en lui. Peu me chalait la tuberculose. Je ne toussais pas, j'avais mal à la tête. Je lui dis que je lisais. Il hocha la tête encore plus gravement. Ça ne lui disait rien qui vaille tout ça. Il m'énuméra tout ce que je ne devais pas lire. C'étaient tous les chefs-d'œuvre dont j'avais entendu parler et dont seul le manque d'argent m'interdisait l'accès. Je l'entends encore : « Et surtout pas de philosophie pure. »

J'avais piteusement échoué car je n'attendais pas d'être rassuré, j'attendais qu'il jugeât mon état assez préoccupant pour m'envoyer à l'hôpital.

Nous possédions en effet un hôpital où l'on venait mourir de vingt lieues à la ronde. Une trentaine de nonnes le gouvernaient d'une main de fer. Elles affichaient leur foi avec tant d'autoritaire conviction que nul n'osait mourir parmi elles sans être totalement rassuré. Il semblait par elles que le néant ne pouvait être que la continuation sereine de ce bel hôpital si propre, au parquet si miroitant et qui fleurait l'odeur de sainteté bien plus que celle de l'eau de Javel dont elles le saturaient.

Nos notables depuis toujours ne s'y trompaient pas. Quand ils avaient le temps de sentir venir la mort, ils se faisaient transporter depuis leur villa jusqu'à l'hôpital, sous prétexte de soins à recevoir. Et ils n'en sortaient plus, volontairement, que les pieds devant. Cela au grand désarroi des familles, autant éplorées que scandalisées encore que quelquefois soulagées, car les dernières sanies d'un mourant ne sont jamais agréables à manipuler, et les sœurs évacuaient ces détails avec dextérité. Elles les rendaient propres corps et âme et pour ainsi dire ressuscités d'avance.

Parmi elles régnait de toute sa hauteur une sœur superbe, comme je n'en avais jamais vue que sur l'écran, au cinéma paroissial, dans un film qui s'appelait *Marie Alacoque*.

Belle comme le jour. Cette image que je ne me pardonnais déjà pas d'évoquer lorsque j'avais quatorze ans, s'appliquait pourtant exactement à cette madone toute de componction.

En dépit du savon de Marseille, dont il leur était

enjoint, à l'exclusion de toute autre coquetterie, de se frotter vigoureusement le visage chaque matin, elle avait les pommettes roses, le front rose. Sa bouche rouge sans artifice était un modèle de sensualité maîtrisée. Elle arquait, au-dessus des yeux, des sourcils comme les femmes du monde n'en obtiennent qu'avec un art infini et à force d'épilations. Ces sourcils qui surplombaient le regard céleste (car il n'y avait pas d'autre mot) quoique dominateur, conféraient à l'ensemble de ses traits cette immobilité de marbre qui est le propre des masques de théâtre. Cette sœur devait avoir forgé son visage à force de patience et de volonté. Elle y avait tout effacé. Il était devenu un miroir parfait à la disposition de tous où le ciel se lisait.

Quand, quelquefois, elle sortait en ville pour aller à l'église, c'était toujours accompagnée d'une autre sœur rabougrie, laide et hargneuse et qui n'était qu'une ride.

C'était rare, mais enfin il m'était arrivé une fois ou deux, de très bon matin, de croiser cet étrange équipage dans la rue du Quatorze-Juillet qui mesure, parfois, un mètre cinquante de large sur cinquante mètres de long et qui est la plus fréquentée de la ville parce qu'elle est le déversoir du Terreau où tout passe. Cette rue est très en pente. Moi je la remontais. Les yeux baissés de la sœur qui la descendait et qui devait me dépasser en hauteur de plus d'une tête, ne pouvaient se dissimuler assez sous la cornette pour empêcher leur éclat de m'atteindre. J'étais pétrifié.

Les dames du Nord connaissaient son histoire, son nom, les racines de sa famille, son âge. J'ai longtemps supposé qu'elles avaient déduit tout cela de son visage impassible et de sa démarche somptueuse à peine atténuée par la robe grossière, mal coupée à dessein, destinée à gommer ou rendre grotesque chaque ligne du corps.

Elle venait d'un couvent de l'est de la France où sa beauté avait soulevé les réticences et les suspicions. Elle n'était ici que depuis cinq ans. Au début, elle s'était fait taper sur les doigts par la prieure pour sa trop grande désinvolture avec les mourants. Mais le coefficient de remplissage de l'hôpital et les legs avaient pris sous sa sauvegarde de telles proportions qu'on n'avait pu que s'incliner, avec réserve certes, mais s'incliner.

Elle avait la réputation de vous rendre la mort facile. Elle avait une manière enjouée de l'envisager en présence même du mourant lui-même qui lui ôtait son dard, malgré qu'il en eût.

Il n'était pas question devant cette sœur de douter qu'au dernier instant sur cette terre ne succédât pas, incontinent, un autre instant bien plus merveilleux qu'aucun de ceux qu'on pouvait savourer dans cette vie somme toute bien terne.

On assurait lui avoir entendu dire à des paniquards sordidement accrochés aux dernières bouffées d'air :

— Allons, allons ! Ce n'est pas si terrible !

Mourir entre les bras de cette sœur fut tout un mois d'août mon plus cher désir. Il fut coupé au pied par ce médecin qui ne me prit pas au sérieux et auprès duquel je n'osai insister.

Je mesurai là pour la première fois les véritables différences sociales : elles tenaient aux racines des hommes et non pas à leur position relative dans une génération donnée. Mourir à l'hôpital paraissait un souhait bien modeste pour un apprenti à cinq francs par semaine. A condition de ne pas se tromper sur les mots. Le nôtre, d'hôpital n'en avait que le nom.

En vérité, grâce à ces sœurs et surtout à la *belle comme le jour*, il était devenu synonyme de mort agréable et facile, ce qui le rendait inaccessible au commun des mortels. De cette mort-là, il ne pouvait pas y en avoir pour tout le monde.

Ainsi, le calvaire de Toutes-Aures ne pouvait rien pour moi, la médecine non plus. Ce médecin consulté m'avait prescrit des granulés riches en fer, en cuivre et en arsenic que j'allai sur-le-champ acheter chez le pharmacien Aubert. C'était une boîte attrayante. Le contenu était agréable à croquer. J'en pris régulièrement chaque matin les quatre cuillerées indiquées plus les trente gouttes noires qu'il fallait compter tous les soirs. J'eus l'impression que mes maux de tête croissaient encore.

J'étais au comble du malheur. Pour rien au monde je ne me serais confié à qui que ce soit ni chez moi ni ailleurs. Je ne savais plus ce que je faisais.

La naine de plus en plus souvent venait me regarder sous le nez. Elle devait se demander comment je pouvais tenir.

Un soir, je me souviens, en désespoir de cause, je m'engouffrai dans l'église par la petite porte, car notre église a deux entrées : l'une pour les solennels catholiques du dimanche matin, l'autre pour les furtifs croyants du début du jour ou de la nuit tombante. Celle-ci donne sur une rue de traverse, presque dissimulée, précédée d'un narthex obscur. Je passais tous les matins devant cette petite porte.

Ce soir-là, une dévote, saoulée par leur odeur avait

pillé son jardin de toutes ses tubéreuses pour en faire l'offrande à l'autel de la Vierge. L'église ne fleurait plus l'encens. Le parfum des tubéreuses l'avait écrasé. Il fusait jusqu'aux ogives de la nef ; il se traînait sur les dalles disjointes jusqu'aux tombeaux où quelques chevaliers de Malte gisaient depuis cinq siècles, embaumant leur poussière ; il empestait les confessionnaux. Il avait déjà chassé trois ou quatre ferventes en fichu noir que j'avais vues sortir se tenant le front.

Mon mal de tête devint ici abominable. Je m'affalai sur le premier prie-Dieu venu, à demi agenouillé, l'esprit vide. Je regardai vaguement devant moi, car j'y pénétrais pour la première fois, cette église si nette, si propre, si convenable.

Elle était bien à l'image de notre ville : sans aucune extravagance, reflet d'une foi replète, de bon ton et bien assimilée, plus commode pour les vivants que pour ceux qui, aux portes du néant, auraient eu soudain bien besoin d'un peu de surnaturel. Je levai la tête vers l'immense Christ en croix qui s'élevait derrière l'autel. On l'avait représenté aussi de manière décente, afin qu'il n'alarmât personne. Sa crucifixion ne paraissait lui avoir fait aucun mal. Je me tournai vers cet autel de la Vierge où se sublimait le parfum des tubéreuses. Elle aussi, la Vierge, on l'avait lavée de toute allusion à la douleur. En notre ville, la douleur était scandaleuse à l'égal du stupre ou de la pauvreté. On la faisait passer muscade autant qu'il se pouvait.

J'étais dans une église joyeuse, aménagée pour baptêmes et mariages, où la mort effarouchait toujours. J'étais au milieu d'un désert à la traversée duquel des êtres tels que moi n'étaient pas préparés.

Ce n'était pas un lieu de méditation, ce n'était pas un lieu de prière. Aucune ne pouvait être exaucée sous ces ogives sans défaut.

Il ne me restait donc plus rien. La pénombre soigneusement époussetée de tout mystère était encore plus inhabitée que le ciel au-dessus du calvaire de Toutes-Aures.

J'entendis grincer la petite porte de la rue Voland qui se refermait toujours seule mais très lentement et non sans bruit. Entre l'autel et les travées vides, une forme enfantine traversa la nef, esquissa une génuflexion devant le tabernacle et disparut derrière un pilier.

C'était la naine. Nous étions seuls dans ce vaisseau. Je l'entendis, loin de moi, s'installer discrètement sur un prie-Dieu qui grinça.

Je regardai l'autel, les bouquets de fleurs, le Christ supplicié. J'étais bien désemparé avec, cette fois, une douleur lancinante dans la tête qui donnait des coups de marteau sur mes oreilles en paravent.

Je m'efforçais de peupler ce vide de quelque présence tutélaire. J'y mettais beaucoup de bonne volonté. Mais il était trop tard pour apprendre à être chrétien, même l'intime conviction ne me rapprocherait pas de Dieu. Je ne connaissais aucune des clés, aucune des portes qui permettent de parvenir à le prier. Moi qui avais tant l'habitude de la contemplation, ici, dans ce lieu fait exprès, je ne trouvais pourtant rien à contempler.

J'étais plutôt affalé qu'agenouillé. Je joignais les mains comme je l'avais vu faire aux pratiquants, mais je n'osais pas risquer ce geste au grand jour. Je les joignais en catimini, à la hauteur de mon nombril, dans l'ombre des stalles et sans doute pas comme il fallait. La naine toussait discrètement, très loin là-bas, du côté des confessionnaux.

J'entendis le bruit du battant latéral qui s'ouvrait à gauche de la grande porte ; puis d'importants froissements de robes sur les dalles. Je ne me retournai pas. J'étais tout occupé de la grande affaire de ma mort à débattre avec des puissances qui se refusaient à me masquer le néant et ce qui se passait dans le monde ne m'intéressait plus.

Il dut s'écouler du temps. J'étais prostré sur moi-même, perdu dans la recherche de la meilleure façon d'accepter la mort. Je me disais que si Dieu me voyait, j'étais vraiment la créature par excellence qu'il devait prendre en pitié.

Soudain une main ferme se posa sur mon épaule, la serra comme dans un étau. Elle n'avait rien, cette main, d'amical ni de consolant. En la sentant préhensive sur mes os sous la peau, je me dis : « la main au collet », car j'étais bourré, par mes lectures, d'images toutes faites.

J'étais pris la main au collet, en flagrant délit, mais en flagrant délit de quoi au juste ?

Je tournai la tête. Devant moi se dressait la sœur céleste de l'hôpital qui m'interrogeait du regard jusqu'au fond des yeux avec un air plein de surprise. Elle était à moins de cinquante centimètres de moi, et je m'aperçus alors que la beauté dont je l'avais parée était empreinte d'une douleur permanente, d'une altération profonde visible seulement à cette distance et sous cet éclairage d'église. Dans ces traits, je ne voyais plus les cieux ouverts. Une créature souffrante se cachait derrière et c'était elle qui me dévisageait intensément.

Non loin de là, la duègne qui l'accompagnait s'abîmait en oraisons.

Alors, sous la nef, s'éleva un chuchotement redoutable qui gardait encore la forme de la prière mais qui s'adressait à moi nommément. C'était la sœur céleste qui m'admonestait.

— Petit malheureux ! disait-elle. Tu ne vois pas que tu occupes le prie-Dieu de M. l'Econome ?

Sa main que je vis aérienne et presque diaphane et si petite que j'en pris pitié, me désignait une plaque de cuivre au dossier du siège où il y avait gravé : « Monsieur l'économe de l'hôpital ». Je me dressai précipitamment.

— Oh ! Excusez-moi, madame... Je n'avais pas vu...

Elle fit : « Tsst tsst tsst » entre ses dents.

— Tu dois dire « ma sœur », dit-elle doucement.

— Excusez-moi, ma sœur.

On m'avait appris qu'en dehors de l'hôpital leur ordre interdisait à ces religieuses d'adresser la parole à quiconque. Mais je n'étais pas *quiconque*. J'étais un enfant. Un enfant sale assis indûment à la place de M. l'Econome et qui priait, seul, dans une attitude peu conforme, à une heure inhabituelle pour un enfant.

Dans la torpeur de mon mal de tête, aggravé par les fragrances des tubéreuses qui sentaient de plus en plus fort à mesure que le soir s'avançait, je parvins à supposer — n'ayant aucune expérience — qu'à travers l'osmose du tissu social, les informations concernant les enfants en marge de l'Eglise, devaient circuler, se grouper, s'oublier, mais néanmoins rester toujours présentes dans l'esprit de chacun. Je devais être classé, en tel lieu, parmi tant d'autres, et notre marmaille reconnaissable n'avait pas besoin d'une identité plus précise : notre tenue parlait pour elle. Il y avait en effet des nuances dans les symptômes de la pauvreté : les enfants pauvres catholiques étaient toujours beaucoup mieux tenus que les enfants pauvres sans religion. L'œil infaillible des responsables de l'ordre des choses ne pouvait jamais s'y tromper.

Désorienté, je sortis précipitamment de la travée. C'était vrai, je m'étais assis dans la rangée des notables, sur leurs prie-Dieu de velours vert.

— Excusez-moi, ma sœur, si j'ai sali...

— Sali ?

Ses superbes sourcils se levèrent interrogateurs. Elle me suivait dans ma retraite. Elle ne me quittait pas des yeux. Une immense perplexité se lisait dans ses prunelles.

— Pourquoi sali ?

— Je suis sale, dis-je piteusement.

Je distinguai au loin, dans l'ombre très noire, mais pour moi elle était parfaitement visible, la naine qui se levait, qui se rapprochait, se tenant à distance, qui tournait derrière un pilier, qui revenait vers nous.

La sœur dans la travée m'accompagnait. J'avais les jambes flageolantes. L'immixtion brutale dans mes rêves et mes cauchemars de cette réalité de chair et d'os, habillée de cette beauté plus aveuglante encore depuis que je l'avais découverte pathétique ; le parfum des tubéreuses qu'elle déplaçait autour d'elle ; la mort qui planait sur mes idées noires ; tout cela me désarçonnait et me rendait flasque. Je me serais aplati sur les dalles si l'idée que la sœur devrait m'y recueillir ne m'avait pas retenu.

Nous marchions lentement ou plutôt, je marchais lentement, me dirigeant sournoisement vers la sortie par la petite porte car j'avais hâte de fuir maintenant tant j'avais honte. Mais je ne voulais pas donner l'impression que je me sauvais car j'avais senti sa poigne sur mon épaule et je me disais que, si elle en voyait l'utilité, elle était de taille à me retenir.

— Tu priais ? dit-elle à voix basse.

— J'essayais.

— Comment tu essayais ? Tu ne sais donc pas ?

Je me tournai vers elle craintivement. Ses sourcils étaient toujours levés en accent circonflexe au-dessus de son regard. Elle s'arrêta de marcher. Je fis encore un pas.

La naine revenait par le côté de l'autel. Je compris qu'elle tournait autour de nous. Je compris qu'elle flairait une entente tacite entre la nonne et moi.

— Es-tu baptisé au moins ? dit la sœur alarmée.

Je répondis « oui » dans un souffle. C'était vrai. Je l'étais.

La nef était longue. La sœur méditait sur mon cas, un peu en arrière de moi qui avançais comme un coupable.

Maintenant, la naine tel un oiseau de proie décrivait autour de nous des cercles inquiets, de plus en plus serrés, de plus en plus rapides. Je l'entendais bousculer les travées des stalles avec ses grands pieds, dans ses efforts pour se rapprocher et comprendre nos chuchotements qu'elle imaginait sacrilèges.

J'étais dans sa tête. Je gobais en même temps qu'elle telles des mouches les réflexions saugrenues qui se présentaient à son esprit. Nous étions de la même race. Le lieu sacré d'une église, nous l'avions toujours soupçonné d'être propice, à cause de sa pénombre, à certains balbutiements de passion.

Nous nous acheminions, moi devant, la sœur sur mes talons, vers la petite sortie où, sur une colonne plus ancienne que l'église, se creusait un bénitier plus ancien que la colonne.

Je traînais les pieds sur les dalles sachant ce qui m'attendait. La sœur m'avait dépassé. De la main, elle effleurait l'eau lustrale.

Elle me regarda.

— Eh bien ? souffla-t-elle.

Elle m'avait mis au pied du mur. Pour rien au monde je n'aurais trempé les doigts dans cette eau, pour rien au monde je ne l'aurais transportée jusqu'à ma poitrine, mon front, mes épaules. J'aurais eu l'impression de trahir trois générations de libres penseurs derrière moi que les femmes avaient heureusement tempérées de leur foi, quelquefois fervente, quelquefois tiède, mais toujours souple et conciliante. Et d'ailleurs, je n'aurais pas su. Par quel point du corps fallait-il commencer ?

La sœur sous sa cornette me fixait hardiment dans les yeux.

— Tu n'as pas fait ta communion solennelle ? demanda-t-elle à voix basse.

Je répondis « non » honteusement.

— Alors que fais-tu ici ?

— J'ai peur.

Elle n'entendit pas tant j'avais murmuré ces mots.

— Que dis-tu ?
— J'ai peur.
— Peur de quoi ?
— De mourir.

Elle éclata d'un rire frais, quoique contenu, mais qui dut évoquer pour la naine, qui était au plus près, des images atroces. Elle ne pouvait pas m'apercevoir, coincé que j'étais entre le bénitier et cette sœur immense qui me confessait doucement. Elle pouvait en revanche tout imaginer, tout croire, l'esprit frappé par l'atmosphère propice du sanctuaire et par ce rire contenu qui exprimait une espèce de bonheur. Dans l'état où elle se trouvait, ce rire ne pouvait lui suggérer que de troubles mystères, que d'heureuses accointances entre cette nonne et moi. Et d'ailleurs, dans son émoi, elle venait de s'encombrer les pieds au sortir d'une stalle où elle avait tenté de s'embusquer.

La sœur avait le regard trop haut placé pour distinguer une si misérable chose : une naine sous les ogives immenses de cette église gothique et froide.

Mais quelqu'un aussi avait perçu son rire discret et s'en était alarmé. C'était la nonne laide, tout abîmée dans la prière l'instant précédent. Elle aussi faisait craquer le bois de la travée en s'en extrayant. Elle aussi dans l'important froissement de sa robe s'avançait vers notre couple, savoir ce qu'il en était.

— Vite ! chuchota la sœur céleste. Dans un instant je ne serai plus seule. Tu iras au ciel, même si tu... Même si tu crois l'avoir oublié. Jésus ne t'oublie pas Lui : Il aime les malheureux.

Elle n'était plus là. Je résistai à l'envie de tendre

les bras vers son sillage tout embaumé par l'odeur assommante des tubéreuses.

La duègne asthmatique se précipitait, me jetait au passage un regard furibond. Je ne lui apparaissais pas du tout à elle comme une âme à pêcher.

La naine avait été plus véloce qu'elle. Elle s'était engouffrée derrière la sœur céleste par la porte qui ne s'était pas encore refermée. Je crois bien que je l'entendis appeler « Ma sœur ! ».

Je ne sais pas si elle put la rattraper. Je ne sais pas si elle réussit à lui parler. Je ne sus jamais ce qu'elles avaient pu se dire.

Ce que je sais, ce fut ce que les dames du Nord apprirent à ma patronne qui nous le rapporta fidèlement comme elle faisait toujours.

Ce que j'appris, ce fut que cette sœur superbe « qui ressemblait à la Vierge Marie », dit ma patronne, cette sœur était malade.

On ignorait la nature de son mal, mais on savait qu'il était grave et faisait de rapides progrès.

Un matin à l'aube, il était moins de six heures, je montai à Toutes-Aures, la tête sonnante de douleur mais serrant sous mon bras *L'Annonce faite à Marie* dont je continuais à lire trois ou quatre pages par jour en dépit de la terreur qui m'ôtait toute autre envie y compris celle de m'intéresser aux femmes.

Le courage que l'église et le calvaire étaient impuissants à m'insuffler, je le puisais dans ce livre, dans la pauvreté et la douleur dont il était tissé, mais tout enrichi de verbes sonnants qui augmentaient ma ferveur alors que, au contraire, ils auraient dû me rendre suspecte la foi trop orgueilleuse que finalement ils recouvraient.

Je venais juste de m'engager dans la descente de

la Calade. J'entendis le glas. Je m'immobilisai. C'était la grêle clochette de l'hôpital qui tintait, un glas presque en sourdine, mais tremblant, mais chargé de sanglots. D'ordinaire, lorsqu'il sonnait pour quelque malade trépassé ou pour quelque vieillard de l'hospice, son tintement était plus ferme, plus affirmé, plus chargé d'un message résolu, comme si l'on pouvait, de cette mort qui venait de survenir, se désoler et se réjouir à la fois.

Mais aujourd'hui, une vraie douleur et de petits accents de tendresse se blottissaient dans les notes frissonnantes qu'il égrenait.

Je repartis hésitant. La porte charretière de l'hôpital était ouverte. Je voyais les allées de grands buis et je respirais leur odeur. Le coq de la basse-cour des sœurs poussait un cocorico éclatant puis un autre, couvrant de ce scandale le tintement lamentable du glas et ses silences.

Au bout de l'avenue, je vis poindre un cortège mortuaire qui cheminait lentement. Je me mis à courir pour me soustraire aux regards. Je me planquai derrière un platane.

Le cortège débouchait de la porte charretière. Il tournait vers le boulevard Casimir-Pelloutier. Il était en pleine vue. C'était le même corbillard que pour Germaine et Victor mais sans fleurs, sans couronnes, sans même un poêle pour recouvrir l'enfeu. La haridelle elle-même qui trottait d'ordinaire devant un camion à livrer les colis, on avait négligé de lui cirer les sabots.

« Un enterrement de quatrième classe », me dis-je, sachant que ça n'existait pas. Derrière le corbillard douze sœurs bleues en cornettes blanches formaient seules tout le cortège.

Je suivis de loin, en me dissimulant. Les boulevards étaient vides. Déserté pour les vacances, le collège était muet. Il n'y avait tout au long du piétinement patient du cheval, accompagné du froissement des robes chez les nonnes, que les arbres bourrés d'oiseaux qui y pépiaient en sourdine dans l'espérance du soleil.

La naine guettait devant le cimetière. Je ne sais pas si elle attendait. Je le crus. Peut-être venait-elle de se promener. Peut-être venait-elle de se recueillir sur la tombe de son frère mort en Quatorze. Je sais qu'elle était là. C'est tout. J'avais le cerveau trop labouré de trop de sentiments bizarres, outre les coups de marteau qui me vrillaient les tempes, pour tirer aucune conclusion de cette faction muette que montait la naine, contre la borne-fontaine, au pied de l'énorme cyprès.

Je ne voulais pas être vu par elle. Je fis en courant le tour par le collège et la ferme Daumas. Je passai devant la tuilerie et sautai le canal. Je me retrouvai hors d'haleine au nord du cimetière, sur le tas de gravier que les Ponts et Chaussées y tenaient en permanence avec les tonneaux de goudron. Je me juchai sur ces tonneaux. Les cyprès me dissimulaient, mais moi je voyais très bien.

D'ordinaire, ces sœurs prenaient d'autres dispositions, lesquelles, tenues dans le secret de leurs couvents, n'effarouchaient pas l'ordre public. Mais là, elles avaient été gagnées de vitesse, tant avait été rapide la maladie. Et, en outre, régnait cette canicule inconvenante qui obligeait à faire diligence. D'ailleurs, pour les cas où c'était nécessaire, elles disposaient d'un carré au cimetière.

Ce carré, je le voyais devant moi. Il contenait

quelques croix noires sans nom et une fosse ouverte. Une sœur en gros souliers et la pelle à la main s'y tenait en faction. Un curé tout noir, tout maigre, qui n'était ni de Saint-Sauveur ni de Notre-Dame, attendait aussi. Je ne le vis que de dos.

Les sœurs amenèrent hors du corbillard un grand cercueil de bois frais. Elles le déposèrent sur le sol, elles l'ouvrirent. Elles se baissèrent toutes ensemble et tirèrent de la bière un paquet oblong, soigneusement encordé qui avait la couleur de la bure. Elles engagèrent d'autres cordes dans les boucles disposées à cet effet. Elles marchèrent toutes ensemble, péniblement, jusqu'à la fosse. Elles déposèrent leur fardeau sur le tertre de safre.

Dans la robe de bure et l'aumusse, ficelée aussi, qui lui dissimulait le visage, le corps fut descendu tel quel au fond de la fosse, sur la terre sèche.

Alors, les sœurs tirèrent des outils du corbillard et entreprirent de combler le trou. Les unes piochaient la terre du tertre, les autres la pelletaient et la précipitaient dans la tombe.

Je ne sais si cet exercice faisait partie de leur rituel ou si elles l'y ajoutaient pour macérer dans leur douleur. J'entendis résonner la terre sur ce corps qui devait avoir été superbe. A travers la simple bure du linceul, elle devait écraser aussi ces sourcils haut levés, cette bouche où rien n'avait pu effacer une sensualité bien inutile et qui le serait pourtant, maintenant, effacée, de gré ou de force.

Ce visage était placardé devant moi tel qu'il m'avait été offert vivant dans la pénombre de l'église, peut-être pour que je sois le seul à ne jamais l'oublier. Je ne voyais plus le corps, je n'entendais plus tomber la terre. J'imaginais seulement ce sur quoi elle s'amoncelait peu à peu, en silence.

Je compris que le soleil se levait parce que, soudain, je le vis jouer sur les cornettes et les robes bleues. Les sœurs étaient au bout de leur peine. Le tertre avait changé d'endroit, il s'arrondissait maintenant sur l'emplacement où, tout à l'heure, la fosse était creusée. J'entendis même des coups de pelle qui l'aplatissaient et qui me parurent exprimer la satisfaction du devoir accompli.

Les nonnes faisaient cercle autour de ce tertre. Elles priaient tête basse. J'entendais le bruit de billes entrechoquées que faisaient les grains de leurs gros chapelets glissant entre leurs doigts. Depuis longtemps, le curé noir anonyme s'en était allé. Cette simplicité, cette absence de grandiloquence, firent plus pour me raffermir le caractère que tous les verbes nobles de *L'Annonce faite à Marie*. La mort me parut acceptable.

Là-bas, parmi les tombes et les allées, se défilant agilement sous les cyprès où chuchotait un vent du matin, la naine s'en allait, s'esquivait. Je vis qu'elle tenait sous le bras ce sac à fermoir qui était son emblème de cérémonie. C'était donc bien pour l'enterrement qu'elle était là. Qui pouvait l'avoir prévenue ? Il me sembla que, plus qu'à l'ordinaire, sa démarche était guillerette.

Je descendis du tas de tonneaux à goudron où j'étais perché. Il me restait une demi-heure avant d'aller au travail. Je rentrai en ville par le plus long : le chemin des Chauvinets et celui des Combes qui lui fait suite. Je lisais en marchant.

Et soudain, je m'arrêtai sidéré. Je refermai mon

livre. Je me souviens encore exactement aujourd'hui de l'endroit où je fis halte brusquement, où je me plantai tel un cheval qui renâcle à l'obstacle, dans un éblouissement de joie et de terreur sacrée, qui me concernait seul, que je ne pouvais faire partager à personne. Quand je passe à cet endroit, et j'y passe quelquefois exprès, je pense à cette sœur. L'endroit, je l'ai parfaitement localisé : c'est à l'aplomb du mur des Tourettes, cette maison qui a un si beau toit.

C'est là, d'un seul coup, que je me rendis compte que le monde n'était plus le même. Je n'en croyais pas mes sens. Ma tête qui, depuis des semaines, résonnait comme un tambour, ma tête hérissée de dards de douleur qui me faisaient appréhender de seulement y toucher, ma tête était libre, claire, indolore. Elle était redevenue comme toutes les autres parties de mon corps absolument sans présence. Elle ne me faisait plus mal...

J'avais besoin de mes deux mains pour m'en convaincre. Je coinçai entre mes cuisses *L'Annonce faite à Marie* pour me tâter le crâne, le malaxer. Je me pressai les tempes, le front, l'occiput. Je tapai du doigt replié sur l'os saillant derrière mes oreilles. Rien. Il ne me restait plus, au sommet du crâne, qu'un picotement externe, à la racine des cheveux et seulement lorsque je fourrageais dedans.

Je n'aurais pas su dire à quel moment exact ma tête avait cessé de n'être qu'une douleur. Cet instant s'était à jamais évaporé dans le passé. Le mal n'était plus là. C'était tout. Le temps qu'il lui avait fallu pour disparaître, je n'avais pas à en connaître. Ce n'était pas l'essentiel.

La lumière du jour sur laquelle je cillais douloureusement ces temps derniers, la lumière du jour pour éclatante qu'elle fût, je ne l'appréhendais plus. Je défiai même le soleil qui se levait. Je tentai de le fixer en face. Je me mis à pleurer abondamment et demeurai aveugle pendant plusieurs secondes, mais ma tête resta nette, indolore. Il me vint cette certitude : « Le mal a renoncé. »

Heureusement je n'étais pas expansif. Heureusement je n'avais pas d'amis. Sinon, j'aurais bondi chez le plus proche pour lui clamer cette imbécillité : « Tu sais, la sœur a fait un miracle ! »

Car ce furent les paroles qui me vinrent aux lèvres spontanément, seul au milieu du chemin, sous le vent des pins d'Alep lesquels, alors, dominaient la toiture chatoyante des Tourettes.

Les jours suivants bien sûr et au fur et à mesure que s'affermissait ma certitude de n'avoir plus mal, je révisai mon jugement, jusqu'à ce que cette idée saugrenue me fît monter au front le rouge de la honte. « Comme si quelque chose au monde, me disais-je, avait le temps de s'occuper de ta pauvre petite personne ! »

Le premier matin où le bruit joyeux du volet claquant que Mme Bastide venait d'ouvrir tira mon regard vers sa robe de chambre entrouverte, ce premier matin m'embauma l'âme. Je revins à mes amours désincarnées. La naine même, en dépit de sa présence assidue, je l'oubliai.

Incrédule, elle m'épiait, tout joyeux et sifflant à tue-tête de par les rues, alors que ces temps derniers, pleine d'espoir, elle me rencontrait triste, tout échiné et fréquentant l'église.

Une fois aussi, fonçant comme à l'ordinaire, je faillis renverser la Sanson au coin de la rue Marceau. Elle rasait les murs comme chaque fois qu'elle sortait de chez elle et serrait frileusement son cabas noir contre son ventre. A travers ses lunettes à monture de fer, je vis son regard que je jugeai désorienté.

« Elle n'en croit pas ses yeux ! » me dis-je orgueilleusement.

Je pensais avoir gagné contre l'une et l'autre, grâce à l'appui de la nonne morte, un combat qui n'existait sans doute que dans mon imagination déréglée. Je croyais que la naine découragée avait renoncé à se faire aimer de moi.

Je me trompais naturellement.

Et soudain ce fut l'automne. L'été fut écrasé dans la nuit du 24 août par un orage qui dura six heures. Il calcina dès le premier coup de foudre les fusibles du transformateur de la Repasse. Les caves s'inondèrent donc en toute obscurité et la nuit fut traversée par les lamentations de ceux qui, à la lueur d'une bougie ou d'un cierge rescapé de la dernière veillée mortuaire, découvrirent ce désastre : leurs barriques à demi pleines flottant sur un mètre d'eau. Avec douze pompiers qui durent récupérer leur casque traditionnel à la lueur du calen, il n'était pas question d'autre chose que de laisser pleuvoir.

Les récipients manquèrent pour obvier aux gouttières dans nos greniers aux toits trop vieux.

Un torrent rouge descendit depuis le col de la Mort-d'Imbert. Il draina le vallon de la Croupatassière, celui de la Girarde. Il écorna largement au passage notre décharge publique judicieusement installée à cheval sur un ruisseau généralement à sec et qui fit barrage. Il se heurta au mur du cimetière qui le canalisa vers la route et, ainsi, il atteignit en bon ordre, tout moutonnant et profond de cinquante centimètres, la porte du Soubeyran par laquelle il s'engouffra.

Il charriait de tout. Une tête de bœuf munie de ses cornes et provenant de la décharge fut même poussée par le flot jusqu'au milieu de la place de l'Hôtel-de-Ville, juste devant le buste d'Oswald Bouteille qui contemplait son œuvre depuis le sommet de la fontaine.

Tous les tas de fumier des rues Chacundier, Danton, d'Aubette, de la Brasserie, Jean-Jacques-Rousseau, du Contrôle, crevèrent les portes des écuries et vinrent atterrir sur le boulevard Mirabeau où les récupérèrent en vitesse ceux à qui ils n'appartenaient pas, mais qui en avaient besoin pour leurs jardins.

Quinze jours durant la fontaine de l'Aubette vomit une eau couleur de grenade. En revanche, la Calade imperturbable continua à filer le même débit par ses canons qui roucoulaient sous l'ondée.

Une pluie tranquille s'installa par là-dessus pendant dix-huit jours. Le vent marin l'accompagnait en sourdine. Il rendait *marteau* jusqu'aux ânes privés de grand air au fond des écuries et qui faisaient feu des quatre fers et qui se répondaient en braiments de protestation qui gagnaient de proche en proche toutes les étables.

Ce vent marin vient des régions nobles pour nous et pourtant il est importun. Il nous accable. La vie nous apparaît en noir. Les commerçants restent prostrés sur leur chaise au fond du magasin, ne se levant même pas lorsque surgit une pratique, lui disant :

— Vé, mon pauvre monsieur ! Prenez tout ! Mais par pitié faites cesser ce vent !

Ils oublient, le soir venu, d'éclairer leurs vitrines. Les patrons de bistrot, l'œil bovin, rêvassent des heures durant, leurs coudes velus soutenus par le zinc, affalés contre le comptoir, dans l'odeur de la bière moisie. Ils contemplent sur le boulevard les arbres dont le feuillage se tord toujours dans le même sens. Ils pensent au vin nouveau.

Mais cette année-là, le pourridié se mit à la vigne et le vin fut gâté.

Les dames du Nord restèrent au piquet devant leur âtre froid tout le temps que dura le marin. Elles hésitèrent tant à allumer leur feu — Au mois d'août ! C'est quand même pas vrai ! Une chose comme ça, viens pas dire, vous l'avez jamais vue ! — que lorsqu'elles s'y résignèrent, plusieurs avaient déjà pris froid au courant d'air qui circulait par les cheminées.

La naine se tenait des après-midi entiers derrière sa devanture, le nez collé contre la vitre, scrutant la place vide et regardant tomber la pluie.

Tous les aspidistras de la place verdissaient sous l'averse leurs feuilles de forêt vierge.

On vit passer sous la pluie battante l'Orfeo Bellacroce qui avait attelé la carriole pour porter au cimetière deux feuilles de tôle ondulée. Le marbrier n'avait pas encore posé la dalle sur la tombe de Victor et son père ne voulait pas que la pluie descendît jusqu'au cercueil de son enfant.

Le soir, des vieillards augures venaient se consulter, sous le parapluie, devant le *barri*, ce rempart en demi-lune qui termine notre place. Ils auscultaient le ciel du côté de Pierrevert. Ils hochaient la tête, parvenaient quand même à *faire la cigarette* en dépit de l'en-cas et, l'ayant cousue d'un coup de langue expert, ils se rendaient les uns aux autres leur verdict.

Le ciel roulait. La pluie avait cessé depuis une heure. Elle allait reprendre. Les grands pins flexibles du côté de Valgas et les pins sylvestres au flanc de Saint-Véran en témoignaient, chantant toujours la même chanson. Le marin sévissait.

Dix-huit jours. Quand la pluie cessa, on vit déjà, collées contre l'asphalte, quelques feuilles de platane étalées telles des mains ouvertes sur leur couleur de cuir cordouan. C'était l'automne.

Nous relevions à peine de cette tristesse lorsque le cirque parut.

Ce cirque allait mourant, de ville en ville, de bourg en bourg.

Ce cirque était notre pauvre. Cinq ans auparavant, le drame qui devait peu à peu l'amener à la misère, ce drame s'était produit chez nous. Nous étions tous là. Les pauvres juchés au plus haut. Les notables dans les loges aux pliants de velours cramoisi. C'était un cirque crâne. Il battait de l'aile depuis longtemps mais il faisait corps autour du vieux patron, un certain Larifla.

La naine rappelait en toute occasion qu'autrefois, ce cirque, il avait envoyé un intermédiaire à son père pour qu'il consente à la laisser partir avec les gens du voyage. « Ce sera le clou de la troupe ! » avait-il dit pour emporter le morceau. « Le clou de la troupe ! Vous vous rendez compte ? » répétait la naine à qui consentait à l'écouter. « Ah ! j'en ai voulu à mon père ! » En effet, l'émissaire, venu de la part du patron, s'était fait reconduire à coups de canne jusqu'au seuil du magasin.

Quand il arriva chez nous, ce cirque, voilà cinq ans, il était déjà triste. Ses affaires périclitaient. On ne parvenait pas, tant elles avaient enchéri depuis la guerre, à se procurer de nouvelles attractions. On ne parvenait pas à remplacer le matériel. La tente rapiécée était un modèle des vertus des femmes du voyage. Mais la mère qui tenait le gouvernail venait de mourir. Le vieux Larifla ne s'en remettait pas. Il ne savait qu'être clown. Pendant longtemps il fit son numéro désopilant avec un brassard de deuil sur son habit de paillettes. Personne ne le remarqua.

C'étaient son fils et sa fille, lesquels étaient jumeaux, qui assuraient le meilleur du spectacle. A la fois acrobates, jongleurs, écuyers, équilibristes, et elle unique dompteuse en Europe, ils étaient partout à la fois, avec un brio, une allégresse, une juvénilité qui allaient droit au cœur. Ils étaient aimés. Ils donnaient le sourire.

Ce soir-là, on était presque à la fin du spectacle. On avait démonté la cage aux fauves, le projecteur avait posé sa flamme bleue là-haut, sur le trapèze, à dix mètres du sol. Pour attirer plus de monde, les artistes travaillaient sans filet.

J'avais huit ans. Je les ai vus tomber. Tout était comble. Le travail sans filet est semblable aux corridas. Il invite le public à gagner à la loterie où ces gros lots sont offerts : le jour fatal où le taureau encorne l'*espada* ; le jour fatal où l'acrobate tournoie dans le vide.

Ça ne se produit pas tous les jours, mais tous les jours on vend des billets. Ce jour-là nous avons gagné, nous. Nous étions peut-être huit cents à haleter en silence, sous le roulement tragique du tambour. Là-haut, au sommet du chapiteau, c'était *le clou* : une échelle de cinq mètres posée en équilibre horizontalement sur la barre du trapèze et, à chaque bout, suspendu à un échelon par les dents, le couple virevoltant de ces jumeaux : les enfants du cirque. Ils tournaient dans leur collant de satin que le projecteur s'employait à rendre multicolore. Nous poussions des « oh ! » et des « ah ! » d'admiration, tant c'était angoissant. Le tambour soulignait cet instant décisif.

On ne peut pas dire que nous eûmes le temps d'avoir peur. Dix à douze mètres, pour deux corps de soixante kilos brutalement rappelés au sol, ça se franchit à la vitesse de l'éclair. Nos yeux en étaient encore à contempler le trapèze qui pendait lamentablement d'un côté que déjà nos oreilles enregistraient le choc sourd de la chute des acrobates dans la sciure et que l'échelle d'aluminium qui les avait suivis cascadait sur le rebord de la piste, blessant au cuir chevelu l'un des spectateurs des loges.

On avait poussé le cri qu'il fallait. On s'était tous dressés ensemble d'horreur. Quelques femmes, tant du peuple que de la bourgeoisie, s'étaient trouvées mal. La plupart d'entre nous se voilèrent la face et restèrent ainsi durant plusieurs minutes. Mais que Dieu ne nous pardonne pas pour si peu : nous fûmes nombreux — moi compris qui avais huit ans — à regarder de tous nos yeux.

Ils étaient là-bas, cassés, repliés, immobiles. Deux docteurs avaient enjambé la piste, couraient vers les victimes. Tout le cirque était autour de cette catastrophe : les enfonceurs de pieux comme les charlots de la piste. Le père Larifla était à genoux, dans son habit de paillettes, la crème épaisse de sa tête de clown et son brassard de deuil.

Je n'eus que le temps d'apercevoir les corps, et pourtant je les revois : les couleurs de leur collant flamboyant étaient fanées comme celles des papillons que l'on saisit dans sa main et dont le pollen des ailes se détache et s'éteint sur vos doigts.

Je vis passer des brancards par-dessus les têtes. Je fus saisi solidement par la main : mon père d'un côté, ma mère de l'autre. Nous fuyions, nous allions comme tous les autres digérer cette abomination dans notre foyer intact et n'en pas finir de sentir siffler au-dessus de nous le malheur qui venait de sévir.

La corde du trapèze était trop vieille. Elle avait trop servi. Elle avait cédé là où on ne l'attendait pas : dans la douille d'aluminium où elle était encastrée et qui se fixait par un crochet à la barre transversale du chapiteau. Là le travail de désagrégation avait fait son œuvre sur les brins des duites. Ils avaient échappé en s'effilochant aux crocs qui les retenaient.

Le fils, les vertèbres brisées, était mort sur le coup. La fille s'en tira, mais vécut le reste de ses jours dans une petite voiture.

Notre ville fut à la hauteur. On organisa une souscription qui rapporta mille francs et qu'on versa intégralement au père Larifla, lequel les reçut les larmes aux yeux. Il y eut aux obsèques du fils plus de mille personnes et un tombereau de fleurs. M. de La Grave prêta son immense caveau pour y entreposer le corps jusqu'à son transfert à Marcq-en-Barœul, d'où toute la famille était originaire.

Les bouchers se distinguèrent : ils offrirent des bons pour qu'à chaque passage la nourriture des fauves fût assurée trois jours.

Notre maire, par délibération du conseil, exonéra ce cirque de toutes taxes foraines pendant les dix ans à venir.

Bref. Nous eûmes tous le confortable sentiment d'avoir fait, en ces circonstances tragiques, tout ce que nous avions pu.

Ce cirque, toutefois, nous connaissait bien : il n'osait pas venir deux fois par an, sachant combien notre charité était ombrageuse et se blessait de peu.

D'ailleurs, afin qu'on se le tînt pour dit, les bons des bouchers étaient rédigés de la façon suivante : « Bon pour trois jours de viande destinée à la nourriture des animaux et d'un pot-au-feu pour les gens trois jours aussi. Le tout valable *une fois* par an. » Ce « une fois » souligné valait tous les contrats.

Mais enfin, nos messieurs s'étaient laissé accroire qu'ils avaient des obligations morales envers ce cirque, aussi en avaient-ils plein la bouche lorsqu'ils ne le voyaient pas.

Lorsqu'ils le voyaient, hélas, ils baissaient le ton, car il faisait piètre figure. A chaque étape, il était semblable à une épave qui s'enfonce de plus en plus dans la mer. Il était toujours notre pauvre mais c'était désormais un pauvre qu'on ne pouvait plus montrer.

Nous avions l'humiliante impression que les villes alentour se gaussaient de nous, en voyant si mal placée notre charité.

Nous suivions les progrès de la misère à chaque passage : à la tente plus rapiécée ; aux chevaux de moins en moins nombreux et de plus en plus cagneux ; aux tapis rouges qui n'avaient plus que la trame ; aux barres de cuivre des garde-fous où le cuivre à force d'être astiqué laissait apparaître le métal pauvre sur quoi il avait été appliqué.

Nous le recevions pourtant avec une joie visible à chaque retour, en dépit du mal que ça nous faisait. Car le spectacle de la misère que l'on s'efforce de soulager devient insoutenable si l'on s'aperçoit qu'on est en train de remplir un tonneau des Danaïdes. Que faire ? Recevoir le cirque à nos foyers pour le restant de ses jours était hors de question. Arrêter son voyage et le garder avec nous pour l'empêcher de mourir était pourtant la seule charité qui eût été efficace. « Qui ne donne pas tout ne donne rien. » En nous confrontant ainsi avec l'inanité de nos efforts, le destin nous déniait le droit d'avoir bonne conscience. Il nous mettait narquoisement en face de cette évidence : nous ne pouvions ni ne voulions tout donner.

A cause de ce remords, la vue de ce cirque nous devenait de plus en plus insupportable. Qu'il s'abîmât loin de nous, dans le plus profond silence, qu'il mourût à notre insu, que ses restes fussent dispersés aux enchères, était notre plus cher désir.

Cette année-là, il nous avait visités en juin et nous étions en train de savourer le contentement d'en être à peine quittes pour encore dix mois à venir.

D'ordinaire, les affiches qui dataient de vingt ans et qui restaient les dernières à célébrer l'ancienne prospérité par leurs rouges et leurs ors, les affiches étaient apposées trois semaines au préalable. Or, cette dernière fois, elles le furent seulement quarante-huit heures avant la représentation prévue et de nuit ; « presque à la sauvette », se dirent nombre d'entre nous. Nous nous levâmes un beau jour avec ces images agressives placardées sur nos murs et cernées par des bandes de papier bleu parsemées d'étoiles.

Quand il arriva, ce matin de septembre, c'était un cirque où tout le monde commençait à souffrir de la faim. Il était trempé comme nos caves et greniers. Démonté en catastrophe sous le déluge dans quelque ville voisine, le chapiteau pesait son poids de pluie. Lorsqu'on le déploya, il était constellé de feuilles mortes. Les planchers des roulottes s'étaient distendus et gondolés. De grands pans de toitures goudronnées flottèrent au vent lorque celui-ci se leva.

On ne rencontra, le matin où il s'installa, que mines longues et funestes visages. On nous cueillait à froid et, d'ailleurs, la compassion de chacun d'entre nous s'était mise en veilleuse pour cette année de repos qui lui était promise par accord tacite. Sans publicité préalable nous n'avions pas eu le temps matériel de nous refaire la beauté de la charité. Nous étions comme une jolie femme surprise à sa toilette.

La journée commença mal. Les bouchers montrèrent les dents. Ils donnèrent bien sûr. Mais ils allèrent fouiller dans le plus ignoble de leurs poubelles et firent beaucoup de volume avec beaucoup d'os. Aux remerciements humbles qu'ils recevaient, ils répondaient par un :

— Oui, oui ! C'est ça ! Au revoir, au revoir !

Ce qui signifiait que c'était bon pour une fois mais qu'on eût à n'y pas revenir.

Ce cirque, nous n'étions pas seuls d'ailleurs à le

repousser de toutes nos forces. Le vent lui-même n'en voulait pas.

Là-haut, à Toutes-Aures, où j'étais monté comme tous les matins avec mon livre sous le bras, je l'avais entendu commencer, ce vent. Le ciel était déjà bleu. Tout seul, comme brossé dans une épaisse couche de gris fumée par un peintre que tout ce vide aurait gêné, un nuage haut pendu se dissolvait en volutes roses. Les cyprès de la chapelle m'accueillirent en désordre, dans le tumulte d'une aubade où je distinguai les accents du malheur : « Ne va pas ce soir au cirque Larifla ! Couche-toi de bonne heure ! Fais-toi ton cirque avec quelque livre et surtout avec cette blonde en grand deuil que tu as repérée l'autre soir, au seuil d'une villa des Combes et qui éclipse Mme Bastide de plusieurs lumières ! »

Ce vent s'était levé brusquement dans la nuit et ne nous quitta que son œuvre accomplie. Il était né de ces dix-huit jours de pluie qui, malgré la saison peu avancée, avaient assez refroidi la température pour qu'un peu de neige saupoudrât les terrasses de l'Estrop, là-bas, au fond de la vallée. C'était la montagnière, ce vent qui étouffe tous les bruits.

Il soufflait sur les amandiers dont il rebroussait les feuillages en torche et qui pétillaient vers le ciel ainsi hérissés. Il faisait croire qu'au bout de la grande allée de platanes qui prolongeait la grille rouillée chez les demoiselles Roman, se dressait une maison sonore et toute résonnante d'un drame atroce qu'elle eût autrefois abrité. En réalité, il s'agissait seulement d'un modeste bastidon à outils pour lequel un aïeul mégalomane avait voulu cette allée magnifique, faite pour filer le vent.

Je n'entendis pas la Calade, passant devant elle.

La clochette qui tintait à l'hôpital, je le sus parce que je la vis remuer mais les sons étaient avalés par le vent.

Dans la rampe qui conduisait à la demi-lune et à la place, un convoi avançait au millimètre. C'était un camion du cirque qui remorquait les deux roulottes des fauves. C'était écrit sur les flancs : *Cirque Larifla. Lions de l'Atlas. Tigres du Bengale.*

Ce camion était en train d'expirer dans cette dernière rampe. Le vent empêchait d'entendre les broiements d'engrenages qui secouaient son moteur à l'agonie, mais une traînée d'huile noire abandonnait son hémorragie au long de la chaussée derrière lui et du bouchon tressautant du radiateur s'échappait une fusée de vapeur qui devait siffler mais que le vent étouffait aussi.

C'était un de ces camions de l'armée américaine que les Alliés avaient laissés en grand nombre parmi nous comme les détritus d'une marée qui reflue. Ces véhicules, munis de roues à bandages, n'importe qui, pendant dix ans, pouvait s'en procurer un pour deux cents francs. Le cirque en était entièrement équipé. Plusieurs étaient à bout de souffle. Celui qui gravissait la pente, on sentait bien qu'il n'en avait plus pour longtemps. Aussi, dès l'avenue de la Gare où on l'avait repéré, plusieurs d'entre nous s'étaient mis à pousser les roulottes pour l'aider. Bientôt, ils furent trente à s'arc-bouter sur les pare-chocs et les garde-boue ou tout à l'arrière, donnant de l'épaule ou soutenant les ressorts. Preuve que nous n'étions pas malgré tout dénués de toute pitié pour ce cirque qui nous faisait honte.

Dès que j'aperçus le convoi, je me précipitai moi

aussi à la rescousse, avec mes cinquante-cinq kilos et ma bonne volonté.

Je n'y voyais plus. Mes cheveux en désordre m'inondaient le visage. J'avais mal au cou à force de les renvoyer en arrière d'un mouvement machinal. Le vent débouchait du nord de la place, repoussant de toutes ses forces ce minable équipage. Il nous menaçait en faisant clapoter les tuiles sur la toiture de l'hôtel du Terreau. Il déferlait en cataracte au long de la rampe. Il s'était emparé des érables de la place et il les faisait mugir tous ensemble en un tumulte de foule en fureur.

Les deux roulottes des fauves furent portées littéralement à bras d'homme, et par notre volonté unique, jusqu'au pied du monument aux morts où devait se dresser la ménagerie.

Le camion fuma longtemps après s'être immobilisé. Son huile gouttait en grésillant sur le sol. Je me dis, je ne sais pourquoi, qu'il était en train de mourir comme un animal, que sur ses bandages en lambeaux, il venait d'accomplir ses derniers tours de roue, qu'il soufflait la vapeur de son radiateur comme un cheval à genoux expire par les naseaux le dernier air qui remplit ses poumons.

Une sorte de pitié m'envahit pour cet amas de ferraille sans âme qui avait été un serviteur vaillant et que nul n'assistait en ses derniers instants. (Je n'ai jamais prétendu que j'étais bien normal.) Je posai sur son capot une main apaisante. Je le comprenais comme deux miséreux se comprennent entre eux.

Là-bas, sous le vent, j'entendais feuler les fauves inquiets derrière les panneaux fermés de leurs cages.

Le chapiteau fut dressé comme un drapeau claquant dans l'air joyeux, mais en vérité on avait toutes les peines du monde à en rattraper les pans qui se gonflaient dans le tumulte comme des voiles larguées et à les ramener au sol. Les quatre monteurs maigres et exténués s'asseyaient parfois, découragés.

Autour des hommes qui, à grands coups de masse, clouaient au sol les pieux où arrimer les haubans, les enfants maintenus à bonne distance n'entendaient même pas tomber les coups.

On se hurla à la figure tout le jour. Le vent régnait. Déboucher sur la place par la rue du Terreau, du Quatorze-Juillet, Kléber, Jean-Burle, la ruelle de l'Equerre ou la rue Defarge, fut tout le jour une affaire d'Etat. Il y avait sur les toitures des cheminées qui trémulaient sous l'ouragan et que l'on sentait à bout de résistance.

L'après-midi, la ménagerie ouverte au public ne fit pas trente francs. D'ordinaire, il y avait quatre cents personnes.

Le vieux Larifla promenait entre les haubans son pessimisme et son inquiétude. Je l'aperçus entre midi et deux heures. Je l'épiai même, car j'avais pris l'habitude de faire le voyeur avec tout le monde. Les hommes et les femmes m'intéressaient d'autant plus prodigieusement que je réussissais à les surprendre sans qu'ils me voient.

Le vieux Larifla me subjuguait par ses malheurs, avec ses rides flasques gagnées sur la piste et dans la vie. Il ne s'était jamais plus départi de sa démarche de clown même en veste de velours et culotte à guêtres de cuir. Il regardait du côté d'où soufflait le vent avec ses vieux yeux usés. J'imaginais sous son front des révoltes que peut-être il n'éprouvait pas.

« Ne va pas au cirque Larifla », m'avait conseillé le vent dès le matin. Je ne risquais rien. Je ne toucherais ma semaine que samedi, or nous n'étions que jeudi. A la maison, c'était *la fin du mois*. Il n'y avait pas d'argent.

Seulement, quand le destin a décidé de vous amener à ses fins, une question aussi dérisoire que celle de l'argent ne lui coûte pas à résoudre.

Dans notre journal local, mes patrons, suivant en cela le courant général, publiaient gratuitement les annonces du cirque. A cette *bonne manière,* Larifla répondait en donnant deux billets gratuits pour une loge. Cette fois-là, la patronne était en deuil d'une tante récemment décédée. Elle ne jugea pas convenable d'assister à la représentation et elle en priva sa nièce pour la même raison. Elle proposa les billets à la ronde aux ouvriers. Personne n'en voulut.

— Donnez-les au minot, dit le prote.

Le minot, c'était moi. Mais la patronne avait le sens de la justice. Elle m'en tendit un avec ces mots :

— Et tâche de te mettre un peu propre, que tu nous fasses honneur.

L'autre, elle l'alla porter au bureau de bienfaisance pour en faire profiter quelque indigent qui eût envie d'aller au cirque.

La nuit vint. Le vent forcit. Je sortis de chez moi à huit heures et demie et m'acheminai vers le Terreau, mon billet bien serré dans ma main. Je me heurtai au vent de front dès le seuil de la porte. Tout volait de la saleté des rues. Je pris sur la figure un papier gluant qui ne voulait plus me quitter. Le canon des fontaines dispersé en vapeur n'atteignait plus les bassins. Le vent tenait la ville ployée dans le sens de sa course et la traitait comme une caravelle folle. Les tôles mal clouées jouaient des cymbales aux portes des greniers où grinçaient menaçants sur leurs potences des réas qui pesaient quelquefois vingt kilos. Chaque placette à platanes était un enclos plein de tumulte où s'affrontaient les branches en bataille où des cordes de feuilles mortes se lovaient en souplesse sous les réverbères avec des caprices ondoyants de cerf-volant. Elles s'abîmaient contre les façades en un léger bruit d'ossements désagrégés.

Je croisai l'avocate dans la rue Voland, affairée, avançant à grands pas, un ample manteau écossais à dominante rouge flottant autour de sa blondeur. Un feutre de page de la Renaissance la coiffait par miracle sans bouger. Il était rouge aussi, agrémenté d'une plume ocellée fichée dans le ruban. Il cernait avec un bonheur parfait ce visage dormant, sans un trait de souffrance ni de préoccupation, parfaitement repu et tranquille qui accordait aux malheurs du monde, quand par hasard il les rencontrait, une attention étonnée. Jamais je ne l'avais vue d'aussi près, cadrée par les murailles de la rue et bien cernée par les lumières oscillantes des réverbères en folie.

Elle marchait les yeux fixés à l'horizon, sur des chaussures cramoisies et, naturellement, elle ne me jeta pas un regard.

J'avançai. Le vent me giflait sans arrêt. Il me repoussait. Il me collait aux cuisses son poids de refus.

Je vis, en débouchant de la rue Voland sur la place Saint-Sauveur, un rideau soulevé au troisième étage d'une maison. C'était là que demeurait Zoé Meïmo. Je crus la reconnaître qui scrutait la rue, mais le rideau retomba vivement.

La rue du Quatorze-Juillet, avec son mètre cinquante de large et la hauteur de ses quatre étages, était presque impraticable. Des tas de choses tintinnabulantes en descendaient au ras du sol ou sifflaient dans l'air au niveau du visage. J'y fonçai tête basse. J'entendais les cheminées de zinc qui se descellaient doucement en grinçant. Je me heurtai au milieu de la chaussée à la poubelle renversée de la mère Grognard qui y avait entassé les tessons de *taraillettes*, provenant d'un nettoyage soigné.

Je levai les yeux. Je vis une ombre immense devant moi, toute noire. C'était Orfeo Bellacroce, le père de Victor. Il s'était immobilisé, mains aux poches, pour ne pas me renverser, moi qui ne l'avais pas vu.

Des bruits couraient sur lui. Il ne se remettait pas. Il errait de par les rues et les collines, malheureux, désorienté. Il n'avait pas repris son travail. D'aucuns l'avaient vu pleurer dans quelque draille, du côté de Valgas. Les dames du Nord assuraient qu'à plusieurs reprises, alors qu'il se croyait bien seul dans l'immensité des bois de pins, on l'avait même entendu appeler « Victor ! » d'une voix de commandement, d'une voix menaçante, comme si cette intonation avait eu le pouvoir de faire accourir aux ordres cet enfant qui ne pouvait plus obéir à personne.

Il me considérait fixement. Le réverbère qui se balançait sur sa potence avec un grincement de panique, rendait son visage tantôt blanc tantôt noir. Je voyais sa grosse moustache qui barrait ses lèvres en travers, basse d'un côté, haute de l'autre. Je voyais son front qui n'était qu'une ride.

— Tu vas au cirque ? dit-il.

— Oui.

— N'y va pas ! Tu verras ! Elle t'a emmasqué toi aussi ! comme Victor ! C'est une pute ! dit-il.

J'entendais craquer ses poings fermés au fond de ses poches. Je me glissai sous son bras sans répondre pour le dépasser.

Il se retourna.

— Ah ! tu veux voir ? dit-il. Eh bien, vas-y ! Va voir ! Et que le diable t'emporte !

Il continua à parler tout seul, immobile devant la poubelle renversée de la Grognard, à dire des choses peut-être capitales. Mais le vent lui ravissait les paroles au ras des lèvres et moi j'avais déjà disparu.

J'émergeai sur le Terreau en folie où il semblait qu'une foule énorme se fût rassemblée pour clamer son indignation. Car c'était par le bruit d'une indignation véhémente que ce vent nous assourdissait. En vérité, en guise de foule, il ne débouchait de chaque rue que quelques groupes frileux qui se serraient sous les châles et les chapeaux maintenus à grand-peine.

Là-bas, sur l'esplanade en demi-cercle, ses misères cachées par la nuit, le cirque avait presque grande allure. Les lampes, les projecteurs et les guirlandes d'ampoules colorées l'illuminaient. Il avait l'air accueillant comme le foyer d'une famille heureuse. Mais au loin, derrière lui, un soir de bataille qui n'en finissait pas de s'éteindre, repoussait sur son fond rouge la silhouette biscornue du chapiteau outré par le vent et qui se gondolait avec des mouvements flasques de ballon mal gonflé.

Une maigre file de spectateurs patientait devant la caisse, maussade. Je voyais la tête de mes compatriotes sous les fichus et les casquettes. Elles n'offraient rien de joyeux. Sortir cinq ou dix francs de sa poche, même si c'est en vue d'un amusement qu'on se propose, n'avait jamais été pour nous un exercice facile. Mais ce soir, par surcroît, on sentait bien qu'une désapprobation profonde animait ces gens dont on forçait la charité. Ils n'étaient pas impatients d'assister à ce spectacle dont ils n'espéraient pas qu'il les dériderait beaucoup.

Afin de ne pas attirer l'attention de ceux qui attendaient leur tour à la caisse, je me glissai modestement vers le plus sombre des passages où trois écuyères collectaient les tickets. J'étais là par faveur et il n'est jamais bon chez nous de paraître avoir obtenu une faveur.

Je pénétrai sous le chapiteau. J'avais droit à une place de loge où l'écuyère qui me précédait prétendait me conduire. Mais je n'avais pas pu répondre aux recommandations de ma patronne. Je n'avais rien pour me *mettre un peu propre* que des pantalons d'été qui n'étaient plus de saison. Il ne me parut pas que je puisse faire l'injure de mes vêtements râpés à cette loge de velours cramoisi qui pourtant l'était aussi. L'écuyère me regardait avec étonnement m'esquiver vers les plus hautes travées qui étaient celles des pauvres, mais elle n'insista pas.

Déjà, l'orchestre jouait *Cavalleria rusticana* dans la tribune qui surplombait l'entrée des artistes. Sous les deux mâts du chapiteau en dépit des haubans solidement arrimés, le vent sévissait encore par rafales. Il soulevait la sciure de la piste Il faisait grincer les navettes du gréement sur quoi tiraient les cordes.

Juché, tout seul de mon côté, sur la travée qui touchait le chapiteau, je l'entendais juste derrière moi, ce vent, coucher au lointain des terres les bois de Valgas et les halliers des ubacs.

Le public arrivait au compte-gouttes, frileux et furtif. Les gens s'asseyaient du bout des fesses sur les banquettes. Il est des jours où la foule est inquiète. Celui-ci en était un.

J'attendis longtemps. On commença le plus tard possible. Mais enfin il fallut se rendre à l'évidence. Le caissier vint chuchoter quelque chose à l'oreille du clown en quoi le père Larifla s'était transformé et qui attendait dans l'ombre, à côté de l'entrée des artistes. Ce qu'ils se chuchotaient était facile à interpréter : il y avait certainement plus d'un quart d'heure qu'aucun spectateur n'avait plus pénétré dans l'enceinte. La place du Terreau, devant le guichet du caissier, devait être un désert que le vent habitait et qu'il semblait interdire à tous.

Quand l'orchestre se tut sur les dernières mesures de *Si j'étais roi*, quand l'auguste de service cascada sur la piste en attirant notre attention par ses cris comiques, quand il eut fait dans la sciure sa première chute burlesque, nous n'étions guère plus de cent pour l'applaudir avec une conviction pleine de bonne volonté.

C'était la sanction de la ville à cette deuxième intrusion du cirque dans l'année en dépit de l'accord tacite qui nous liait à lui.

Toutes les loges étaient vides, à l'exception d'une seule où je reconnus l'indigent bénéficiaire du billet de faveur de ma patronne. Lui, il faisait honneur au velours cramoisi par un costume sombre et un nœud papillon. C'était l'ancien commissaire Aréoux qui passait toujours, à tout hasard, à la mairie, quand il y avait spectacle le soir. Il avait compris cette chose si simple : que, d'abord, les indigents chez nous ne sont pas légion et ensuite que, dans l'ensemble, ils préfèrent le pain au cirque. Le madré commissaire se faisait ainsi de bonnes soirées à bon compte avec ces billets que les pauvres dédaignaient. Mais il était bien seul à occuper une des loges. Nos notables avaient tenu à marquer leur désapprobation. De même étaient quasi vides les premières et deuxièmes séries. Ici, c'était l'avarice qui avait promptement profité du prétexte et repris hargneusement ses droits. Seul le *poulailler* était un peu garni, mais là, la fin du mois toute proche s'était fait cruellement sentir. Je comptais cent dix spectateurs à peu près pour une enceinte qui pouvait en contenir plus de huit cents.

La naine arriva seule, plusieurs minutes après que les jongleurs eurent terminé leurs jeux. Elle arriva en gants de filoselle, parée de cette robe de laine blanche que Victor avait failli noyer avec elle dans les eaux de la Calade. Seul le chapeau n'avait pas survécu. Elle l'avait remplacé ce soir par un diadème en fausse écaille qui retenait solidement ses cheveux aile-de-corbeau. Elle serrait sous son bras l'inséparable sac de cuir à fermoir de cuivre qui lui aussi avait résisté au bain forcé.

Les travées étaient particulièrement vides devant moi. Tout le monde s'était massé de l'autre côté, jugé moins exposé au vent. Elle vint s'y installer sans paraître se soucier de moi mais de façon que mon regard balayant la piste ne puisse pas l'éviter. Elle avait l'air de s'amuser beaucoup, battait des mains, secouait les jambes car elle ne pouvait taper du pied, n'atteignant pas le plancher au-dessous d'elle.

L'entracte vint. Je sortis. Le vent que nous avions senti tout du long et qui ne nous avait pas lâchés, n'avait rien perdu de sa force. Je me faufilai parmi les baraques et les câbles pour aller jeter un coup d'œil au générateur. C'était ce qui m'intéressait le plus dans un cirque : cette énorme machine primitive verte pourvue d'un volant immense et de soupapes tressautantes, laquelle, dans un hurlement continu, fournissait au cirque tout le courant électrique nécessaire. Ce soir-là, il fallait arriver dessus pour l'entendre, tant le vent emportait aussi ce vacarme qui la signalait d'ordinaire.

Trois hommes, dont je ne distinguais que les silhouettes, faisaient le tour du chapiteau. Ils se désignaient du doigt parfois les haubans où les toiles étaient fixées et les pieux dans la terre où ils étaient arrimés. Il me sembla qu'ils paraissaient inquiets.

Je regagnai ma place. La naine avait disparu. Sur la piste, au beau milieu et la tenant toute, la cage aux fauves était dressée maintenant, très en avant, vers les premières travées vides. On distinguait très bien à sa suite les tronçons du tunnel à arceaux qui disparaissait dans l'entrée des artistes et la reliait aux roulottes des lions et des tigres.

L'orchestre attaqua de nouveau *Cavalleria rusticana* et l'acheva en triomphe par un roulement de tambour qui n'en finissait pas. Alors, sur ce roulement, jaillit par l'entrée des artistes un fauteuil roulant poussé par un garçon de piste.

Et dans ce fauteuil, le buste bien droit, les seins arrogants offrant les arabesques d'un dolman rouge, les cheveux roux serrés dans le diadème d'une tresse d'or, la plus belle fille du monde apparut.

On promena son fauteuil roulant de part et d'autre du tunnel en lui faisant faire le tour de la piste. Elle salua, les deux bras levés, une main tenant le fouet qu'elle agitait au-dessus de sa tête, avec ce sourire éclatant des artistes qui réussissent à le dessiner contre tous les sentiments parfois qui les agitent.

On l'applaudit à tout rompre. Hélas, sous ce chapiteau désert, avec ce vent qui mugissait dehors et ne respectait rien même pas la cloison de toile, cent personnes applaudissant, ce devait être un maigre encouragement.

Elle remerciait pourtant, à petites inclinaisons de sa tête charmante sur sa poitrine. Elle nous envoyait des baisers. Nous l'aimions. Je l'aimais comme tout le monde, mais avec, en plus, toutes les ressources de mon imagination. Je me projetais toute une vie égale que je passerais à pousser son fauteuil roulant. Je me voyais en cheveux gris, en cheveux blancs, derrière elle, ayant fait vœu de chasteté, me contentant, pour toute provende, de lui caresser les seins de temps à autre.

Quand elle dressait son visage vers les hautes travées, on pouvait distinguer son vrai regard sous le fard et le Rimmel. Le projecteur braqué sur elle allait le chercher, ce regard, au fond des orbites factices, entourant ses yeux exagérément agrandis.

Je crus comprendre que si elle nous dédiait son plus charmant sourire, en revanche elle ne nous voyait pas. J'imaginais qu'elle devait toujours, depuis cinq ans, considérer le même spectacle : ce jour où, dans un mouvement gymnastique gracieux, elle se hissait en équerre le long de la corde qui allait l'amener au trapèze pour la dernière fois de sa vie.

A cent, on se fatigue vite d'applaudir. Elle dut le comprendre car le garçon de piste fit tourner le fauteuil, ouvrit la porte de la cage, la poussa dans le sas et referma la porte sur elle.

Pendant ce mouvement de piste, je me rendis compte que la naine n'était plus là, devant moi, qu'elle n'était pas revenue. Je la cherchai machinalement, en face, dans les travées clairsemées. Elle n'y était pas. Elle avait disparu.

Ce ne fut que plus tard, bien plus tard, que j'eus le loisir de m'interroger sur cette disparition et d'en tirer toutes les bizarres conclusions qui s'imposaient.

Pour l'heure, je n'avais d'yeux que pour Florence. (Je venais de lui inventer ce prénom à l'instant même.) Elle avait la tête d'une Florence. Un orgueil, un esprit de défi et d'impertinence que j'attribuais à ce prénom surtout parce qu'elle le portait.

Ce devait être un spectacle unique au monde (il n'existait pas de dompteuse à cette époque) que cette cage dressée sur cette piste avec cette fille rutilante, clouée dans un fauteuil, sanglée dans son dolman rouge qui enfermait ses beaux seins inutiles pour toujours et qui n'était plus qu'un buste.

Elle tenait son fouet horizontalement sur ses cuisses mortes. Elle nous avait oubliés. Son regard s'attachait à la sortie du tunnel, aux animaux qu'elle allait mater tout à l'heure, par sa seule voix, sa seule volonté, son seul charme. Autrefois, elle était debout, bien arquée sur ses jambes. Elle s'offrait le luxe, lorsqu'elle les avait enfin alignés au garde-à-vous sur leurs escabeaux, de tourner le dos aux fauves pour répondre aux bravos du public. Maintenant, elle n'avait plus que son regard et son fouet, objet de parade, pour tenir en respect ces monstres de trois cents kilos, toujours ennuyés et fantasques, pleins de mauvaise volonté et dont chaque coup de patte pouvait être un arrêt de mort.

En vérité, tout le monde savait bien que tous les soirs elle jouait sa vie dans l'espoir de la perdre.

Elle nous avait bel et bien oubliés. Elle était face à ce destin qu'elle attendait depuis déjà trop longtemps à la sortie de ce tunnel de barreaux rouillés. L'orchestre avait attaqué une langoureuse sérénade que bramait le solo navré d'un trombone.

On n'entendait plus que le vent. Le tunnel, noyé dans la pénombre, restait vide. Nous avions aperçu deux ou trois garçons de piste agiles, munis de ces perches qu'ils passent à travers les barreaux si nécessaire pour faire progresser les fauves et leur interdire le retour. A chaque fois, ils s'étaient un peu montrés sur la piste et puis ils étaient repartis derrière le rideau rouge. Ça voulait dire que l'animal récalcitrant se faisait tirer l'oreille. C'était fréquent. Les fauves ne viennent jamais volontiers sous la lumière des projecteurs.

Enfin une bête parut à l'aplomb du rideau rouge. On ne pouvait pas dire qu'elle avançait. On la distinguait mal. On voyait son dos arqué. On avait l'impression qu'elle freinait des quatre fers. Les garçons de piste bataillaient ferme derrière elle avec leurs perches engagées à travers les barreaux. Le fauve ne progressait que contraint et forcé. Son échine touchait les arceaux. On distinguait, la dépassant, son poil qui se rebroussait tant il s'arcboutait sur ses pattes. On voyait battre ses paupières sur ses yeux qu'il fermait à demi.

Tout le monde avait compris qu'on avait affaire à une bête qui refusait de travailler. N'avait-elle pas assez mangé ? Y avait-il trop d'os et pas assez de viande dans les offrandes des bouchers ? Ou bien était-ce ce vent qui même ici, sous le chapiteau, lui agaçait les moustaches jusqu'à lui faire retrousser les babines en lui projetant de la sciure aux yeux ?

On voyait s'agiter les arceaux du tunnel en une gigue inquiétante. La bête boulée sur elle-même n'avançait plus d'un pouce. Les cent dix spectateurs, moi compris, nous avions bien mesuré la situation, mieux peut-être que ceux du cirque qui s'attroupaient en silence et dans leur costume de scène autour du tunnel tressautant.

Nous étions tous debout. Nous étions tous prêts à crier : « Pouce ! » A leur dire, à ceux du cirque, que tant pis, on renonçait au dressage des fauves, qu'on les tenait quittes, que, pour ça, on ne réclamait pas le remboursement des billets, mais que, par pitié, on laisse cette bête regagner sa roulotte.

Le hennissement strident d'un cheval de piste à travers la houle du vent confirmait et soulignait notre appréhension.

Et soudain, on entendit quelque chose qui craquait avec un bruit fatal dans le tunnel de barreaux fait d'éléments juxtaposés. Nous savions bien que depuis longtemps tout ça : arceaux, goupilles, charnières, chaînes de sécurité, ça ne tenait plus que par la rouille. Je vis, distinctement, se déboîter de l'autre l'un des arceaux.

Alors et simultanément, je vis le tigre devant moi, dans la sciure : debout, déplié, libre, la tête haute. J'eus le temps de me dire qu'il était plus grand sur ses quatre pattes que moi sur mes deux jambes. J'eus le temps de voir que c'était une bête superbe quoique un peu creuse de flancs.

Ce fut l'espace d'un éclair. Tout ce que le cirque comptait de valide : les garçons qui arrivaient avec leurs piques et ceux qui n'en avaient pas, les augustes, les écuyères en tutu, le monsieur Loyal en frac, le père Larifla avec ses braies à paillettes ; tout ce monde s'était héroïquement porté entre le tigre et nous. Je compris qu'ils tentaient en vain de le faire rentrer d'où il était sorti. Je compris que le préposé au projecteur avait orienté celui-ci de manière à aveugler la bête.

La dompteuse à brandebourgs dans son fauteuil roulant s'était projetée hors de la cage, avait bousculé tout le monde à coups de roue, était passée devant tout le monde pour se trouver seule face au tigre et au moins le faire reculer.

J'étais cloué sur place. Je voulais voir. Une clameur hystérique couvrait la rumeur du vent. Le commissaire Aréoux, jailli hors de sa loge cossue, ramait parmi les travées vides. Il fusait d'un banc à l'autre avec une agilité de jeune homme malgré ses soixante-dix ans.

La centaine de spectateurs élargissait le cercle autour du tunnel, s'enfuyait, plongeait sous les travées en hurlant. Une femme en pâmoison était traînée par son mari sans ménagement. Un bébé suffoquant de cris était passé de main en main jusqu'à l'issue béante dont on avait retiré les barrières.

J'eus le temps de comprendre que les gens du cirque avaient réussi à eux tous à refouler le fauve, qu'il s'était enfui, qu'ils se lançaient à sa poursuite, qu'ils le cherchaient. J'entendis des cris, des ordres qui dominaient le vent eux aussi. Les voix se dispersaient, s'abîmaient dans la bourrasque. Les derniers commandements qui me parvinrent me prouvèrent à l'évidence que la trace du tigre venait d'être perdue.

Tout cela s'était déroulé en l'espace d'un éclair. Je compris que j'étais seul. Dehors, je ne savais plus distinguer le bruit du vent de celui de la panique.

Je plongeai sous mon banc. Suspendu par les mains au plancher à claire-voie, je me laissai choir sur le sol du haut de ces trois mètres. L'idée me visita que le tigre était peut-être là dehors, derrière la mince bâche, qu'il m'attendait, qu'il me flairait. Mais il pouvait aussi bien s'être dissimulé sous les entretoises qui soutenaient les gradins. Il pouvait aussi bien rôder là-dessous pendant que je tergiversais et qu'on le cherchait Dieu sait où.

Je n'avais même pas eu le temps de m'interroger sur ma peur. Ce fut là, à plat ventre sur le gravier, où je ne reconnaissais plus la demi-lune de ma place si familière, que je me rendis compte que je claquais des dents. Je tentai de passer sous la bâche. Mais, contre le vent et les resquilleurs, on l'avait solidement assujettie avec de lourdes pierres. Je perdis plusieurs minutes à la soulever avec un espar abandonné par miracle parmi les entretoises. Je faillis rester coincé à mi-corps, mais enfin, à force de me contorsionner, je parvins à m'extraire. Il me semblait que le fauve était au-dessus de moi, qu'il allait ouvrir sa gueule, me broyer la tête.

Le vent avait encore forci. Il était soutenu par les clameurs des gens qui fuyaient de tous côtés dans les profondeurs de la ville et le vide des boulevards ; par les appels de ceux du cirque qui s'interpellaient, qui organisaient les recherches. Il était flagrant qu'ils avaient perdu la trace de la bête, qu'ils ne savaient absolument plus où elle était passée.

J'étais là, échoué à plat ventre, n'osant me relever. Sous la roulotte devant laquelle j'avais fait surface, l'asphalte n'était qu'un moutonnement de feuilles mortes au ras du sol qui parfois se soulevaient en tourbillons. Une vague de ces feuilles déferla vers moi, m'arriva dessus sans crier gare, m'ensevelit. Je sentis une odeur d'automne.

Je me soulevai à demi. Sur la place triomphait le vent. Les abat-jour verts de l'éclairage public cliquetaient sur leurs potences mal vissées. La Victoire du monument aux morts que j'avais toujours crue immobile, frémissait sur son socle, et la couronne tendue aux héros encensait doucement comme la tête d'un cheval.

Le tigre pouvait être là-bas derrière, à l'abri des fusains touffus. Il n'y avait plus personne en vue. Il n'y avait plus que la place déserte où se ruait le vent, moi à plat ventre et le tigre peut-être.

Je compris que les gens du voyage s'étaient dispersés partout, par groupes, qu'ils battaient la ville, qu'ils devaient avoir averti les autorités.

En attendant j'étais seul. Une chaise, renversée par le vent, oubliée là dans l'après-midi par les dames du Nord, me tenait compagnie. Là-haut, de l'autre côté du quadrilatère, je voyais luire doucement une lumière à peine visible derrière la devanture de la naine. C'était tout. Les maisons étaient sombres, rébarbatives, hermétiquement closes. Même si le tigre venait rôder sous les fenêtres, on ne craignait rien.

Mais moi j'étais là avec mes cinquante-cinq kilos d'os et de chair pas très propre. Est-ce que le tigre était friand d'enfants sales ?

La sueur, en dépit du vent froid, m'inondait le front. Je pratiquais assez bien ma ville pour savoir que devant moi ou devant quiconque aucune porte accueillante ne s'ouvrirait. Ils auraient tous bien trop peur que le tigre dans mon sillage ne s'engouffre par leur corridor.

Cinq cents mètres me séparaient de chez moi par les ruelles en équerre aux recoins propices aux embuscades.

La place était une arène. Outre les fusains du monument chaque fourche d'arbre (ils étaient gros et plus que centenaires) risquait de dissimuler le fauve. Mais il pouvait aussi surgir dans mon dos en catimini, parmi ces roulottes et ces remorques familières.

C'était sûrement là, d'ailleurs, qu'en désespoir de cause les gens du cirque viendraient essayer de le débusquer. Alors, bien plus qu'en terrain découvert, je courrais un risque mortel. En effet, l'humilité fataliste dont j'avais si bien pris l'habitude me suggérait que si, par malheur, le tigre se jetait sur moi devant ceux qui le traquaient, ceux-ci seraient peut-être saisis d'un scrupule au dernier moment. J'avais entendu dire qu'un tigre ça valait douze mille francs. A cent spectateurs par soirée comme aujourd'hui, il faudrait plus de deux cents représentations pour en racheter un. Dans ces conditions, ils lèveraient le fusil sans doute, mais le temps de trouver le bon angle pour ne pas me blesser et l'irréparable se serait produit. Et pendant que j'aurais servi de chèvre au piquet, ils auraient eu grand temps d'imaginer quelque stratagème pour capturer le fauve vivant, ce qu'auraient souhaité, sans doute, tous les créanciers du cirque.

C'était bien sûr un raisonnement tordu qui s'appuyait sur d'atroces soupçons concernant la nature humaine mais, dans ma vie, j'avais déjà pris plusieurs coups de pied au train pour ne pas avoir suivi à la lettre ces sortes de raisonnements. Or ici, il s'agissait pour moi d'une décision capitale.

Alors, au moment où je décidais que la fuite valait mieux que l'expectative, je vis un cortège s'avancer vers les roulottes, vers moi. C'était un groupe de cinq ou six hommes, les uns en civil, les autres en costume de piste. Ils portaient entre eux une échelle transformée en civière sur laquelle gisait un corps tout pailleté et scintillant d'étoiles d'argent comme un arbre de Noël.

La dompteuse en dolman rouge et chevelure d'or les escortait dans son fauteuil. Ils défilèrent devant moi à plat ventre de l'autre côté de la roulotte. Je me soulevai sur les coudes. Je pus voir à hauteur de mes yeux le père Larifla, son costume et sa figure. Sous le plâtre du fard, le visage s'était affaissé jusqu'à paraître plat comme un masque. Bizarrement, du sang séché faisait à ses oreilles des pendentifs vermeils. Je compris qu'on les lui avait tailladées. Ils passèrent dans le clair-obscur. Le vent les emporta. Je restai seul.

J'allais m'élancer. Alors toute une troupe déboucha par la rue Kléber, brandissant des fusils, tenant en laisse des chiens de chasse qui tiraient sur leurs colliers en aboyant à perdre haleine, mais on les entendait à peine sous le vent. Il sifflait à leurs oreilles. Il leur enfonçait leurs aboiements dans la gueule et leur flair au fond du nez.

C'était le salut. Je n'avais qu'à me mêler à ce groupe et à le suivre. Il finirait bien par me rapprocher de la maison de mon père.

J'allais m'élancer de nouveau lorsqu'un coup de feu claqua. Des feuilles s'alentirent autour de moi. Une pluie de plombs morts cascada sur le sol. Je compris que ces chasseurs avaient peur, qu'ils étaient prêts à tirer sur n'importe quoi ; que si je leur surgissais devant et tout courant, avant d'avoir reconnu un enfant dans cette silhouette, ils m'auraient déjà étendu roide mort. Je compris que, cette nuit, il ne faudrait pas seulement se méfier du tigre.

Ils restaient en groupe compact, épiant de tous côtés, plus traqués que traqueurs. Les chiens dérivaient vers le monument. Ils en faisaient le tour avec des aboiements certains et résolus et quelques-uns marquaient l'arrêt, une patte en l'air, la queue horizontale. Deux hommes courageux franchissaient les piques de la clôture, fourrageaient dans les fusains. Je vis de grands gestes, des bras qui désignaient mille endroits divers. Brusquement toute la troupe tourna bride, tirée en avant par les chiens déchaînés et qui l'entraînaient cette fois vers le boulevard des Lices. J'étais seul à nouveau.

Cette fois, je ne réfléchis plus. Je fonçai tête baissée vers cette rue du Quatorze-Juillet qui représentait le salut ou la mort. Je fonçai par le plus court, dans le désert qui s'étendait entre le monument et la rue.

Alors, il me sembla percevoir derrière moi comme un ouragan qui coupait le vent, un irrésistible appel d'air comme on n'en ressent que dans les cauchemars. Cette poursuite était accompagnée d'un bruit bizarre d'os entrechoqués ou de tambour roulant. Je redoublai de vitesse, tout en me disant que si c'était le tigre, je n'avais pas une chance. J'avais vu un jour le chat de ma grand-mère faire son affaire à une souris qui se hâtait le long du mur. Ça avait duré le temps que j'ouvre la bouche pour prévenir la souris et avant qu'un seul son n'en sorte. Le chat avait traversé d'un seul bond les six mètres de la cuisine. Je n'avais qu'à multiplier par cent et j'obtenais le même rapport de force. Je sentais le souffle du tigre sur mes talons. (Il est facile d'imaginer dans ces cas-là.) Cinq cents mètres jusque chez moi, je n'y parviendrais jamais. Ce qu'il me fallait, c'était la miséricorde d'une porte ouverte, n'importe laquelle où m'engouffrer et la refermer derrière moi.

Là-bas, chez la naine, en cette lumière de veillée, les ombrelles folles de l'enseigne me hélaient. Elles tentaient des efforts désespérés pour s'arracher aux ficelles qui les retenaient et courir après le vent du nord. Leurs tentatives en désordre, leurs esquives, leurs brusques ricochets sur l'air qui les soutenait, composaient un appel pressant :

— Viens ! Viens vite ! Dépêche-toi ! Ne te laisse arrêter par rien ! Ne réfléchis pas ! Si tu réfléchis, si tu hésites, le tigre te mangera !

Et soudain, entre ces deux ombrelles, comme si c'était le vent qui l'enfonçait de l'extérieur, la porte de la boutique s'ouvrit en grand.

Je me ruai vers cette issue béante, tête baissée. En même temps quelque chose de dur me heurta aux jambes sans ménagement. Je hurlai. Je fis trois mètres sur mon élan à l'intérieur du magasin. Je m'immobilisai enfin le souffle court. Je tournai de tous côtés mes yeux chavirés. J'eus le temps de distinguer que la chose qui m'avait heurté aux jambes, c'était la chaise de bois oubliée par les dames du Nord et qui dérivait au gré du vent à travers la place.

Ce fut en un éclair. La naine était devant moi. Elle venait prestement de repousser le battant et de retirer les deux éléments du bec-de-cane qu'elle serrait fermement entre ses doigts courts.

Je ne voyais que sa masse trapue, presque cubique, les boucles de ses chaussures qui luisaient. Il n'y avait en tout et pour tout, éclairant ce capharnaüm, que deux ampoules grasses de poussière et qui ne devaient pas ensemble excéder soixante-dix watts. Cela composait une pénombre rougeâtre qui rendait irréels la scène et son décor, la tribune sur ses maigres piliers de fonte et le renfoncement sous elle où s'empilaient sur de profondes étagères les coupons de tissus en rouleaux.

La naine se tenait à côté de la banque. Je devais être, à ses yeux, l'objet qu'on vient de tirer de la vitrine et que l'on peut enfin admirer en tête à tête, sans plus aucun obstacle entre votre convoitise et lui. C'était sa nuit. C'était son moment. J'ignorais comment elle s'y était prise pour m'amener jusqu'ici, mais la vue de cette chaise qui m'avait poursuivi telle une personne sensée à travers tout le Terreau et qui maintenant, obstinément, heurtait la devanture sous les coups de boutoir du vent, cette vue me remplissait de terreur et d'un horrible soupçon. L'odeur des fleurs d'aspidistra dans la cour de la Sanson me remontait aux narines. « Quelque chose il t'arrivera ! » Il y avait collusion entre ces deux créatures imaginatives et j'étais coincé entre elles comme dans les mâchoires d'un étau.

J'avais beau me dire que je rêvais, je revoyais le faciès de la naine le jour où Germaine était sortie de la remise. Je revoyais Mme Sanson considérant longuement ce portrait artistique, avant de lui cracher au visage. Je revoyais surtout cette place vide dans le cirque où la naine était présente, dix minutes auparavant. Il fallait être fou pour aller imaginer que le tigre ne s'était échappé que pour me rabattre jusqu'à cette boutique à la faveur de la panique. Et j'aurais été fou sans doute de soupçonner que quelqu'un avait le pouvoir de créer un tel événement si je n'avais pas été témoin de cette chose prodigieuse : la naine quittant son siège dix minutes avant l'évasion du fauve, comme si elle savait ce qui allait se passer, comme si le vent qui avait porté à son paroxysme l'énervement du tigre, comme si ce vent avait soufflé pour satisfaire son caprice et comme si la rouille qui rongeait les charnières du tunnel depuis si longtemps avait attendu précisément ce soir-là pour céder.

Je m'ébrouai. Si je me mettais à croire des choses pareilles, tant valait-il que j'obéisse tout de suite à la naine plutôt que de ruer dans les brancards.

Elle ne bougeait pas. Je ne bougeais pas. Elle ne devait pas voir de moi plus que ce que j'apercevais d'elle : une ombre, une silhouette.

C'était la première fois de ma vie que je pénétrais

dans cet antre. J'en respirai l'odeur que j'imaginais être telle, au fond de la cale d'un navire. C'était un monde qui n'avait jamais figuré ni dans mes rêves ni dans mes regrets.

Je regardai autour de moi, subjugué. Il me sembla que la tribune était noire de monde. Je me retournai. Il me sembla que de part et d'autre du trou du souffleur que nul n'avait jamais eu l'idée de refermer, les bougeoirs de la rampe luisaient faiblement. Il me sembla que le décor à croissant de lune se gonflait comme une voile dans la pénombre.

La naine s'avançait sans une parole. Je reculai. Je reculai jusqu'à la scène, jusqu'à ces quatre marches cirées qui permettaient d'y accéder et ensuite, se faufilant parmi les stalles entassées, de se retrouver devant l'escalier qui conduisait aux étages entre les deux portants du décor.

Je vis le danger. Si je m'engageais là-dedans, la naine, toujours me repoussant, me conduirait jusqu'à sa chambre. Il me semblait entendre là-haut son père et sa sœur dormant du sommeil du juste.

La naine gravissait à son tour les quatre marches de la scène. Nous étions là tous les deux, dans cette pénombre rouge, jouant à cache-cache. Elle me cherchant, moi l'esquivant, quelquefois de peu.

Elle roucoulait mon nom : « Jean... » Une fois même, elle appela : « Chrysostome... » Elle marchait lentement, sans bruit. Je crois qu'elle tentait de m'apprivoiser comme un animal sauvage.

Je n'avais qu'une idée, c'était de lui reprendre le bec-de-cane pour pouvoir me sauver. J'avais complètement oublié le tigre. Je supputai la résistance qu'elle pouvait m'opposer et le moyen de lui arracher la poignée de la porte sans la faire hurler.

J'étais planqué derrière un strapontin qui terminait l'une de ces rangées de chaises à bascule où tant de gens avaient remué leur derrière en applaudissant à tout rompre où en sifflant quelquefois. J'étais dans l'ombre. Je me croyais bien à l'abri. Mais elle connaissait chaque pouce de son territoire. Elle devait y avoir joué aux cachettes étant enfant. (A quoi ça pouvait bien ressembler une naine de neuf ans ?) Je sentis un frôlement souple à côté de moi. Elle était là. Elle avançait une main caressante. Je bondis en avant. Je sautai de la scène sur le plancher du parterre, entre les deux banques. Je me précipitai vers la sortie, pensant casser un carreau de la vitrine pour me dégager.

Là-bas, dehors, la place, le cirque, les réverbères, le monument aux morts, tout gémissait sous le vent souverain qui miaulait sa tristesse. Les portes battantes des hideuses latrines couinaient sur leurs gonds ; embossée sur leur escalier, la chaise oubliée par les dames du Nord était venue s'échouer là poussée par la tempête et tentait de se dégager à chaque rafale.

Les yeux fixés sur ce spectacle baroque, je m'efforçais, courbé en avant, d'ôter l'une de mes chaussures pour défoncer la porte vitrée. J'avais la détestable manie de faire un nœud au lieu d'une boucle à mes lacets. De sorte que je perdais un temps infini lorsqu'il fallait les défaire et tandis que je m'y escrimais fébrilement, je sentais s'avancer la naine derrière moi en silence, sauf le « Jean » qu'elle roucoulait de temps à autre pour m'amadouer. Je renonçai. Un trou noir s'ouvrait à ma gauche et un autre à ma droite. Je choisis celui de gauche qui était le plus près pour m'y précipiter. C'était l'escalier en colimaçon qui conduisait aux tribunes où les piles de chapeaux attendaient leurs têtes respectives. Là, les stalles poussiéreuses étaient vissées au sol que nul n'avait plus balayé depuis des décennies. Placées plus bas, les deux chiches ampoules y prodiguaient une lumière limitée par une ligne diagonale presque matérielle, tant elle soulignait les ténèbres sur les bancs de bois à dossier droit.

J'avançai heurtant les bancs, me guidant à tâtons. Je m'assis à côté d'une pile de feutres de noces dont je sentis la soie au frôlement. Il me sembla que je bousculais des ombres et qu'elles protestaient. Il me sembla que stagnaient encore ici des odeurs de gens d'autrefois.

Je me mis en devoir d'ôter mes chaussures pour les projeter plus tard à travers la vitre et ainsi échapper à ce traquenard. La naine ne m'avait pas suivi, mais en bas, au-dessous de moi, au pied de la tribune, je percevais un remue-ménage bizarre, un froissement d'étoffes épaisses qu'on malaxait. Une odeur de velours côtelé neuf me montait aux narines.

Je ne parvenais toujours pas, dans le noir avec mes doigts malhabiles handicapés par les piérachons, à dénouer mes lacets.

— Jean...

Elle était là, à côté de moi. Elle y était arrivée comme un chasseur tombe sur sa proie. De son corps rabougri, coupé en deux par la diagonale qui délimitait l'obscurité et la pénombre, je ne distinguais que sa tête énorme. Ses yeux glauques m'offraient le regard quémandeur d'un mendiant.

Je ne demandai pas mon reste. J'enjambai devant moi la balustrade de la tribune; suspendu par les mains et progressant ainsi horizontalement, je cherchai du pied l'un de ces maigres piliers de fonte qui la soutenaient. Je le trouvai enfin, l'enlaçai, me laissai glisser ainsi jusqu'au rez-de-chaussée. Je me précipitai vers la vitrine, bien décidé cette fois à la défoncer à coups de poing ou de pied, si je pouvais le lever assez haut.

Je ne couvris pas deux mètres. Je donnai du front et des épaules contre un obstacle feutré et enveloppant que je pris, l'espace d'un éclair, pour l'aile d'un étrange oiseau. Seule l'odeur m'aida à comprendre qu'il s'agissait d'un coupon de tissu répandu à profusion.

C'était ça le bruit qui m'avait intrigué tout à l'heure. La naine avait déployé à travers la boutique, comme un filet, la pièce de velours où je venais de m'engluer.

Je ramais là-dedans, affolé. Je me ligotais les pieds, je m'affalais, je me relevais. Je tirais désespérément sur la pièce. J'entendis tomber à terre le reste du coupon et, au bruit qu'il fit, je jugeai qu'il devait mesurer au moins vingt mètres de long dont une bonne moitié me retenait prisonnier. La naine devait l'avoir disposé en guirlande d'une banque à l'autre, d'un pilier à l'autre pour que, m'extirpant d'un pli, je retombe dans l'autre, de plus en plus impuissant, de plus en plus fatigué. Je n'en finissais pas de m'en dépêtrer avec les gestes désordonnés du baigneur qui se noie.

Alors, soudain, elle fut sur moi. J'avais eu le temps de distinguer sa silhouette cramponnée au pilier et s'y laissant glisser avec la même agilité que moi à l'instant.

Ma tentative désespérée pour éviter son contact

m'avait fait trébucher et choir dans les vagues du coupon. La naine en profita pour m'écraser de tout son poids.

Elle fleurait une odeur de poivre qui d'ailleurs, à mon étonnement, n'était pas désagréable. Elle me serrait à m'étouffer. Elle s'efforçait de m'émouvoir avec une pitoyable naïveté. Aucun élan érotique ne me tendait vers ce corps. Je l'avais en horreur comme j'aurais eu en horreur celui d'un autre homme et je me défendais contre lui avec la même convulsive fureur que je l'aurais fait dans l'autre cas.

Les plis du velours où je me débattais, où elle s'efforçait de me donner envie d'elle par tous les moyens, se resserraient autour de nous, retombaient sur nous, nous suffoquaient.

Je réussis à me remettre péniblement debout. La naine m'avait enserré le torse entre ses deux jambes. Elle se laissait porter.

— Jean ! Ô Jean...

Je sentis que dans sa main droite fermée, elle gardait toujours les deux éléments du bec-de-cane. Je tentai de lui ouvrir les doigts. Elle piailla. Elle me mordit cruellement le pouce. Je lui donnai un coup sur le poignet qui lui fit lâcher prise. Le bec-de-cane dégringola sur le plancher, entre les vagues du velours. Il était à peine visible. Je me jetai à plat ventre dessus. Le renflement de la boule de porcelaine heurtant mon sternum me coupa le souffle. La naine m'avait bondi sur le dos. Je me mis à quatre pattes. Je me dressai titubant. Elle se laissait traîner comme un poids mort. Ses bras puissants couvraient ma gorge pour me couper le souffle. Je me laissai choir en arrière de tout mon poids. Elle heurta le plancher, desserra son étreinte. Debout d'un bond, je me jetai sur la devanture. Ma main tremblante mit un temps infini pour ajuster le bec-de-cane dans l'orifice.

— Jean ! Ô Jean !

Je jetai un coup d'œil rapide derrière moi. Elle était vautrée dans le velours sous la lumière chiche, les quatre fers en l'air, étalée, offerte.

Là-haut, dans les tribunes, il me sembla que retentissaient ces ricanements, cette jubilation que d'ordinaire, d'après ses dires, elle était seule à entendre, chuchotant autour de ces ombres d'hommes qui, autrefois, venaient ici changer d'âme, aux accents du théâtre.

Je me ruai dehors. Le vent qui me gifla dispersa les fantômes.

Alors, sans transition, je passai de la terreur de la naine à celle du tigre. La situation n'avait pas changé. Le fauve était probablement là, toujours rôdant, me coupant la retraite vers mon foyer ou à l'affût dans un arbre ou derrière une roulotte. Toutes les maisons, où pourtant brillaient maintenant des lumières aux fenêtres — et notamment chez la Jeannette Sarrasin, l'Agassonne, la vieille Tisserin —, toutes les maisons, il n'y avait pas besoin d'y aller voir, étaient hermétiquement closes.

Seules ouvertes, béantes, battant au vent à toute volée, les portes des latrines, là-bas, sous les arbres, à quatre-vingts mètres d'ici, m'appelaient désespérément. Je m'y ruai.

Mais au moment où je dépassai le monument aux morts, j'entendis le bruit d'un galop. J'étais hors d'état de raisonner logiquement ni d'avoir le loisir de distinguer la nature de ce qui me poursuivait. *On* était dans mon dos. *On* me traquait. Etait-ce la naine ? Etait-ce le tigre ? Je redoublai d'efforts. On redoubla derrière moi. J'escaladai en même temps que quelqu'un d'autre les quatre marches de l'humble édicule. Ensemble nous rabattîmes la porte. Ensemble, nous tirâmes le verrou sur nous. Ma tête et mon front ruisselaient à ce point de transpiration que la sueur m'aveuglait.

— Le tigre ! Il est là-bas ! Dans l'arbre ! Devant l'étude ! Il est là-bas ! Mon Dieu ! J'ai vu ses yeux !

Alors, je reconnus la voix, je reconnus le parfum, je reconnus ce chapeau de page de la Renaissance. Je reconnus tout. Eberlué, je me trouvai poitrine contre poitrine, face à face avec cette avocate tant convoitée et cependant rétive devant mes transports nocturnes.

Elle était là, vivante, à corps touchant, emprisonnée avec moi dans ce réduit qui dépassait à peine le mètre carré.

Elle était là, de biais car nous nous étions partagé l'espace de ce cabinet à la turque : nous avions chacun un pied sur la bande cimentée qui courait parallèlement à la porte et l'autre sur l'un des supports en céramique qui devaient permettre d'ordinaire de s'accroupir commodément.

L'avocate, en perdition comme moi sur cette place, avait dû repérer en même temps que moi que cet abri, pour précaire qu'il parût, était le seul refuge possible. Elle avait dû constater en même temps que moi que deux verrous sur trois étaient déglingués et pendaient lamentablement sur la seule vis qui les retenait encore au panneau et qu'il ne restait plus de viable que celui où elle m'avait vu me ruer.

La peur, le désarroi, faisaient se soulever ses seins à un rythme désordonné lequel, à chaque respiration, à chaque reprise d'haleine, les faisaient toucher mon tricot sale.

— Mon Dieu... Mon Dieu...

C'était tout ce que lui suggérait sa raison en déroute pour résumer cette situation. Elle ne pouvait même pas se comprimer la poitrine car nous étions tout de travers. Le radier était incliné vers la cuvette à la turque, laquelle était elle-même un entonnoir.

Nous étions là, n'ayant pas trop, pour nous maintenir debout, de nos deux mains appuyées contre ces murs sales.

Je la sentais mouillée de mauvaise sueur sous sa robe de soie véritable qui lui collait au corps, dans ce pimpant manteau écossais que j'avais vu volant au vent, au début de la soirée, devant l'église.

Elle tremblait. Je tremblais beaucoup plus qu'elle. Je flageolais sur mes jambes, car je connaissais beaucoup mieux qu'elle, qui n'y avait jamais pénétré de sa vie, le lieu où nous étions coincés. Elle pouvait s'y croire en relative sécurité tant qu'elle ne lèverait pas les yeux. Moi pas. Je savais qu'au-dessus de nous une ouverture était ménagée qui laissait béant un espace d'un mètre entre la porte et le plafond. Si le tigre flairait l'odeur de notre frousse qui devait porter fort loin, il n'avait qu'à sauter par-dessus le battant pour nous réduire en charpie.

Mais en dépit de cette panique, je me disais qu'il devait y avoir eu suffisamment de gens, derrière les volets de la place, pour nous voir nous engouffrer ensemble, l'avocate et moi, dans ces latrines nauséabondes. Je me disais que, quoique suant d'angoisse, ils devaient avoir subitement oublié le tigre, tout à l'intense curiosité qui les obligeait à fixer passionnément leur regard sur ce lieu de rendez-vous imprévu et supputer tout ce qui pouvait bien s'y passer.

Il ne s'y passait rien. J'avais coincé mes deux talons contre l'un des marchepieds et, collé au mur, je laissais le plus d'espace possible à cette avocate qui pouvait maintenant s'y tenir debout sans promiscuité et sans toucher à la cloison.

Elle défaillait. Elle était secouée de frissons nerveux. Et pourtant elle gardait, juché sur sa coiffure, cet incroyable chapeau de page qui avait résisté, ainsi incliné, au vent et à la panique et qui ne pouvait seoir qu'à elle. Je l'observai intensément. Les cernes de ses paupières avouaient une sensualité repue et qui, il y avait dix minutes à peine, ne rêvait plus que de lit douillet et de nez dans l'oreiller.

Les dames du Nord connaissaient son amant. Les dames du Nord savaient même qu'il lui demandait de conserver, en toute circonstance, ses chapeaux toujours ingénument portés et qui rehaussaient sa féminité de leur provocante absurdité. Lorsque je sus plus tard, à mon tour, qui avait été cet amant, je compris que lui seul avait pu exprimer ce caprice et qu'à lui seul elle avait pu l'accorder sans aucun étonnement.

Elle parlait, elle parlait : elle revenait de

chez sa couturière, disait-elle, où elle s'était attardée pour quelque boléro aux basques trop courtes que celle-ci, en revanche, trouvait trop longues.

Au retour, elle avait croisé le boulanger des Observantins qui lui avait crié de loin, dans le vent, qu'elle était folle de se promener ainsi, qu'elle eût à se garer, à ne pas rester là, qu'il y avait un tigre dans les parages ; que, pour sa part, il se préparait à barricader son fournil avec des ballots de sac à farine.

Je notai mentalement que, de notoriété publique, sa couturière demeurait avenue de la Gare, c'est-à-dire tout à l'opposé de la place des Observantins, qu'elle disait avoir traversée.

Elle me regardait sans me voir. Je n'existais pas. Elle parlait. Elle ne demandait pas de réponse. Elle se tordait les mains. Elle avait joui jusqu'à ce jour d'une vie parfaitement huilée où les événements s'emboîtaient, presque toujours voulus ou provoqués. Tout d'un coup, elle se trouvait jetée aux latrines, avec un tigre à l'affût entre elle et sa maison.

— Je l'ai vu ! J'ai vu luire ses yeux ! Dans l'arbre ! Juste au coin de la place, juste devant l'étude. Il a bougé ! J'ai eu à peine le temps de détaler ! Je ne savais plus où j'allais ! Je ne savais plus ce que je faisais. Mon Dieu ! Il va rentrer ! Et je ne serai pas là ! Tous les mercredis il va à la société numismatique. J'en profite pour aller chez ma couturière... Non. C'est pas possible ! Jamais il ne croira que j'avais rendez-vous avec Françoise ! Le soir... J'ai tout le temps dans la journée... Mon Dieu ! Et il va me voir rentrer avec cet ensemble et ce chapeau qu'il m'avait demandé de réserver jusqu'à notre voyage à Paris ! Mon Dieu ! Que faire ? S'il me soupçonne, il divorcera !

Elle sauta d'un pied sur l'autre. La chasse automatique venait, pour la seconde fois, de lâcher sa voie d'eau. Elle fonctionnait toutes les deux minutes. Elle inondait tout, elle débordait du seuil, elle poussait même son courant sur les marches d'escalier parfois. Notre maire l'avait voulue ainsi : tonitruante, péremptoire, dévastatrice. L'avocate en avait les chaussures et les bas trempés, mais elle n'y prenait pas garde tant elle était anxieuse.

Depuis qu'elle était là, je me demandais même si elle m'avait vu, si elle avait pris conscience, dans ce réduit, d'une autre présence que la sienne. Elle réfléchissait à haute voix, sans tenir aucun compte de moi. Elle s'armait de courage.

— Il demandera le divorce ! C'est un homme qui ne supporte pas le doute... Déjà, la dernière fois, il avait passé l'éponge difficilement, mais cette fois, ce sera trop !

Elle se plaqua violemment la main sur la bouche.

— Mon Dieu ! Il obtiendra le divorce à son profit ! Il m'enlèvera Pervenche ! Mon Dieu ! Il me retirera ma fille ! Il faut que je rentre avant lui ! Coûte que coûte !

Il ne me vint pas à l'idée, tant mon esprit était à la dérive, de profiter de cette occasion pour lui apprendre que les réunions de son mari à la société numismatique, c'était, un mercredi sur deux, une particulière de Sainte-Tulle qui les tenait à huis clos. Les dames du Nord en étaient parfaitement comptables. Elles connaissaient le nom et l'adresse. Elle n'aurait qu'à se faire confirmer.

Mais c'est quelquefois funeste l'esprit de l'escalier. Et de plus, j'avais les yeux fixés sur cette ouverture au-dessus de la porte où le tigre d'une seconde à l'autre pouvait surgir, avec sa tête quatre fois plus grosse que la mienne et celle de l'avocate réunies. Quand j'ouvris la bouche pour lui lâcher ce renseignement de première importance pour elle, elle avait déjà tiré le verrou. Elle s'était déjà élancée au-dehors, sans réfléchir, héroïquement, ne pensant qu'à cette fille dont on pouvait la priver.

Je refermai précipitamment, horrifié. Je collai mon œil aux fentes de la porte, ingénieusement agrandies au canif par des voyeurs détraqués.

Le vent, semblait-il, emportait l'avocate. Elle s'appuyait contre lui en courant. Je voyais voler son manteau écossais. Je voyais se soulever ses hauts talons. Elle courait malhabilement, coupant au plus court, fonçant vers l'étude, sous les érables.

Là-bas, de l'autre côté de la place, la pénombre rouge de la boutique de la naine m'apparut funeste dans la nuit, tout animée par le reflet des lampadaires verts qui balançaient l'encensoir de leurs ampoules précairement vissées. Je crus repérer à hauteur des vitres basses la naine elle-même qui suivait la course de l'avocate. Je ne distinguais que sa courte silhouette brouillée par les reflets des lampadaires et mal éclairée de l'intérieur par les lumignons noyés dans l'immense capharnaüm.

Je me dis qu'elle avait dû se redresser, gonflée d'amertume et de désir inassouvi, tout de suite après ma fuite. Je me dis qu'elle avait dû me voir, qu'elle n'avait pas pu ne pas me voir, m'engouffrer dans les latrines en même temps que cette femme élégante, laquelle maintenant fuyait là-bas, sous la poursuite des feuilles mortes, qui se tordait le pied, qu'on voyait disparaître, presque arrivée chez elle, à dix mètres à peine de sa maison.

Mais non. Elle rebroussait chemin. Elle fuyait de nouveau quelque chose qu'elle était seule à distinguer. Elle paraissait déboussolée, affolée par la panique. Elle fit mine de revenir vers les latrines. Mais non, elle se ravisait et fonçait vers la rue du Quatorze-Juillet.

Alors, soudain, je vis le tigre.

L'avocate avait cru distinguer ses yeux qui luisaient dans l'arbre, juste devant sa maison, au coin de la place. Eh bien non, elle s'était trompée. Au lieu de foncer là-bas en terrain découvert, elle serait maintenant chez elle, bien à l'abri, solide porte de chêne aux cuivres brillants bien claquée sur elle, clé tournée, verrou glissé et reprenant son souffle. Non, elle était là-bas, en rase campagne et le tigre avait repéré cette proie aux couleurs vives et légère comme un oiseau.

Il était là tout ce temps : sur la fourche du cinquième érable. Or, j'étais passé deux fois sous cet arbre : la première lorsque j'avais été poursuivi par cette chaise folle que déplaçait le vent et que j'avais prise pour lui. La seconde lorsque fuyant la naine je m'étais rué vers les latrines. Les deux fois, le tigre m'avait regardé passer sans réagir.

Il y avait là de quoi nourrir mes réflexions durant un temps infini. Il y avait aussi de quoi avoir la gorge nouée par l'épouvante. Car sur cette place nue où hurlait le vent — était-ce de terreur ? Etait-ce prophétiquement ? — il y avait maintenant cette femme élégante et sensuelle et cette bête souple, plus belle que la femme, qui se ramassait sur elle-même au pied de l'arbre, qui se mettait à trotter d'une allure allongée derrière cette proie.

Alors, je vis une chose incroyable : je vis s'ouvrir de nouveau la porte de la naine, toute grande, accueillante. Je vis l'avocate qui changeait de cap pour s'élancer vers cette ouverture qui représentait le salut. Et je vis la porte se refermer brutalement devant elle qui allait l'atteindre.

Le tigre toujours trottant était à vingt mètres derrière l'avocate. Je me voilai la face. Je fermai les yeux, les paupières froncées, le visage renfrogné comme lorsqu'on mange un fruit trop âpre et qu'on n'en finit pas de grimacer. Je me bouchai les oreilles avec les doigts enfoncés dans l'orifice.

Et pourtant malgré cela et malgré le vent, j'entendis le hurlement.

Je ne voulais pas savoir. Je ne voulais pas avoir mes nuits visitées par cette vision. Mais je l'avais déjà imaginée. Je ne l'extirperais plus de mon souvenir. Elle était imprimée dans ma conscience avec ce lancinant remords : d'un simple mot, en la renseignant sur la particulière de Sainte-Tulle, j'aurais pu retenir cette femme avec moi, j'aurais pu faire qu'elle n'essaie pas, coûte que coûte, de rentrer chez elle avant son mari. Je ne l'avais pas fait par stupidité native. J'étais coupable.

Il se passa six minutes ainsi. Six minutes où je restai prostré par l'épouvante, la tête dans mes mains. Six minutes mesurées trois fois par cette chasse d'eau indifférente aux événements et qui évacuait son trop-plein. Six minutes pendant lesquelles flotta sur l'air au remugle douteux le parfum que l'avocate y avait abandonné comme un dernier souvenir.

Il fallut bien se déboucher les oreilles. Il fallut bien ouvrir les yeux. Alors, par les fentes de la porte, je vis la place absolument vide, sauf la chaise renversée des dames du Nord qui avait changé de cap, roulant sous les vagues du vent et qui se trouvait maintenant contre l'escalier de la terrasse aux fusains, devant la maison de la cantatrice.

Là-bas, chez la naine, la boutique était toujours éclairée de même. La naine y était toujours à l'espère. Je voyais sa masse au niveau des vitres basses.

Je sortis. Je ne pensais plus au tigre. Je n'en avais plus peur. J'étais prêt à mourir par lui sans regret ni révolte. Je venais de voir disparaître une œuvre d'art : cette femme qui savait se faire, partant de presque rien, une beauté si sûre et qui maintenant était devenue cette chose dont je me refusais à dessiner les contours, dont je repoussais l'aspect de toutes mes forces, mais en vain, hors de mon imagination.

Je sortis. La place était toujours semblable à elle-même : servant d'arène au vent et totalement déserte. Pourtant, je savais qu'aux étages des maisons, derrière les vitres, veillaient des gens passionnés que ce vide hypnotisait, qui vivaient dans une délicieuse terreur et qui peut-être, à l'instant, à travers le désordre des feuillages en déroute, en avaient vu beaucoup plus que moi sans seulement ciller des paupières.

Je m'avançai vers le tronc de l'arbre où tout à

l'heure le tigre était tapi. J'allai le toucher de la main. Je le flairai. Aucune odeur de fauve n'en émanait. Il s'était glissé comme un rêve le long de ce cylindre lisse haut de plus de six mètres ; un rêve qui pesait trois cents kilos et qui les déplaçait sans un soupir. Songeant à l'instant où il avait dû surgir derrière l'avocate (s'était-elle retournée ?) je fermai les yeux derechef, avec force. Je les rouvris. Je marchai, irrésistiblement attiré vers le capharnaüm de la naine où tout avait dû se produire. J'avançai avec précaution.

Sur le large trottoir, au niveau de la rue, tout un peuple de feuilles mortes clapotaient en foule, fuyant le vent qui les poussait. Des enfants intrépides, ou qui n'étaient pas d'ici, avaient dessiné une marelle à la craie devant ce seuil maléfique. Les feuilles y sautaient comme à cloche-pied d'un carreau à l'autre. Mais juste devant la porte, à peine à deux mètres en retrait, je vis à la lueur du lampadaire proche un bouquet de ces feuilles qui demeuraient immobiles, sur lesquelles le vent n'avait pas de prise. Je compris qu'elles étaient agglutinées sur quelque substance qui les retenait prisonnières. Je m'avançai encore. Je me penchai. C'était une tache de sang encore vermeil, du sang qui n'avait pas encore eu le temps de cailler. Le sang de cette beauté qui était un objet d'art.

Je demeurai immobile devant cette tache, subjugué. Là-bas, contre le tuyau de zinc des eaux pluviales qui avait empêché le vent de l'emporter, était coincé, toujours debout et encore pimpant, ce chapeau de page de la Renaissance, assorti au sang que l'avocate avait perdu. La plume de bartavelle blottie dans le ruban n'avait jamais dû cesser d'y frémir comme je pouvais le constater maintenant encore.

C'était tout ce qui restait de cette altière élégante, cueillie en pleine beauté et dont j'avais tant rêvé. (J'appris plus tard que le tigre l'avait traînée au fond de quelque impasse et qu'il en avait quand même laissé de quoi lui donner la sépulture.)

Alors je levai les yeux. La naine, selon son ancienne habitude, se tenait le visage collé contre la vitre et elle regardait passer le vent.

J'avais vu, naguère, dans un livre d'histoire, ces figures de dieux antiques, massives et solennelles dont on avait figé l'image dans une expression de fureur impassible.

Incarnation même de la fausse victime, la naine m'offrait ce faciès écrasé contre la vitre ; ce faciès de justicière qui a le droit de son côté. C'était bien elle pourtant qui avait ouvert la porte en grand devant l'avocate et qui la lui avait prestement refermée au nez au moment où elle allait s'y engouffrer. Le tigre aurait-il enfoncé cette fragile devanture pour se saisir de sa proie ? Je ne le sus jamais. On n'aurait jamais pu le savoir. Mais, si l'on avait la volonté de faire mourir cette femme, l'attirer par une porte ouverte et la lui refermer au nez au dernier moment en étaient le plus sûr moyen.

J'avais à peine cru Victor lorsqu'il m'avait affirmé que *sciemment* la naine avait apporté de l'eau de la Calade à la pauvre Germaine dans l'espoir que n'étant pas d'ici, en boire lui serait fatal. Mais aujourd'hui, j'étais ce témoin, et le seul, du geste banal qui lui avait suffi *sciemment*, pour couper la retraite à la proie du tigre.

Cette naine m'aimait donc au point de tuer.

J'essayai de comprendre ce qui avait pu se passer dans sa tête, au moment où elle nous avait vus, l'avocate et moi, nous enfermer ensemble. Les latrines sont le lieu de prédilection où les enfants du peuple imaginent le plus aisément que peuvent se perpétrer les choses sales de l'amour. (Croyance qu'ils partagent avec les surveillants des écoles confessionnelles.) Aussi, la naine, qui était restée enfant par bien des côtés, n'avait pas balancé un instant à croire le pire. Aucune logique ne tempérait sa jalousie primitive. Ce qu'elle n'avait pu obtenir de moi, elle était certaine que l'avocate me l'avait accordé sans peine. M'aimant, elle ne concevait pas qu'on puisse me résister.

Et puisqu'elle m'aimait, tout était légitime. Tous les coups étaient permis. L'ennui et la privation produisent de tels cancers. Je compris à sa face impitoyable qu'aucun remords ne l'inquiéterait jamais.

Chargé de tout le dégoût qu'elle m'inspirait à l'instant, je vrillai mon regard dans le sien, à travers la vitre qui nous séparait. Alors, son masque de justicière s'effaça comme par miracle. Toute sa face s'éclaira d'un sourire timide, bientôt alarmé, me parut-il, à l'idée que j'étais seul, peut-être guetté par le tigre mis en appétit et qui rôdait.

Elle ouvrit sa porte.

Je tournai les talons et m'enfuis vers la rue du Quatorze-Juillet. La poubelle de Mme Grognard était toujours là, renversée, avec ses débris de taraillettes éparpillés dans le caniveau. Je dévalai jusqu'à la place Saint-Sauveur. Levant machinalement les yeux, là-haut, au troisième, je vis que veillaient toujours les lumières chez Zoé Meïmo. Je me demandai si je n'allais pas monter tout lui raconter, quémander son conseil, lui faire part de mon affolement, mais un coup d'œil à la porte aux cuivres briqués à mort suffit à me convaincre, sans avoir besoin d'y toucher, qu'ici aussi on avait tiré les verrous en cas de malheur.

Je baissai les yeux. Alors, là-bas, dans l'enfilade de la rue, je vis — je crus voir — le tigre qui débouchait de la rue Torte. Il était debout, la queue fouettante, le poil rebroussé par le vent qui déferlait vers le portail Saunerie. Je pensai qu'il devait se sentir aussi perdu dans cet étrange univers que moi si je m'étais trouvé seul dans sa jungle natale. Il tenait toute la rue de son corps en travers. En trois secondes il pouvait être sur moi. Mais il ne bougeait pas, ne regardait pas de mon côté. Je le voyais bien, de profil, ayant l'air d'écouter attentivement quelque conseil, quelque commandement. Il tournait en rond. Il n'avait plus cette promptitude de chasseur que j'avais remarquée lorsqu'il était descendu de l'arbre. Il marchait maintenant lourdement, avec une nonchalance repue. Ma gorge séchait à l'idée qu'en si peu de temps il avait eu raison de ce corps superbe jusqu'à n'en laisser qu'un chapeau.

Si le tigre s'était à cet instant aperçu de ma présence, je n'avais pas une chance de lui échapper. Et pourtant j'étais cloué sur place, mais ce n'était pas par l'épouvante, c'était par une formidable curiosité.

Le tigre se promenait de long en large, flairant un peu à travers la grille de la boucherie. Et soudain, résolument, il s'enfonça quelque part, de l'autre côté de la rue Torte. Or, cette voie n'avait pas de prolongement, elle s'achevait dans la Grand'Rue.

En face d'elle, il n'existait qu'un corridor, étroit, toujours béant : celui de Mme Sanson. C'était dans le corridor de Mme Sanson que le tigre s'était engouffré.

Cette fois, je ne demandai pas mon reste. Je n'avais plus que trois cents mètres à couvrir pour arriver chez moi dans les bas quartiers où il n'y avait que des travailleurs si fatigués que même un tigre n'aurait pu les réveiller. Je fonçai.

Deux coups dont le son me parut irréel retentissaient, emportés par le vent, au sommet du clocher. Cette incroyable nuit qui ne s'effacerait jamais de ma mémoire n'en était qu'à son apogée. Depuis que l'arceau avait cédé sur la piste du cirque, il ne s'était pas écoulé trois heures.

Je rentrai comme un voleur, sur la pointe de mes pieds nus, ayant ôté mes chaussures. On avait la veille changé la paille de ma paillasse qui sentait le blé mûr. Mais la nuit sous le vent était maléfique. La présence de mon père qui ronflait dans la pièce voisine ne l'exorcisait pas. J'étais chargé du poids du mystère qui m'écrasait et du poids de la mort. J'étais seul.

Le tigre fut abattu à l'aube par un valeureux ancien combattant, adjudant de carrière, qui le tira depuis sa fenêtre, à l'aide d'un fusil allemand rapporté de la guerre avec toute sa collection de balles dum-dum.

Au matin, quand je remontai la rue Voland pour aller au travail (car le travail ne pouvait pas s'arrêter pour si peu), je vis un attroupement, plus haut que la petite porte de l'église. Je me glissai au premier rang. Le cadavre du fauve barrait la rue d'un trottoir à l'autre. L'adjudant avait le pied posé en vainqueur sur son ventre blanc. Il tenait le fusil par le canon dont il appuyait la crosse sur le flanc du tigre. Ainsi debout, dans l'attitude du triomphe, il avait grande allure.

— Et d'une seule balle ! répétait-il à l'envi et à tout le monde. D'une seule balle là ! Entre les deux yeux !

Il se touchait de l'index la racine du nez pour préciser l'endroit où il avait foudroyé la bête.

— Ah ! mon vieux ! s'exclamait-il. Sans moi, il en bouffait bien encore deux ou trois autres !

La tête engagée sous le voile noir de son appareil à trépied, le Bizot, notre photographe, était en train d'immortaliser la scène. Quand j'arrivai, il en était peut-être à son sixième cliché. Il changeait rapidement la plaque et il disparaissait de nouveau sous son voile, criant de là-bas dessous des ordres à l'adjudant pour lui faire varier la pose. On ne voyait que sa bosse et ses grandes mains qui gesticulaient.

Mais la bourgeoise de l'adjudant avait son café qui rebouillait sur le feu. Elle s'impatientait à la fenêtre, appelant à tue-tête. Le Bizot navré, car il avait encore du génie à revendre, considérait tristement l'adjudant qui lui tournait le dos.

Je ne sais pas ce qu'il m'arriva alors. Jamais je ne réussis par la suite à analyser cet instant de ma vie. Soudain, je m'affalai en pleurant sur la dépouille du tigre. J'étendis mes mains jusqu'à sa gueule. Je caressai son mufle froid et ses moustaches rêches.

Un murmure de scandale souffla sur les badauds. Ils savaient tous déjà, bien sûr, que j'étais resté enfermé dans les latrines avec l'avocate pendant six minutes d'horloge. Et comme on savait aussi qu'elle avait été dévorée vivante par ce fauve, on se disait que si je le tenais ainsi embrassé, c'était parce que, à travers lui qui avait été son tombeau, je pleurais sur cette femme.

Comment auraient-ils pu comprendre ? Heureusement d'ailleurs qu'ils ne comprenaient pas. Tout le monde imagina que j'avais été amoureux de l'avocate, alors que j'avais seulement compassion (du moins je le crois) du tigre qui l'avait tuée.

Pendant que je l'embrassais ainsi, la tête contre son flanc, indifférent au cercle d'imbéciles qui me faisaient les gros yeux ou ricanaient ou, pour les femmes, détournaient la tête avec dégoût, le Bizot, lui, ne perdait pas le nord. Moi qui avais tant rêvé de lui servir de modèle, je fus exaucé. Il fit écarter tout le monde avec sa voix gutturale. Il me voulait seul. Il prit trois clichés, quatre, cinq. Il se déplaçait pour varier l'angle. Il voletait littéralement autour de sa boîte pour remplacer les plaques.

L'étrange fut qu'après cela il ne montra jamais ces œuvres à personne, qu'il ne les exposa pas dans sa vitrine, alors que l'adjudant le pied sur son trophée y demeura trois ans. L'étrange fut qu'à sa mort on ne retrouva aucune de ces plaques. Il était difficile de croire qu'il les avait ratées. Il mettait son orgueil à prétendre qu'il ne gâchait jamais aucun négatif.

Sans doute les détruisit-il. Je ne sus jamais pourquoi. La seule chose dont il me souvienne c'est que les jours, les mois, les années qui suivirent, il me considérait au passage, longuement, pensivement, lorsqu'il me croisait. Parfois aussi, je sentais son regard qui venait de peser sur moi lorsque je me retournais. Toutefois, il ne m'adressa jamais la parole, jusqu'à sa mort, et il me semblait pourtant parfois qu'il avait envie de me parler.

Je crus qu'on allait m'apprendre que le tigre avait aussi dévoré la Sanson puisque je l'avais vu s'engouffrer dans le corridor et que je savais qu'elle ne fermait jamais sa porte.

Or, lorsque je m'arrachai à la dépouille de la bête et que tout courant, craignant d'être en retard, je passai à fond de train le coin de la rue du Quatorze-Juillet, la personne que je faillis renverser ce fut elle : Mme Sanson.

Je m'arrêtai net, stupide. Elle me contemplait à travers ses lunettes. Il me sembla que ses lèvres serrées comme un cordon de bourse dessinaient un sourire sardonique qui ne montait pas jusqu'aux yeux, comme si elle connaissait le spectacle que j'avais contemplé cette nuit et comme si elle jubilait à l'idée que je n'y pouvais trouver aucune explication.

— C'est bien fait ! Ça t'apprendra à vouloir toujours tout savoir !

Voilà ce que disait ce sourire.

Elle était là, ménagère modeste, attendant que je lui livre le passage car je la dévisageais stupidement, planté devant elle sans songer à lui céder le pas.

Elle tenait frileusement son col de lapin d'une main et de l'autre un vaste cabas d'où dépassaient des queues de poireaux. Elle me considérait intensément, se demandant sans doute comment un être aussi insignifiant que je l'étais, pouvait ainsi ne pas abdiquer devant sa volonté.

J'aurais donné la moitié de ma vie pour être logé dans son cerveau, là où se fomentaient tous les prodiges qu'elle faisait miroiter à nos yeux.

Je m'écartai précipitamment. Je repris ma course d'une seule traite, les yeux fixés sur l'imprimerie, sans un regard pour cette place, maintenant toute pimpante de soleil sous le vent et où, il n'y avait pas six heures, une tragédie s'était déroulée.

Le plafond de l'atelier bruissait encore du commentaire des ouvriers car, pour la première fois depuis mon embauche, j'arrivais en retard. La patronne avait été obligée de sortir elle-même ses plantes vertes n'ayant pu le commander à personne. J'étais tout essoufflé. Je m'installai devant ma casse, me faisant mince.

Personne ne me posa aucune question ni ce matin-là ni les suivants. Je trouvais toujours la voie libre. On s'écartait de moi, si ce n'était avec déférence, c'était du moins avec une sorte de crainte.

Certain jour où je rentrais à l'improviste, j'entendis la patronne dire :

— J'aurais mieux fait de le brûler ce billet de faveur plutôt que de...

Elle n'acheva pas. J'arrivai.

Au fil des conversations auxquelles je ne me mêlais pas mais que j'écoutais, j'appris que l'avocate avait été dévorée parce que les gens qui traquaient le fauve le virent partout sauf là où il était. On les alertait de toutes parts. Tous les boulangers à leur fournil l'avaient vu passer, l'avaient vu s'arrêter pour boire à la fontaine. De la ferme des Naïsses au diable vauvert et dont les patrons, de certains Chaix, avaient le téléphone, on appela les pompiers pour dire qu'une bête inconnue était en train de *faire un chaple* (c'est-à-dire un carnage) dans le poulailler. On s'y rua. C'était un renard. Les chiens tournèrent autour du cimetière en hurlant comme si la bête était en train de déterrer les morts. L'Irma, la porteuse de journaux qui commençait à une heure du matin, se réfugia tremblante à la coopérative vinicole où l'on bouteillait des coupages, disant qu'un loup-garou s'était jeté à ses trousses. Mais le plus grave fut que la dompteuse, à la suite de la mort de son père, perdit la raison et fut incapable de donner des ordres.

Le cirque ne repartit jamais. Le père Larifla était bien mort lorsque je l'avais vu passer sur cette échelle transformée en civière. Il avait eu une attaque alors qu'il commandait de venir fouiller tous les érables de la place car il connaissait son tigre, le savait peureux et qu'il se blottirait plutôt que de prendre la fuite.

— Et surtout, avait-il dit, qu'on ne tue pas Sirdar ! Qu'on m'appelle ! Je l'ai élevé au biberon ! Il me suivra comme un chien !

Il s'était effondré à ce moment-là comme un sac sur l'asphalte. Il avait roulé sur lui-même jusqu'au caniveau dans ses larges pantalons constellés d'étoiles, pendant qu'on lui tailladait le lobe des oreilles dans l'espoir de le décongestionner. On l'avait encore entendu répéter : « Au biberon », puis il était mort.

Sa fille n'était pas devenue folle à proprement parler. Elle était simplement hors du monde. On l'admit à l'hospice. Elle se projetait d'un bout à l'autre des immenses corridors en faisant claquer un fouet imaginaire. Chaque matin les sœurs l'habillaient de son dolman rouge et coiffaient ses cheveux flamboyants. Les sœurs disaient qu'elle n'était pas dangereuse.

Les animaux furent convoyés vers le jardin zoologique à Marseille. La troupe, dès le lendemain, s'égailla, pressée d'aller gagner sa vie coûte que coûte ; les uns par le train, d'autres par l'autobus, la plupart à pied, leur valise à la main.

On amena les roulottes et les camions chez les ferrailleurs de la route de Sainte-Tulle où ils pourrirent durant des décennies.

Le chapiteau demeura, seul, vide, notre remords, tel que nous avions craint et imaginé que cela arriverait un jour si ce cirque venait chez nous une fois de trop.

Le vent ne cessa pas tout de suite. Jamais il n'avait autant duré. Un beau jour, les haubans usés cédèrent d'un côté sur leurs pivots. Les toiles de la tente se déployèrent en claquant, gonflèrent comme des ballons, les cordes brisées balayaient le sol. Une semaine durant ainsi, nous eûmes le déplaisir de voir ce cirque à la dérive, perdu tel un bateau sur la terre, avec des allures d'épave errant par les nuits océanes. Nous avions l'impression qu'il nous tendait, comme des mains de naufragé, les pans de ses bâches en lambeaux, en criant au secours.

C'était insoutenable. Il fallut prendre une décision. On le vendit aux enchères à la suite d'une procédure d'exception accélérée. Les paysans de la plaine se partagèrent les éléments du chapiteau pour en faire des bâches à protéger les paillers. Nul ne voulut des banquettes ni des mâts.

Des employés municipaux démontèrent les gradins pour les empiler contre les murets du rempart.

Un camion d'entrepreneur, venu d'ailleurs,

arriva. Il en descendit deux escogriffes qui prétendirent en mauvais français devant les badauds attroupés qu'ils avaient l'autorisation. Ils scièrent en trois les grands mâts. Ils les arrimèrent sur le plateau du camion avec des chiffons rouges au bout. Ils disparurent.

Alors le menu peuple des gens vraiment pauvres commença timidement à prendre l'habitude, le soir, songeant à l'hiver, de venir arracher quelques planches au tas que la pluie mouillait. Ils les débitaient avec des couteaux-scies et des haches de ménage pour les entasser sur les charretons à bras. Au bout de quelques semaines il ne resta plus que le rond de sciure de la piste que le vent et la pluie balayaient déjà contre le mur du rempart.

Parfois, la fillette en deuil de l'avocate traversait la place pour venir s'arrêter longuement devant les décombres du cirque maudit. Elle portait un sarrau noir elle aussi, mais il était en soie. Elle devait avoir dix ans. Un foulard noir, de soie aussi, était toujours noué autour de sa gorge fragile. Elle était parfaitement blonde et elle avait de très beaux yeux bleus. Je songeais à sa mère qui aurait fait une œuvre d'art de sa propre silhouette ainsi contrainte au grand deuil, ce dont, de son vivant, elle n'avait jamais eu l'occasion.

Parfois, je la rencontrais cette fille. Elle levait son regard. Elle me fixait droit dans les yeux. Je détournais la tête comme si j'étais coupable, comme si je lui faisais l'aveu qu'elle attendait de moi, afin de me haïr pour toujours.

Elle avait dû fatalement écluser quelque chose des rumeurs de scandale qui avaient dû secouer toute la ville à la suite de mon incartade sur la dépouille du tigre. La stupeur qui s'était emparée de tous avait dû l'atteindre par la voix de sa bonne On avait dû lui rapporter la réprobation et les quolibets dont j'étais l'objet.

Les dames du Nord avaient fait leurs bonnes soirées de cette terrible aventure. Mon tête-à-tête avec la défunte avocate, mon écroulement sur le tigre, éclipsaient les histoires de château et de marquise.

Ainsi donc, j'étais resté enfermé six minutes dans les latrines avec la mère de cette pauvre petite. Oh ! on savait bien ! On n'était quand même pas sottes à ce point ! Qu'en ces six minutes que dura notre collusion nous n'avions rien pu faire. Mais un rendez-vous est si vite donné ! Et puis, pour nous être ainsi enfermés ensemble, cela prouvait bien que nous nous connaissions auparavant. Je ne vous le fais pas dire ! Bien sûr ! On tenait compte du tigre et de l'affolement et de tout ! Mais enfin : pourquoi deux ensemble, je vous le demande, dans un seul cabinet, alors que les latrines en comportaient trois ? Hein ? Pourquoi ?

Nul n'alla voir de près ou ne voulut savoir que deux sur trois des verrous étaient hors d'usage et pendaient lamentablement sur les portes béantes. Nul ne tint compte de l'énorme disproportion de tout ce qui existait entre l'avocate et moi. L'incongru de la situation avait transfiguré ma minable personne. Les dames du Nord ouvraient des yeux démesurés lorsque je passais, l'épaule toujours chargée de quelque ballot de papier.

« Vous direz ce que vous voudrez, c'est quand même avec lui qu'elle a passé les six dernières minutes de sa vie ! »

Parfois, cette fille de dix ans, je sentais qu'elle avait envie de m'interpeller, de me demander ce que sa mère avait dit, durant ces quelques instants qui avaient précédé sa mort. Je l'évitais. Je passais au large. Je n'avais envie de partager cette horreur avec personne. J'étais ébouriffé par cette effroyable nuit qui se prolongeait à travers d'autres nuits successives et que je revivais sans cesse.

Pour y échapper, je me couchais le plus tard possible. J'allais faire des parties de cartes chez la mère Molinas, un café à vieillards, où l'on parlait patois et où l'on buvait des infusions. Ensuite, j'errais dans la ville voyant des tigres partout et l'élégante avocate qui surgissait aérienne au détour de quelque ruelle.

La naine croisait aussi par ces nuits sachant que je les hantais. Depuis l'affaire du cirque, elle n'avait pas perdu espoir. Elle continuait à me chercher, à se mettre sur mon passage. Quand je la voyais poindre au large de quelque placette, j'obliquais ou je rebroussais chemin. Mais parfois je ne pouvais l'éviter tant elle surgissait à l'improviste d'un sombre recoin. Alors, si la rue était trop étroite, je tournais bride à toutes jambes ou alors je l'esquivais en fonçant sur elle, ce qui l'obligeait à s'écarter, surprise.

Mais je ne pouvais fuir complètement son regard. Il était douloureux, tendre, étonné même de ma répulsion visible. Les deux mortes qu'elle avait sur la conscience ne paraissaient pas lui peser. D'après elle, sans doute, étant naine et m'aimant, elle avait tous les droits.

Elle n'était pas seule ainsi avec moi, à errer par les rues de la ville. Parfois, surgissait aussi dans l'enfilade des hautes maisons la silhouette noire du père de Victor. On augurait mal de sa raison. Il ne s'habituait pas. Il faisait la noria entre son écurie et le cimetière où l'on avait enfin posé la pierre sur la dépouille de son enfant. Il contemplait ses mains inutiles. Il flattait l'encolure du cheval pour lui expliquer pourquoi il ne pouvait plus travailler. Il se promenait la nuit. On l'avait vu à plusieurs reprises devant la porte ouverte de la Sanson, marmonnant des paroles que nul ne comprenait.

Une fois, je fus témoin d'une rencontre entre lui et la naine. C'était *sous les cloches*, dans la venelle noire. Il essaya de l'attraper pour la fourrer sous sa veste et l'y étouffer sans doute. Elle se sauva en piaillant. Depuis, je ne la revis plus la nuit dans les rues de la ville. Elles furent toutes à nous, au père Bellacroce et à moi.

Il ne me faisait pas peur. Je recherchais au contraire les occasions de le rencontrer, immense et mal équarri, toujours de noir vêtu, lavallière en cordonnet noir nouée à la diable sur son col dur.

Il était lui au moins un personnage réel aux prises avec un drame véritable. Rien ne se passait dans sa tête. Il pouvait confronter à tout moment ce qui devait lui apparaître comme un cauchemar avec la simple amertume de la réalité : ce vide silencieux par toute la maison qui avait absorbé la présence brouillonne du bouillant Victor.

J'avais l'impression qu'il se débattait, qu'il résistait au besoin d'agir, qu'il supputait s'il pourrait ou non subir la mort de son fils ou s'il devait s'en aller. Son regard contenait la mort. Il fixait sur moi ses yeux profonds mais il ne me voyait pas.

Moi, mes pas me ramenaient sans cesse vers cette

place où j'avais rencontré l'horreur. Je ne comprenais pas et je voulais comprendre. Toutes les traces me prouvaient que je n'avais pas été le jouet d'une illusion et, pourtant, je savais que si je racontais cette histoire, personne ne me croirait.

Je profitais de la nuit et de ce que la naine n'osait plus sortir pour aller rôder devant ce trottoir où l'unique tache de sang, témoin du drame, n'était pas entièrement effacée malgré la sciure dont on l'avait pudiquement recouverte le premier jour et que le vent avait aussitôt dispersée. Je me disais que derrière cette devanture maintenant obscure, la naine, le nez collé à la vitre, avait assisté impassible au moment où, ayant prestement refermé la porte, elle avait vu le tigre bondir sur sa proie.

« Jusqu'à n'en pas laisser vingt kilos utilisables », avait dit notre menuisier croque-mort qui ressemblait à un père Noël. Il avait artistement arrangé la victime pour la rendre « présentable devant Notre-Seigneur Jésus-Christ, avait-il dit. Mais pour le commun des mortels et notamment pour son mari et sa fille, ça n'avait pas été possible ».

Le chapeau rouge avait disparu. On le retrouva, après sa mort, dans le bureau de l'amant, lequel en avait coiffé une marotte afin de le contempler fixement pour le restant de ses jours.

J'avais sur le cœur ces mystères que je ne pouvais partager avec personne parce que personne ne m'aurait cru : la naine quittant le cirque cinq minutes avant l'évasion du tigre ; le tigre juché dans l'arbre où j'étais passé deux fois sans qu'il bougeât ; la naine refermant prestement le battant au nez de l'avocate.

De la porte des latrines à la devanture aux

ombrelles, il y avait quatre-vingts mètres, quatre-vingts mètres où la visibilité était brouillée par la lumière indistincte du chiche éclairage public ; quatre-vingts mètres bouleversés par ce vent de malheur et biffés par des troupeaux de feuilles mortes, de papiers sales, de lambeaux de cageots arrachés à l'impasse où l'Agassonne les entreposait.

Non. J'avais dû mal voir. Il n'était pas possible qu'un être humain fasse preuve d'autant de sang-froid dans le meurtre prémédité. Mais alors, je me remémorais la tête de gorgone de la naine collée à la vitre, quand je m'étais extrait des latrines. Ce regard d'amour qu'elle m'avait jeté. Non. Je n'avais pas mal vu. Et la force maléfique de cet amour qu'on me vouait m'épouvantait. Je me sentais comme un fétu de paille entre les mains de cette naine et je revoyais aussi la mine goguenarde de la Sanson, le matin où je l'avais rencontrée, alors que je la croyais dévorée par le tigre à son tour. Il n'y avait plus que d'étranges choses pour moi, à travers le monde.

Or, une nuit où j'étais arrêté au pied de l'arbre où le tigre s'était embusqué et où je grattais du doigt les blessures dans le tronc que ses griffes y avaient laissées en l'escaladant, j'entendis soudain un galop de chaussures de femme derrière moi. Je me retournai. C'était l'Agassonne hagarde qui m'arrivait dessus.

— Jean ! Viens ! Viens vite ! Il faut que tu m'aides !

Elle m'agrippait par le bras, elle me tirait vers son escalier éclairé. Elle me bousculait, haletante.

— Tu comprends, je peux pas demander aux voisines ! Viens vite ! Que Dieu garde elles te voient pas entrer !

Je me mis à courir à côté d'elle.

Son corridor et l'escalier sentaient l'orange et le céleri.

L'Agassonne m'avait fait passer devant elle et elle me poussait.

— Vite ! Vite ! Ma petite vient juste de mourir ! Il faut que tu m'aides !

Elle se précipita sur le palier, ouvrit une porte, me fit « chut ! », entra dans une pièce sur la pointe des pieds, me fit signe d'avancer.

La lumière était tamisée dans cette chambre. La première chose qui me frappa avant de voir quoi que ce soit, ce fut l'odeur. C'était un mélange de parfum bon marché, de relent de cigarette et d'autre chose encore qui ne m'était pas connu. J'entrai plus avant.

Gentiane était étendue sur son lit de jeune fille, complètement dévêtue, les jambes ouvertes, un genou encore relevé mais qu'un lent affaissement ramenait sous mes yeux à l'horizontale, les bras jetés de part et d'autre de son corps, les yeux fixes encore ouverts.

Il était donc écrit que la première femme nue qu'il me serait donné de contempler dans ma vie, ce serait une femme morte.

Le lit était dévasté. La literie gisait au milieu de la pièce, sur le tapis. Je compris tout de suite que ce drap pétri centimètre par centimètre, comme je n'en avais encore jamais vu, avait été le théâtre d'un combat sans merci. Je vis dessus quelques traces suspectes que je connaissais bien, elles.

— Oui ! s'exclama l'Agassonne. Oui. Elle vient de faire l'amour ! C'est pour ça que je veux pas des voisines. Toi, tu te tairas !

Elle éclata en sanglots.

— La première fois ! renifla-t-elle. La première fois ! Et la dernière !

Mais elle se maîtrisait vite.

— Viens ! Aide-moi ! Il faut changer les draps. Tout mettre en ordre. Que Dieu garde ! Si jamais elles savaient ! Tiens ! Ouvre la fenêtre que ça s'aère ! Parle bas ! dit-elle en baissant elle-même le ton. Tiens aide-moi ! Portons-la ensemble. Attention, doucement... Qu'elle nous échappe pas ! Tiens-la bien serrée contre toi. N'aie pas peur. Tiens ! Allongeons-la sur le canapé où j'ai mis une alèse. Après, je la laverai.

Ce corps était encore tiède, souple, mais son poids était inerte comme la viande d'un animal ; mais la soie de sa peau sous la pesée de mes mains se transformait à mesure et dans l'espace des trois mètres à peine qui séparaient le lit du canapé, en un parchemin grenu qui déjà n'évoquait plus aucune sensualité.

— Là ! dit l'Agassonne. Faisons vite ! Tiens ! Fourre toute la literie dans la corbeille là, à côté de la psyché !

Elle retournait le matelas avec une énergie prodigieuse. Elle montait sur une chaise et j'eus le réflexe de regarder sa robe se tendre au-dessus du genou et j'eus le temps de me dire que sa jambe était dure et musclée. Tandis que nous transportions le corps sur le canapé et que je me croyais totalement paralysé de terreur au contact de cette dépouille mortelle, cependant j'avais senti tout contre moi la chair de la vivante, toute secouée de douleur et de révolte, mais bien armée pour continuer à vivre ; cependant j'avais enregistré son odeur puissante mais agréable ; cependant j'avais essayé de discerner l'éclat de son regard à travers les larmes qui le brouillaient. J'étais subjugué par le faisceau de sensations qui pénétraient mon souvenir, toutes voulant s'y loger ensemble.

— Aide-moi vite ! Que si jamais elles arrivaient !

Elle jetait du haut de l'armoire draps et taie d'oreiller sur le matelas.

Tout m'arrivait pour la première fois de ma vie. Je l'aidai à déplier ces draps et à les tendre, à aplatir l'oreiller et le polochon dans leur housse.

— Attends ! dit-elle.

Elle bondit au-dehors. Je l'entendis qui trafiquait dans le cabinet de toilette voisin.

Je restai seul avec la morte. Je m'approchai du canapé. Je m'avisai que Gentiane avait toujours les yeux ouverts sur ses prunelles fixes. Je me dis que sa mère ne voudrait pas la voir ainsi. Je plaçai mes doigts sur ses orbites comme je l'avais vu faire au cinéma, dans un film religieux où les sœurs du Carmel voilaient le regard de Thérèse de Lisieux après son dernier soupir. Car, si on ne montrait jamais aux enfants les scènes de l'amour d'où ils tireraient leurs plus grands plaisirs, en revanche on n'hésitait jamais à leur peindre la mort, d'où leur viendraient toutes leurs peines, sous ses couleurs les plus vives, les plus réalistes, les plus hideuses.

J'essayai donc de fermer les yeux de Gentiane comme je l'avais vu faire au cinéma. Mais elle était déjà très avancée dans le processus de rigidité et il demeura entre les paupières un fil de regard où il me sembla même qu'un peu d'attention filtrait encore dans l'ombre des cils.

Quand on n'est pas le dernier des imbéciles, qu'on vit dans un pays où, quinze ans plus tard, les morts de la guerre n'ont pas encore cessé d'être rapatriés par fourgon et où les filles de vingt ans consument leurs poumons comme traînée de poudre, on apprend très tôt à dire adieu au monde. Je crois que je commençai dès lors.

La mort était dans les pieds agressivement dressés vers le plafond, dans la protubérance qui dessinait déjà le squelette des genoux, dans la bouche légèrement entrouverte et d'où suintait une simple trace de bave rosâtre. Mais les seins étaient encore parfaits, mais le tissu serré de la toison noire du pubis brillait encore sous la lumière discrète.

L'Agassonne revenait affairée et reniflant ses sanglots, les bras encombrés de serviettes, d'éponges, d'une cuvette et d'un grand broc d'eau.

— Aide-moi à la tourner sur le côté. Faisons vite ! Tu sais, un mort, ça n'attend pas !

Pendant que je soutenais le cadavre, que je le tournais, que je tenais ses bras inertes ou ses jambes qui devenaient froides, pendant que ses seins me touchaient la poitrine ou quelquefois le visage, quand je m'arc-boutais pour relever son poids inerte, l'Agassonne lavait sa fille à l'aide d'une éponge comme elle l'eût fait d'un bébé, avec la même adresse, avec la même douceur. Elle était tout affairée. Elle en oubliait sa douleur.

— Elle ne s'est même pas salie, la pauvre choute !

Et tout en l'apprêtant pour le dernier voyage, elle me racontait sa soirée terrible.

Oh ! elle ne s'y était pas trompée ! Le médecin lui avait dit, il y avait déjà huit jours de cela :

— Elle est atteinte d'un mal de consomption extrêmement rare. Elle ne souffrira pas. Mais quand vous la verrez surexcitée à l'extrême, tournant en rond, n'achevant pas ses gestes, voulant fuir ou, en tout cas, esquissant le simulacre de la fuite avec, cependant, une toute petite toux intermittente que vous croirez bénigne, à ce moment-là, vous ferez bien de vous attendre au pire. Elle s'éteindra comme une bougie. Un beau moment, l'air lui manquera, c'est tout.

L'air lui avait manqué entre les bras d'un amant.

— Tu comprends, je ne voulais pas qu'elle meure vierge ! Qu'elle ait eu au moins ça, la pauvre choute, de la vie !

Elle pleurait à chaudes larmes la pauvre Agassonne sur le pubis de sa fille qu'elle lavait délicatement, qu'elle embrassait parfois à tout petits baisers très doux.

Cette mère exemplaire, lorsqu'elle avait compris que Gentiane n'en avait plus pour longtemps, elle était partie de par les rues lui chercher le plus beau garçon du pays. Celui-là même qu'elle avait rabroué bêtement, il n'y avait pas trois mois, parce qu'elle l'avait surpris au coin de l'impasse, embrassant sa fille dans le cou et la serrant de très près. Oh ! il ne voulait pas venir ! Il avait peur ! Mais avec de l'argent et de la conviction, on fait face à tout ! Elle l'avait ramené à travers les rues noires, presque en le tirant par la manche.

Oh ! Elle devait rendre cette justice à la ville : sur son passage, aucun volet n'avait grincé ; aucune lumière ne s'était allumée. Tout le monde avait compris que c'était une mère désespérée qui arpentait ainsi les ruelles par cette sombre nuit ; et qu'elle avait de bonnes raisons pour le faire et que la ville avait de bonnes raisons, ne manquant pas de mères exemplaires à venir, pour ne jamais s'en souvenir.

Le beau garçon fut poussé dans la chambre comme un arbre de Noël. Gentiane se souleva sur ses coudes pour le regarder arriver.

— Elle a dit : « Non » ! mais moi je savais qu'elle pensait oui. J'ai refermé la porte sur eux. J'ai écouté. Ça a duré des heures. Tout d'un coup, j'ai entendu un grand remue-ménage. Il est sorti presque nu. Il m'a crié : « Elle est morte ! Je l'ai pas tuée ! Elle est morte comme ça ! Je vous assure ! Elle était encore bien vivante ! Elle criait ! Elle gémissait ! » Moi, je lui ai dit : « Lève-toi de là, imbécile ! » Je l'ai fait passer par le magasin. Il est sorti par l'impasse. Mon Dieu ! Pourvu que la Roubaud n'ait pas été à son fenestron ! Tiens ! Soulève un peu sa main ! Que je lui passe au doigt son améthyste qu'elle aimait tant. On la lui retirera seulement quand on la mettra dans la bière. Là ! Elle est bien propre. Aide-moi, on la reporte sur son lit. Attends ! On va lui enfiler sa belle robe verte, celle qu'elle portait pour le jour de l'an, au bal de *La Provençale*.

Et voilà. Gentiane les mains jointes, l'améthyste étincelant à son doigt, la belle robe verte chatoyant sous la lumière douce de la lampe de chevet, Gentiane était prête pour l'éternité. Non. Sa mère fignolait encore.

— Il faut lui arranger sa coiffure...

Elle avait pris les fards, les brosses sur la psyché, elle la coiffait, elle rosissait ses joues, elle essayait de raviver les lèvres qui déjà esquissaient ce mouvement d'avarice qui transforme une bouche humaine en un simple orifice.

L'Agassonne n'était pas contente. Elle contemplait son œuvre d'un œil sec et critique.

— Attends ! dit-elle.

Sur la commode, à côté de la poupée en ballerine et du portrait de Gentiane au sourire éclatant par le Bizot, trônait un gros œuf de Pâques en porcelaine rose encore muni de sa faveur ; l'Agassonne se saisit du ruban, le lissa avec soin, le glissa sous le menton de Gentiane et le lui noua artistement dans les cheveux. Je vis combien il était facile de transformer un mort en œuf de Pâques afin de ne pas avoir à le regarder en face. Après quoi, l'Agassonne fourra du coton hydrophile sous les lèvres de sa fille et elle put enfin les lui peindre à sa satisfaction.

Alors seulement, lorsqu'elle se redressa pour juger de son œuvre, elle éclata en sanglots.

— Pardonne-moi, dit-elle, je peux pas m'en empêcher ! J'avais beau m'y attendre... Penser qu'elle est là ! Ma pauvre petite ! Qui a rien connu, rien !

Elle s'arrêta de pleurer d'un seul coup. Elle me saisit le bras convulsivement.

— Tu crois au Bon Dieu toi ?

— Je sais pas...

Elle secoua la tête.

— Moi non plus je sais pas. On est des pauvres malheureux. On sait pas ce qu'on fait. On sait pas ce qu'on est. On sait pas où on est. On sait pas où on va.

Elle renifla, sortit un mouchoir.

— Et je me présente comme ça devant un homme. Je devrais avoir honte. En tout cas, je te remercie bien. Tu m'as bien rendu service. Sans toi, les voisines auraient su. Tu penses... En voyant le lit. Qu'est-ce que je te dois pour ça ?

— Mais... rien.

— Si ! Je veux te donner quelque chose !

Je secouai la tête.

— Qu'est-ce que vous voulez me donner? Vous êtes bien assez malheureuse comme ça. C'est moi, oui, qui devrais vous donner...

Je venais de me sonder de fond en comble et je m'épouvantais de n'éprouver aucune émotion. Et je m'épouvantais à l'idée que toute la sensation que je retirais de ce spectacle solennel que j'aurais dû enregistrer comme un avertissement, c'était que je désirais sans vergogne cette femme devant moi dont la forte poitrine se soulevait au rythme de ses sanglots et dont je ne respectais même pas la douleur. Je ne l'avais jamais vue d'aussi près jusqu'à cette nuit. Elle avait de larges lèvres plates qu'elle mordait de temps à autre et des bras musclés de travailleuse habituée à porter des poids.

— Tu es brave, dit-elle, en hoquetant un sanglot.

Elle m'accompagna dans le corridor.

— Va-t'en sur la pointe des pieds, dit-elle. Fais-toi mince en sortant, que Dieu garde si les voisines te voyaient sortir d'ici !

Je fis signe de la tête que je comprenais. Je m'avançai vers l'escalier qui s'amorçait en face d'une autre porte.

Alors, en bas, dans le vestibule, j'entendis traîner un pas bruyant que je connaissais bien. La naine était là. La naine arrivait. Ses grands pieds heurtaient chaque marche trop haute pour sa courte enjambée.

Je m'exclamai à voix basse :

— La naine !

L'Agassonne se plaqua la main sur la bouche.

— Moun diou !

Elle me poussa devant elle, ouvrit prestement la porte qui faisait face à l'escalier, me propulsa presque à l'intérieur d'une pièce obscure et tira le battant qu'elle referma.

— Marie-Rose ! Marie-Rose ! criait la voix aiguë de la naine.

Je me trouvais dans la pénombre d'une chambre que rendait visible, par les interstices des persiennes croisées, un réverbère dehors, devant lequel se balançaient les branches d'un érable.

Un parfum de fleur d'oranger y flottait et celui de la cire sur un meuble ancien. Une table ovale luisait, portant une lampe à abat-jour de perles vertes. Le reflet du lampadaire dehors scintillait sur les franges des perles. Je distinguai un lit à rouleaux, muni d'un seul oreiller où deux têtes auraient pu tenir à l'aise et dont la blancheur éclatait dans l'obscurité. Deux initiales y étaient entrelacées dans la trame de la taie, si fournies en arabesques que je ne parvenais pas à les lire.

Un édredon obèse se gonflait par là-dessus, envahissant, essentiel, véritable rempart contre la solitude et le froid. Je m'approchai de ce lit, je le flairai : une envie irrésistible de m'y blottir m'envahit à l'instant.

— Marie-Rose ! Marie-Rose ! glapissait la naine. Tu n'as besoin de rien ? J'ai vu la lumière dans la chambre de ta petite. Je me suis fais du mauvais sang ! Elle n'est pas plus fatiguée, au moins ?

Je continuai à entendre ses pieds heurter les marches. Elle montait toujours. J'imaginais sa tête apparaissant entre les barreaux de la rampe. J'étais sûr qu'elle m'avait flairé. J'étais sûr qu'elle me savait ici.

La voix de l'Agassonne retentissait à son tour. Quand elle ne parlait pas à voix basse, le timbre de sa voix n'avait rien à envier à celui de la naine. J'admirai sa force de caractère qui lui permettait de répondre à la naine sur un ton naturel.

— Non non. Ne t'inquiète pas ! Va vite te coucher qu'il fait froid. Et tire la porte en partant !

J'entendais toutes ces paroles appuyé contre le lit dans la pénombre, les pieds sur une sèche descente de lit, les yeux fixés sur ce meuble bien ciré où j'avais fini par reconnaître un secrétaire soigneusement fermé.

Un vent léger qui murmurait dans les érables rendait vivante cette chambre par le mouvement de l'ombre et de la clarté que les réverbères dehors dessinaient sur les objets et les surfaces.

Soudain la porte s'ouvrit rapidement et se referma de même. Ce mouvement irréfléchi qui avait fait ce battant jouer si vite dans un sens puis dans l'autre, aurait dû être pour moi un trait de lumière comme il aurait dû l'être aussi pour celle qui l'avait provoqué.

L'Agassonne était dans la chambre. Elle portait toujours cette blouse blanche d'épicière avec laquelle elle avait dû terminer sa rude journée de travail ; s'apercevoir que sa petite était très mal ; s'en aller à la hâte lui chercher cet amant, par les rues noires de la ville ; l'habiller avec moi, pleurer sa mort.

Maintenant elle était là, debout au milieu de la chambre, ses traits mangés par le contre-jour me faisaient face avec tout leur mystère indéchiffrable : ses yeux que je ne voyais pas, ses cheveux opulents d'un noir d'encre. J'entendais sa respiration oppressée et je sentais que la mienne se mettait à l'unisson.

Elle chuchota :

— Elle est partie.

Pour changer le sens des relations humaines, il suffit de chuchoter au lieu de parler. Je répondis sur le même ton :

— Pour de bon ?

— Oui. Pourquoi ? Elle te cherche ?

— Tout le temps.

Je ne l'avais pas vue faire les deux pas qui l'avaient portée vers moi en silence. Elle me regardait peut-être, mais je ne le savais pas. Elle s'était placée devant les persiennes qui hachaient la lumière du réverbère.

— Pauvre petit..., chuchota-t-elle encore.

Je vis surgir sa main de l'ombre et qui venait dans ma direction mais ne me touchait pas. Je me passai la mienne dans les cheveux, machinalement, pour les rejeter en arrière. J'allais me lever, partir.

Dans le noir, par inadvertance, sa main heurta la mienne. Je perçus qu'elle s'attardait — oh ! l'espace d'un éclair ! — sur ce contact auquel elle allait s'arracher.

Alors, soudain, en cette terrible circonstance, l'esprit pourtant fixé sur le rai de lumière qui filtrait à travers les paupières de cette morte dont j'avais encore plein les bras et plein l'imagination, je me souvins de Julien Sorel.

Je happai cette main au passage, mais je la serrai sans forcer, lui laissant toute liberté de s'échapper si elle le désirait. Je me mis à lui frotter le mont de Vénus avec mon pouce, chose que personne au monde ne m'avait apprise.

Debout devant moi assis l'Agassonne était une énigme redoutable. Je ne voyais que les contours flous de sa blouse blanche, mais je venais de m'apercevoir que sa jambe parallèle à la mienne la touchait maintenant sans qu'elle eût paru remuer et j'en sentais la chaleur.

Réfléchir et lutter. Lutter et se donner raison. Se prendre en horreur. Se dire qu'on est folle. Penser à la pauvre morte qui peut-être perçoit encore quelque chose et veut sa mère à côté d'elle et qui veut que sa mère la réchauffe dans ses bras. Et puis soudain se dire qu'aucune chaleur ne peut plus lui être communiquée, qu'elle est indifférente à tout, que le mot « mère » n'a plus aucune signification à l'endroit où elle est, lui qui paraissait gonflé de tant d'importance tout au long du temps où elle l'avait prononcé sur la terre. Et soudain, être visitée par la vision lucide de la nature qui vous écrase, qui va bientôt avoir votre peau, sans même l'avoir voulu, sans même vous percevoir, mère ou amante, vous ou une autre, honnête femme ou putain, dans l'innombrable broiement des grains sous la meule, chacun son tour. Et alors, trouver que seul compte l'instant qui va passer.

Sa main se referma sur la mienne avec une puissance consentante qui me fit frissonner de panique.

— Tu veux ? dit-elle.

Je ne répondis pas. J'effleurai de mes lèvres cette main qui avait tant d'importance. Elle avait l'odeur de l'eau de Javel et de l'écorce d'orange amère.

— Attends ! chuchota-t-elle. Fourre-toi dans le lit et attends !

Elle disparut prestement. J'envoyai dinguer dans un coin tout ce que j'avais dessus. Le lit était mortellement glacé. Horizontal maintenant, je voyais les feuillages dépenaillés par le vent qui jouaient pour moi de leur ombre au plafond. Aucun appétit sexuel ne me tourmentait, j'étais plutôt transi d'appréhension. En cette morte rigide maintenant à côté, il me paraissait que s'entassaient, puisqu'elle ne pouvait plus les exprimer, toutes les imprécations qui préparaient ma punition future : « Souviens-toi, me dirait le malheur au cours de ma vie, souviens-toi, tel jour, telle année, place du Terreau, avec cette morte de l'autre côté de la cloison... »

J'avais déjà une jambe hors de la couverture pour m'enfuir. Et tout à coup elle fut là.

— N'éclaire pas ! souffla-t-elle. J'ai honte de mon corps !

Je reçus tout en même temps : le poids, les lèvres, la parole, la chaleur et les larmes, car elle pleurait.

De même que la première femme nue contemplée de ma vie était une femme morte, de même la première sensation que me procura l'amour physique ce fut cette amère sueur (je ne savais pas qu'elle fût amère) qui flue des yeux désolés.

Entre nos bouches mêlées, elle suintait sans discontinuer. J'en avais le visage tout barbouillé. Les seins dont me comblait le volume étaient secoués de sanglots. L'odeur qui accompagne la panique face à la confrontation avec la mort, elle resurgissait solennelle à travers les effluves de l'eau de Cologne dont l'Agassonne s'était aspergée sans mesure.

— Je suis allée la voir, gémit-elle. Je suis allée lui demander pardon !

Il ne nous restait plus qu'à nous agripper frénétiquement l'un l'autre, les paupières bien closes sur nos mauvais souvenirs qui auraient été insoutenables si nous avions pu les lire dans le regard de l'autre.

« J'ai honte de mon corps », avait-elle dit. J'aurais dû répondre du tac au tac : « Comme si, moi, j'étais fier du mien ! » Mais il était déjà trop tard. Je passais déjà pour un autre. L'humilité était toute d'un côté par un malentendu fatal. J'étais déjà, malgré moi, condescendant par mon silence. Et pourtant, j'étais humble et ravi. Mes rêves sur l'amour, mes rêves sur les femmes, venaient d'être balayés de mon esprit brutalement, y faisant un bruit péremptoire de vaisselle brisée, par cette réalité qui venait de m'échoir.

Pas une minute, je crois, l'Agassonne n'oublia sa fille morte. J'ai été baigné cette nuit-là de pleurs qui m'ont mouillé jusqu'au ventre. J'en avais parfois les yeux obscurcis. Et j'appris par cette nuit qu'on peut se réjouir et se lamenter à la fois, et, contre toute logique, pour la même raison. Elle me donna des coups de poing sur la tête et des caresses intimes. J'appris que l'amour est une bataille alors que je l'avais pris pour une opérette. J'appris qu'un visage extasié n'a plus ni laideur ni beauté mais qu'il est simplement étrange. J'appris le terrible « Attends, attends encore ! » lequel balbutié, refréné ou simplement pensé, devait retentir si souvent dans ma vie. Et j'appris qu'en cet instant critique, il me suffisait de dresser devant mon impatience l'image de la naine, la nuit du tigre, pour faire refluer l'orgasme qui me menaçait.

J'appris qu'une ride visible au grand jour ne se perçoit pas sous les doigts lorsqu'on la caresse.

— Je suis une pute ! gémissait-elle. Je jouis et ma petite est froide là à côté !

Si j'étais étonné par l'amour, je l'étais plus encore par le dénuement des êtres. Fallait-il que cette pauvre femme fût sans rien. Fallait-il qu'elle fût solitaire dans le monde (en dépit de son commerce, de son argent, de son secrétaire bien ciré et de son corps ferme) pour n'avoir, en guise de consolation et pour tenter de se voiler la réalité, que ma minable personne.

— Tu as l'épaule douce ! disait-elle. Ouvre ton bras que je mette ma tête contre.

Et j'étais plus éberlué encore de cette tendresse que je pouvais offrir que de ce plaisir qu'elle prenait avec moi et qu'elle aurait pu, lui, imaginer dans n'importe quels bras.

Elle me frappait du poing.

— Je suis une pute ! répétait-elle en pleurant. Je devrais avoir honte !

Quand je revins à ma paillasse, vers les trois heures du matin, je m'endormis les mains sur le visage.

En la moitié d'une nuit, ces mains, passant de la morte à la vivante, elles m'en avaient beaucoup plus appris sur l'histoire du monde que quatorze ans de vie antérieure.

L'automne chez nous s'annonçait toujours par le ciel de Toutes-Aures. Un beau soir, il commençait à imiter, ou à se faire le modèle, de tous les peintres qui s'étaient efforcés de lui mettre un grain de sel sur la queue. J'allais m'y perdre avant la nuit. Il y a, là-haut, des chênes mélangés aux amandiers où se prennent et s'enlacent les couleurs du couchant.

J'étais à ce comble de bonheur qui permet d'envisager sereinement la fin de votre personne. Je rêvais à mon avenir et, au-delà de cet avenir, à ma mort. Je projetais ce paysage et ce ciel, sous les mêmes caprices du vent en ce temps où je ne serais plus : ces cyprès qui seraient à peine plus vieux pour ponctuer à la même hauteur l'horizon des montagnes de Digne. Et j'acceptais cela avec une allègre légèreté, comme si ça ne tirait pas à conséquence. J'étais content que tout cela existât encore après moi pour d'autres âmes dont la contemplation serait l'unique souci.

Bien que l'air fût ici immobile, le vent au loin berçait les grands pins de Valgas.

J'ai aimé cet automne à l'égal d'une femme parce qu'une femme m'avait reçu dans son lit. Je n'en tirais aucune gloire. Même, ma mine, je prenais soin de la garder aussi déconfite qu'auparavant. Je n'y avais aucune peine d'ailleurs car, si j'avais eu la prétention de me connaître mieux aux choses de l'amour parce que, maintenant, je l'avais plus ou moins pratiqué, l'attitude de l'Agassonne m'aurait prouvé le contraire. Passe pour les trois jours où l'on fit les obsèques de sa fille (le premier j'allai signer les grandes feuilles bordées de noir) mais les jours suivants, lorsqu'elle rouvrit l'épicerie et se remit à son train, jamais son regard ne s'abaissa jusqu'à moi, jamais, depuis sa devanture, elle ne se tourna une seule fois dans la direction de l'imprimerie. Je n'avais jamais existé. La nuit où sa fille était morte, je n'étais jamais entré dans sa maison.

Je n'avais donc pas fini d'être éberlué. D'autant que l'Agassonne m'avait coupé les ponts avec le passé : depuis que j'avais goûté avec elle aux réalités de l'amour, son simulacre ne m'intéressait plus.

Alors, la nuit, après ma verveine chez la mère Molinas, je venais rôder autour de l'épicerie, pensant naïvement que le temps d'aujourd'hui se calquerait sur celui d'hier. Je m'étais mis en frais : on avait augmenté mon salaire. Je touchais maintenant quinze francs par semaine. J'avais pu me payer des souliers jaunes à élastique (c'étaient les moins chers) et un pardessus cache-misère à crédit avec lequel je faisais le jeune homme.

Je me lavais désormais. J'avais acheté de la brillantine et j'en collais abondamment mes cheveux rebelles. Un miracle avait fait que mes boutons d'acné s'étaient desséchés et que je n'en gardais plus que les cicatrices. J'avais enfin l'air de tout le monde. Un soir, je passai à la boutonnière de mon pardessus bon marché un œillet rouge que j'avais trouvé dépassant d'une poubelle.

Mais c'était en pure perte que je jouais à *vainement ma bien-aimée* sous les fenêtres de l'Agassonne. Tout y était obscur et silencieux. Seules veillaient sous les suspensions les dames du Nord penchées sur leurs travaux. Et d'ailleurs, je ne pouvais demeurer dans les parages très longtemps car la naine avait repris courage. Elle devait flairer quelque chose autour de moi. Elle revenait quelquefois de nuit de chez la Sanson et je la voyais déboucher de la rue Kléber, scrutant les troncs d'arbres où je me dissimulais, me sachant là, sachant peut-être ce que j'y faisais, soit par instinct, soit par quelque moyen plus mystérieux.

Alors, chassé de ma faction d'amoureux transi,

j'allais désolé errer par les rues. De tout temps le contact de ma ville, la nuit, m'avait guéri de tout.

J'étais seul. J'avais l'impression orgueilleuse de me promener parmi ces vieux courtils impassibles, aux murs fleuris de chats tapis dans les lucarnes, comme s'ils avaient été à moi. En réalité, j'avais édifié une ville mythique planant au-dessus de la vraie et c'était en elle que je me consolais.

Je passais au large des fournils dont le parfum me creusait l'estomac. Je regrettais de n'être pas le boulanger tranquille qui traversait là-bas, au fond d'une impasse, la pattemouille au bout d'une pelle, pour aller la laver à la fontaine. Je me bâtissais des mystères à raconter à l'aide des cours ténébreuses où bruissaient les bosquets de lilas défleuris.

J'imaginais des couples séparés par les religions et chuchotant en costume d'époque dans les corridors où se détachait le salpêtre des murs anciens.

Derrière les fenêtres bourgeoises on voyait luire dans les vitres les reflets des salamandres ou le rougeoiement des âtres. Dans les recoins des boulevards noirs chuintaient les feux de feuilles mortes que les cantonniers au déclin du jour avaient recouverts de terre.

Par les nuits de vent les enseignes battaient : chez Ricou le chausseur, la grande botte ; chez Grognard le voiturier, la diligence en fer-blanc tout ajourée et qu'on avait astucieusement disposée devant une console de l'éclairage public de sorte qu'elle paraissait illuminée ; chez *Le planteur de Caïffa*, la palmeraie au bord du lagon, peinturlurée de vert et d'ocre ; chez Richaud le pâtissier, la couronne royale qui rappelait à tous qu'il avait été, comme le proclamaient ses emballages : « Ancien chef cuisinier de S. M. Ferdinand, roi de Bulgarie. »

Il n'en restait que six en tout de ces enseignes, conservées par la ferveur filiale des descendants, dans les maisons qui s'étaient transmises de père en fils.

J'errais parmi les grands couvents morts, transformés en filatures ou en magasins d'antiquaires, ou qui tendaient vers le ciel leurs murailles détoiturées où claquaient encore des volets intacts sur des croisées béantes dont les huisseries depuis longtemps avaient été dérobées.

Ces ruines hérissaient la ville cossue de leurs indécents squelettes car elles étaient solides et ne s'abîmaient que lentement sur elles-mêmes. Notre maire, d'ailleurs, à part les fontaines, aimait aussi les ruines et s'arrangeait pour interdire de les araser.

J'errais. Les voûtes des andrones résonnaient sous mes pas. Les fontaines coulaient pour l'amour de Dieu, se perdaient au caniveau. L'automne faisait ses dernières armes. J'étais seul.

Non je n'étais pas seul. Parfois, au détour d'une rue, je me heurtais au grand fantôme noir d'Orfeo Bellacroce. Il était perdu dans la ville à la recherche de souvenirs. Je l'avais suivi maintes fois. Il se rapprochait à pas de loup de ces repaires à l'abri du vent où se tapissaient les anciens camarades de son fils. Il s'embusquait dans les angles morts, loin des îles de lumière où s'agglutinaient ces matamores qui avaient horreur de l'ombre Il écoutait des heures durant leurs conciliabules plus riches en onomatopées qu'en phrases intelligibles. Je l'avais vu avec étonnement prêter l'oreille à leurs histoires graveleuses ou au récit de leurs exploits sportifs. Mais à la réflexion, je me dis qu'il devait essayer de savoir si, parfois, il leur arrivait de se souvenir de Victor, s'il leur arrivait de citer de lui quelques paroles ou de souligner quelque action d'éclat.

Je pris l'habitude, moi aussi, caché dans un autre coin où je pourrais l'observer, de me passionner, comme Orfeo Bellacroce, pour ces groupes hérissés de bicyclettes et dont les membres à tout bout de champ s'en allaient pisser contre un mur. Mais jamais dans leurs conversations décousues, comme si l'évoquer avait eu le pouvoir épouvantable de le faire se lever d'entre les morts (avec sa poche de glace sur la tête), jamais ils ne prononçaient le nom de Victor, jamais ils ne parlaient d'aventures où il aurait été mêlé.

Ce fut là, je pense, que Bellacroce se persuada enfin que Victor n'existait plus que dans son souvenir, qu'il n'avait laissé aucune trace sur la terre, que les quinze ans passés à essayer d'en faire un homme armé pour couvrir une famille de sa force, afin de perpétuer la lignée des Bellacroce, que tout cela n'était plus que poussière.

Il disparut. Pendant plusieurs jours je ne le rencontrai plus. Il n'avait rien dit à personne. Ses sœurs allaient aux nouvelles un peu partout, sans succès.

Le vent et l'hiver commençaient à me suggérer qu'ils voulaient demeurer seuls, la nuit, à triturer la ville, à rudoyer ses toits et à faire chanter tristement ses rues et ses couvents morts.

La naine ne désarmait pourtant pas, mais désormais c'était sous un fichu noir et une écharpe longue de plusieurs mètres dont elle s'entourait le cou et la tête, qu'elle me traquait de sa tendresse obstinée.

Quand j'allais me planter, muet, sous les fenêtres de l'Agassonne, mais assez loin pour ne pas être vu, la naine arrivait sans bruit et me débusquait de mes rêves.

Alors, certain soir où je m'étais éloigné vers les remparts et où j'épiais, de là, la vie d'une famille paisible sous la suspension, quelqu'un me posa la main sur l'épaule et m'appela de ce nom de Chrysostome que nul ne me donnait jamais.

C'était Orfeo. Il était enfermé dans une limousine de berger qui dissimulait entièrement ses bras. Il tenait un bâton à l'intérieur de ce manteau et il s'appuyait dessus en me parlant comme quelqu'un qui vient de loin et qui a beaucoup marché.

— Viens, dit-il, n'aie pas peur. Je ne te veux pas de mal. Je veux que tu sois témoin, c'est tout... Oui, c'est ça : témoin. Et : un bon témoin !

— Où vous allez ?

— Viens, répéta-t-il, tu verras bien.

D'un pas traînant mais qui demeurait long, il s'engagea dans la rampe du Terreau, il obliqua vers le boulevard des Lices, il tourna à gauche vers l'abrupte descente de l'hôpital. Je crus qu'il allait s'y arrêter mais je me trompais. Comme pour souligner notre passage, la clochette de l'hospice se mit à tinter, tantôt brève tantôt longue, un répons d'église qui était un appel à la prière.

Orfeo se retournait tous les dix mètres pour vérifier si je le suivais bien. Moi, c'était avec réticence que je mettais mes pas dans les siens, comme si je savais ce qui m'attendait.

— N'aie pas peur ! répétait-il souvent. Avec moi tu n'as rien à craindre.

Sa limousine ondulait derrière lui dans le vent qu'il faisait cette nuit-là. Je me souviens. Il marchait comme quelqu'un de lourdement chargé, comme quelqu'un qui prend sur lui pour faire une dernière traite.

— Voilà ! dit-il. C'est ici !

Il avait obliqué vers le pavé de la Calade. Il tapait du pied contre les dalles comme pour s'assurer qu'il était bien là où il voulait être. Sous ses souliers cloutés volaient des étincelles comme naguère sous les brodequins de Victor. Il restait immobile devant la fontaine qu'il me masquait. Soudain il se tourna vers moi et ouvrit son manteau.

— Regarde ! dit-il.

Il portait autour de la taille une ceinture où étaient logés à intervalles réguliers de longs bâtons gris serrés aux deux bouts et que je pris pour des cartouches de chasse. Il triturait dans ses mains un gros écheveau blanc que je pris pour de la ficelle.

— Regarde ! répéta-t-il. Il y a là de quoi faire sauter la mairie ! C'est par ça, grommela-t-il, que j'aurais dû commencer...

Il ôta son manteau qu'il laissa choir sur le sol autour de lui. Il se dégagea des pieds sans précaution. Il dégrafa la ceinture qu'il déposa à côté du manteau.

— Au travail ! dit-il.

— Qu'est-ce que vous allez faire ?

— Je vais foutre cette fontaine en l'air !

— Mais... Elle ne vous a rien fait !

— Et Victor ? Elle l'a pas tué Victor peut-être ?

— Il a bu exprès de cette eau ! Je l'ai vu. Je lui ai crié : « Ne bois pas ! » Il m'a répondu : « Qu'est-ce que ça peut te foutre ! »

Orfeo branla du chef.

— C'est bien ce que je disais : elle est emmasquée ! T'en fais pas ! Tu vas voir, je vais la faire crever.

Il se cracha dans les mains. Il s'empara de la ceinture. Il se mit à tourner autour de la Calade, en déroulant son écheveau et en attachant à intervalles réguliers, dans les endroits secs, une cartouche à l'aide de fils de zinc dont il tenait les brins entre ses dents.

Plusieurs fois ainsi, se courbant ou se mettant à genoux, sa tête et le chapeau enfoncé passèrent à ma portée. J'aurais dû l'assommer avec cette canne de marche qu'il avait abandonnée sur le manteau. Mais je ne pouvais pas. J'étais comme son fils : je n'étais pas un assassin. Lui, il en était un : sous chacun des serpents de cuivre, il avait ligoté une cartouche de dynamite et il les avaient couplées les unes aux autres, avec ce cordon qu'il déroulait à mesure. Il en avait couronné le fronton. Il en avait garni toutes les fissures, les gros trous dans les piliers disjoints. Il en avait placé trois ou quatre dans les interstices des dalles. Il parlait en travaillant.

— T'en fais pas ! disait-il. J'ai été carrier dans le temps. Je sais comment ça se pratique. T'en fais pas ! Tu vas voir ce feu d'artifice. Heureusement, dit-il, que je me suis rappelé l'endroit où je les avais laissées ces cartouches...

C'était par une nuit transparente. Ce soir-là,

comme celui où Victor avait voulu noyer la naine, la Calade était claire de lune et brillait comme un meuble ancien luisant de cire.

Le front toujours offensé par l'écriteau à tête de mort, l'innocente fontaine chuchotait en toute quiétude, prise parfois de gloussements de rires discrets dans ses cordes d'eau. Elle ne savait pas que les fontaines aussi ont un destin.

Orfeo se redressa, contempla son travail, satisfait, se frottant les mains.

— De quoi faire sauter la mairie ! dit-il.

Il riait. C'était la première fois que je l'entendais rire. J'eus l'impression que pendant tout le travail de mort qu'il venait d'accomplir, il avait oublié son fils.

J'aurais pu m'esquiver, prendre mes jambes à mon cou, aller crier, aller prévenir.

— On va faire sauter la Calade !

Mais qui m'aurait cru ? Qui aurait été assez rapide, m'ayant cru, pour accourir ici avant qu'Orfeo ait eu le temps de mettre le feu à la poignée de cordons qu'il tenait maintenant fermement en main et qu'il déroulait sur le sol jusqu'à la route ? Et puis... Il y avait tant de gens qui verraient d'un bon œil disparaître la Calade.

En un éclair ma logique changea. Moi qui, ces temps derniers, avais tant craint la mort, je décidai de mourir avec cette fontaine.

Quand nous allions nous mettre à courir pour échapper à l'explosion, je lui fausserais compagnie et je reviendrais me coller contre le fronton et je disparaîtrais avec lui, pour racheter l'injustice de cet homme qui la punissait par superstition, qui commettait le sacrilège de croire qu'elle était un être pensant, pourvu d'une volonté.

Cet homme je le haïssais de toutes mes forces. Il s'était baissé à côté de moi, il soufflait sur l'amadou d'un antique briquet. Il me présentait sa tête immobile. C'était le moment de sauver la fontaine. Il suffisait d'assommer son assassin avec cette canne que je n'avais qu'à ramasser. Mais non, il n'y avait rien à faire : je n'avais pas le courage de tuer, seul celui de mourir me tenait fermement. Je ne verrais pas la fin de cette Calade qui roucoulait toujours, avec la mort sur son fronton.

J'entendis au ras du sol un grésillement électrique. Je vis ces étincelles qui cheminaient vers les dalles avec une lenteur apparente. Et soudain je ne vis plus rien. Orfeo s'était redressé et, du même mouvement, sa limousine tournoyante qui sentait les grandes routes s'abattait sur moi. Il m'emprisonnait dans ses plis comme dans un sac. Il me soulevait de terre me débattant, il me jetait rudement sur son épaule comme un sac. Je n'avais pas eu le temps de prévoir ce qu'il allait faire.

Il courait. Il haletait. Il me rechargeait toujours sans ménagement en travers de son cou pour équilibrer le poids. Je l'entendais grommeler à mes oreilles.

— Tu comprends... J'ai pas envie que tu me fasses le coup. C'est que, pour courir, à toi le pompon ! Je t'ai vu à l'œuvre. J'aurais jamais pu te rattraper ! Et je suis sûr, foutu comme tu es, que tu étais capable de crever pour cette putain de fontaine.

Il me déposa. Il me délivra de sa limousine. Mais il m'avait plaqué contre lui et me ceinturait comme il eût fait d'un lièvre voulant lui échapper.

Je reconnus les lieux sous la lune. Nous étions derrière le pilier de l'allée des platanes chez les demoiselles Roman.

— Tu..., commença Orfeo.

Il courba les épaules, je me laissai aller à genoux. Un chapelet d'explosions nous secouait tous les deux. Il lacérait l'air de ses aboiements déchirants et maintenant il roulait vers les lointains, s'aplatissait sur l'air, se portait vers les collines, avertissant tout le monde que la Calade venait de mourir. Une colonne obscure de fumée et de vapeur s'élevait devant la lune et nous ensevelissait dans l'ombre.

— Viens ! Courons ! dit Orfeo.

Il me serrait la main à la broyer et m'entraînait à sa suite. Il courait dans l'allée des platanes drossés vers le sud par la houle du mistral. Il enfilait le sentier au milieu des vergers qui garnissaient les coteaux vers le quartier des Combes. Il débouchait vers les Tourettes aux toitures ruisselantes de clair de lune. Il courait toujours.

Soudain la sirène des pompiers, nouvellement installée, retentit sur la ville. Nous arrivions à cet instant sur la place du Soubeyran. Orfeo s'arrêta hors d'haleine sous le portail. Il me serrait toujours le poignet. Il ne me lâcha que lorsqu'il eut retrouvé sa respiration normale.

J'entendais battre le cœur de la grosse horloge là-haut dans le clocher, tant le silence était profond autour de nous.

— Voilà ! dit Orfeo. Maintenant tu peux t'en aller. Là où je vais je ne peux pas t'emmener. Il me reste quelque chose à finir. Mais tu leur diras à tous... Tu leur diras que je croyais pouvoir supporter mais que j'ai pas pu... Qu'est-ce que tu veux, tu comprends, Victor, j'avais que celui-là. Je comptais sur lui. Qu'est-ce que tu veux que je fasse maintenant ? Pour qui tu veux que je travaille ? Tu leur diras..., répéta-t-il. Tu leur diras... Mais puisque tant il faut que je parte, tant vaut-il que ce soit pas seul.

Il me tourna vers lui, me prit par les épaules et s'accroupit pour être bien à la hauteur de mes yeux où il planta son regard.

— Tu leur diras que j'étais un brave type, serviable. Que quand j'ai fait... tout ça, c'est parce que j'étais déjà mort... Rappelle-toi bien ! Tu as été témoin. Témoin ! souligna-t-il en levant le doigt.

Il se redressait, il se détournait de moi. Il s'en allait.

— Témoin ! dit-il encore une fois.

Il descendait à grandes enjambées la rue du Soubeyran. Je savais ce qu'il lui restait à faire. Mais j'étais là, paralysé. Et puis, il m'était venu à l'idée que le destin s'accomplissait, que j'en étais le spectateur par dérogation spéciale et que, par conséquent, je n'avais pas le droit d'intervenir.

Je revins tout tremblant vers ma paillasse. Je me cachai la tête dans l'oreiller et je me mis à pleurer en silence. Je pleurais sur ma fontaine morte.

Il se trouva beaucoup de monde autour des décombres de la Calade, le lendemain matin, et notre maire au premier rang.

La voûte s'était effondrée sur le lavoir. L'explosion avait fait se rompre le caniveau sous la route, obstruant l'écoulement. Un nouveau talus s'était formé, retenant une mare boueuse à la place où s'était dressé le fronton aux canons en têtes de serpent et le réservoir en pierre blonde creusé dans un seul bloc de pierre. Les tuyaux crevés sous les dalles perdaient leur eau comme un être humain son sang et cette mare boueuse en était le réceptacle. L'écriteau dérisoire avait été projeté intact dans un arbre et continuait de là-haut à narguer le public.

Notre maire avait supporté les yeux secs bien des malheurs, mais devant la Calade déchiquetée tout le monde put le voir écraser discrètement une maigre larme dans le sillon austère de son nez.

C'est là, devant ce désastre que tous regardaient avec stupeur et sans comprendre, c'est là que le long Jourdan, l'aïguadier, vint chuchoter quelque chose à l'oreille du maire, lequel tourna précipitamment le dos et remonta vers la ville.

On venait de découvrir Mme Sanson le corps lardé de treize coups de couteau dont le premier était mortel à lui tout seul. Les coups avaient traversé le corps, lacéré le matelas. « Portés avec une sauvagerie inouïe », précisa le rapport des gendarmes.

Mais, auparavant, les sœurs d'Orfeo Bellacroce avaient trouvé celui-ci sans vie dans son écurie. Il s'était pendu avec cette pièce de harnais en corde de chanvre appelée chez nous *trait de flèche* et dont il avait vainement demandé tant de fois à Victor de la lui traduire en piémontais.

Il n'avait même pas ôté sa limousine de voyage,

avec laquelle je supposais qu'il était allé, en tel lieu, chercher les bâtons de dynamite cause du désastre. Il s'était pendu à la console du râtelier. Le cheval le flairait encore lorsqu'on l'avait décroché avec peine car il pesait lourd.

On trouva dans sa poche une feuille de cahier d'écolier où il avait écrit en piémontais et au crayon fuchsine qu'il avait détruit la Calade, poignardé Mme Sanson et que maintenant il allait se faire justice sans aucun regret ni remords. Qu'auparavant, il avait porté une gerbe de dahlias blancs sur la tombe de son fils et que ses sœurs veuillent bien faire de même chaque année, à cette date précise, pour commémorer l'événement, afin que « mon cher descendant Victor sache bien qu'il a été vengé et deux fois : sous les espèces de la nature et sous les espèces de la surnature. Moi, je serai damné, mais lui, au moins, il sera en Paradis ».

Il était inutile dans ces conditions d'alourdir la justice, dont l'action était éteinte, par d'oiseuses vérifications et de coûteux transports. Un seul détail avait intrigué les enquêteurs : bien que les doigts du pendu fussent encore poisseux de sang, on ne découvrit nulle part l'arme du crime.

On eut l'explication du mystère, et cela ne fut agréable à personne, par le garçon boucher.

C'est ce garçon, plus tard congédié pour avoir pris un peu d'argent de poche dans le tiroir-caisse, qui raconta cette horreur, un soir entre huit et neuf heures, au zinc du *Café des Boulomanes*, devant son cinquième pastis.

Il dit que, cette nuit du crime, il avait ouvert la devanture vers une heure du matin car c'était un samedi jour de foire et le fourgon de l'abattoir venait juste de se présenter pour livrer un arrière de veau déposé sur l'étal et prêt pour la découpe.

— Et, dit-il, je venais juste d'affûter mon matériel et j'avais bien rangé tous mes couteaux, par rang de taille. Et alors...

Alors, pris d'un besoin pressant, il avait traversé la salle à manger, le labo où l'on trafiquait la charcuterie et il était sorti dans l'arrière-cour. Il avait pris son temps. C'était la pleine lune. La patronne se déshabillait derrière les vitres sans rideau. C'était une belle femme. Il sifflotait. Il regardait alternativement la lune et la silhouette de la patronne qui, les bras levés, ôtait son caraco.

Bref : lorsqu'il revint rien n'avait changé. La porte sur la rue était toujours ouverte. Le cuisseau de veau était au même endroit. Il était trop frais. Il perdait encore son sang. Le garçon en avait fait le reproche au livreur.

Il vit que son couteau à désosser était tout rouge.

— Ma foi... Moi, je venais de me lever depuis peut-être une demi-heure... A une heure du matin on n'a pas bien les yeux en face des trous... Et en plus, comme vous le savez tous, il y avait eu ces explosions et puis la sirène des pompiers... J'en étais tout *reventoulé* et je me posais toutes sortes de questions. Alors, tu penses, un couteau... Qu'est-ce que tu aurais fait à ma place ? Moi, je l'ai empoigné et je l'ai enfoncé dans la viande, entre les os, comme je faisais d'habitude et machinalement. En plus, le livreur avait du retard et j'étais pressé.

A six heures, un paysan qui la veille au soir avait apporté, dans le couloir de la Sanson, un lapin vivant dans une toilette, revint chercher son panier pour y mettre ses tommes. Il le trouva au même endroit et le lapin dedans.

Il s'inquiéta tout de suite, craignant que son offrande n'ait été rebutée. Il appela. Il entra quoique avec répugnance dans l'appartement grand ouvert. Il vit sur le carrelage des traces de pieds empreintes de sang dans l'escalier qui montait à l'étage. Il alla tout juste, toujours appelant, jeter un coup d'œil. Une minute après il était devant le garçon boucher, hurlant et hagard. Le garçon bondit au téléphone, actionna frénétiquement la manivelle. C'était le moment où les sœurs d'Orfeo s'apprêtaient à le dépendre.

La Grand'Rue se remplit à proportions égales de gens capables et d'inutiles. Alors le garçon s'aperçut que dans la sciure là, devant l'établi, se mêlant à ses propres empreintes, on pouvait en lire d'autres, plus grandes, plus larges. Les marques d'un pas qui était venu jusque-là, qui s'en était allé, qui était revenu, qui était reparti. C'étaient des traces de chaussures débordantes. Les traces d'un homme lourd, grand si l'on en jugeait par la pointure.

— Treize coups de couteau! entendit-il quelqu'un s'exclamer dans la rue.

Il regarda celui qu'il tenait dans sa main. Il le lâcha.

— C'était celui que j'avais vu rouge! dit-il. Et moi qui croyais que c'était du sang de veau!

Cette boucherie était la mieux achalandée du pays et notamment en personnes de qualité. C'est ainsi que nul ne put se vanter à la faveur de ce couteau fatal, de n'avoir pas, ce dimanche-là, avec la blanquette rituelle, absorbé un peu de la substance de cette femme mystérieuse que nous venions de perdre tragiquement.

La mort de son assassin passa au second plan. La destruction de la Calade fit à peine l'objet d'un mauvais cliché du Bizot, ce jour-là privé de génie. Mais le meurtre de Mme Sanson paralysa la ville d'une appréhension sacrée.

Le tumulte dont nous attendions les éclats dans toute la nature après cette fin exemplaire, c'était en nous qu'il semait sa panique, comme si cette créature maléfique qui venait d'être soufflée de la terre, c'était en nous que nous l'avions bercée, nourrie, élevée et portée jusqu'à de fantastiques dimensions.

Des furoncles désobligeants se desséchèrent, selon certains, à l'instant même ; selon d'autres, au contraire, ils redoublèrent. Il y eut des fiançailles rompues et des amants qui, contre toute attente, eurent soudain le champ libre. Il y eut des affaires qui s'arrangèrent spontanément et des avocats consternés qui virent leur claquer entre les doigts des procès pourtant bien enfournés. Un client qui ruinait la Lance en gagnant à tous les coups à son petit jeu du saquet, s'y ruina à son tour. Mais qui pouvait dire que ces menus incidents n'étaient pas le fait du hasard ? Plus significatif fut ce terrain qui glissait à Sainte-Roustagne, d'un voisin sur l'autre, tous deux ennemis mortels, et qui se figea soudain, comme coagulé, et ne bougea plus de mémoire d'homme. Mais cela tout de même fit sourire tout le monde, quoique d'un sourire jaune, car nous n'étions quand même pas crédules à ce point.

Les dames du Nord en procession débouchèrent de la rue Torte en évitant les caniveaux et vinrent se recueillir, en silence, mais du long monologue qui se déroulait dans leur for intérieur on eût fait un palimpseste.

En dépit de son cœur fatigué, auquel il ne fallait aucune émotion et qui allait pourtant la soutenir jusqu'à quatre-vingt-quinze ans, Zoé Meïmo vint contempler — convenablement rafistolée par le Charles notre croque-mort — cette force antinaturelle finalement jetée bas par ses stratagèmes trop subtils. Elle dit, bien sûr, que cette fin, elle l'avait de longue date prédite. Cette pauvre mesquine, dit-elle, elle avait trop longtemps joué avec le feu pour qu'à la fin elle n'y rôtisse pas son balai. Mais elle se flattait : jamais elle n'aurait osé établir la carte du destin de Mme Sanson. Elle aurait trop craint qu'entre ses doigts, au fur et à mesure, les rois de trèfle, les valets de cœur, les dames de pique, ne se recroquevillent en flammes vertes jusqu'à transformer en brasier son modeste appartement.

Il fallut l'enterrer. Elle n'avait plus de famille. Il fallut décider si on la passerait par l'église. Il fallut décider si on l'enterrerait à la sauvette dans un carré vierge du cimetière, loin des âmes sans soufre. Alors arriva la naine qui brandit une enveloppe, laquelle contenait de l'argent et des volontés dernières.

D'argent, on n'en eut pas besoin. Il y eut une noria de notables en pardessus, chapeau, chaussures noires et les gants à la main qui se glissaient au presbytère, y palabraient des heures durant avec le curé simiesque qui leur disputait pied à pied le mètre de terre sainte et l'absoute — peut-être sacrilège — qu'on allait tenter de célébrer sur le corps de Mme Sanson.

Des madrés dévorés de curiosité malsaine montèrent dans un appartement vide, dans la Grand'Rue, face aux fenêtres vis-à-vis, à quatre mètres de distance, du bureau du curé. Ils se gelèrent les pieds et ils chopèrent des rhumes, mais du moins ils virent.

Ils virent s'agiter derrière les vitres des silhouettes bien connues. Ils virent des mains se porter aux contrepoches pour en extirper des portefeuilles cossus. Ils virent le curé faire le geste du *vade retro satanas* et montrer la porte du même mouvement au tentateur maladroit (ce qui fut porté à son crédit). L'un prétendait même avoir entendu des éclats de voix. On rapporta ces paroles, probablement interprétées, mais qui en disaient long sur notre état d'esprit :

— Que diable, monsieur le Curé, une église ça ne risque pas de prendre feu !

Enfin, une dame tout en noir se fit ouvrir la porte. Elle s'assit face au curé en un mouvement de la meilleure grâce du monde. Elle ôta posément ses gants. Elle dit deux ou trois phrases courtes, coupées de silences qu'hélas, celles-ci, nul n'entendit Et le curé se leva aussitôt, s'inclina devant la dame et la reconduisit jusqu'à la porte qu'il lui ouvrit, avec une déférence marquée. On sut que Mme Sanson aurait son absoute. On ne sut jamais, en revanche, qui était la dame. On la pista jusqu'au carrefour de la Saunerie. Mais là, un taxi qui avait *fait la Marne* l'attendait avec son chauffeur. On se perdit en conjectures. On mit sous la voilette toutes sortes de noms. Les dames du Nord inventèrent cent contes à débiter aux veillées. Mais ce fut le seul mystère de cette histoire qui resta à jamais entier.

Les notables affairés durent employer des efforts

plus méritoires pour persuader notre maire d'assister à l'enterrement. Là, il n'y eut pas de témoin. Mais chez nous les secrets finissent toujours par transpirer. Un proverbe a été inventé exprès pour notre cas : « La vérité c'est comme l'huile, ça vient toujours au-dessus. »

Le maire brandit devant la délégation déconfite qui vint le prier, la lettre au crayon fuchsine qu'Orfeo Bellacroce avait écrite avant de mourir. Elle expliquait suffisamment que s'il avait détruit la Calade, c'était à cause des machinations de Mme Sanson. Il secoua sa longue tête de mulet et dit non, une seule fois, ce qui était sa manière de donner une réponse définitive.

Mais alors, tout gauche et la casquette à la main, un minuscule paysan tordu comme une souche morte descendit depuis les hautes terres de la commune. Il avait attelé exprès ce jour-là, délaissant l'urgence de quelque labour, pour faire les dix kilomètres qui le séparaient du chef-lieu. Il s'inclina presque devant le maire venu l'accueillir jusqu'au seuil de la salle des illustres. Celui-ci l'accompagna jusqu'à son cabinet, la main paternellement posée sur l'épaule frêle de ce travailleur cassé en deux par soixante ans de bataille contre cette terre qui ne désarmait jamais.

Il le fit asseoir et lui dit ses raisons. Et le paysan cassé branla du chef lui aussi en signe de compréhension profonde. Il ne s'attardait pas d'ailleurs. Déjà il était debout, déjà le maire le raccompagnait. Il s'arrêta juste entre les deux battants, dont un seul s'ouvrait, au seuil du cabinet, encombrant ce passage de sa respectueuse personne. Et là, tourné de trois quarts et regardant le magistrat entre haut et bas, il dit que c'était dommage pour les cent vingt propriétaires des collines, tous des pauvres, qui lui étaient si fidèles à chaque réélection. Ça se jouait à tous les coups dans un mouchoir, à soixante voix près.

— Nous verrons cela..., dit le maire.

Et c'est ainsi que le clergé et la mairie furent au grand complet aux obsèques de Mme Sanson.

— Jean ! Tâche de te mettre un peu propre ! Cet après-midi on ferme ! On va tous à l'enterrement de Mme Sanson !

Je restai pétrifié. C'était la patronne qui venait de parler. Il n'était donc pas question, pour ces funérailles-là, de les regarder comme d'ordinaire, planqués derrière les vitres. Les ouvriers ce matin-là avaient d'ailleurs des mines fort graves.

La Grand'Rue était noire de monde, de la porte Saunerie jusqu'à la rue de l'Equerre ; chacun se haussait du col pour faire savoir qu'on était là.

Le « si elle nous voit de là-haut » était inscrit sur toutes nos faces austères. La moitié au moins d'entre nous restaient encore incrédules devant cette mort, ne la pensaient pas définitive, ou tout au moins, si elle devait l'être, se doutaient que cela ne changerait pas grand-chose à la puissance des forces tant sollicitées de son vivant par Mme Sanson.

Aucune famille n'avait cru politique de se dispenser d'obsèques. Toutes nos têtes étaient au premier rang des hommes, bien en vue, en toilette de cérémonie, avec des cols blancs, des cravates de deuil, des pardessus cossus qui isolaient du reste du monde, des calvities passées à la pierre ponce, des joues glabres lotionnées au vétiver, enfin toute une armure propre, imaginait-on, à édulcorer ce que la mort avait de sale et de dissolvant pour les situations sociales bien assises.

Les dames du Nord qui s'étaient déjà signalées dès la nouvelle connue en venant en corps offrir l'eau bénite, donnèrent ici le second tome de leur zèle. Il y avait un poêle à porter devant le corbillard. Elles s'en partagèrent les cordons.

La naine, on ne la voyait pas. Elle disparaissait sous un voile opaque de veuve de guerre qui lui atteignait la ceinture. Elle serrait toujours sous son bras son sac de cérémonie mais, de l'autre, elle était suspendue comme quelqu'un qui se noie à celui de sa sœur Marguerite. On entendait ses sanglots au profond du voile.

Nous étions là nous aussi, ceux de l'imprimerie, sapés à mort : le patron en paletot mastic, la patronne en chapeau à voilette, les ouvriers endimanchés et moi avec mes souliers jaunes et mon pardessus cache-misère.

La bouchère avait le regard fixe et son garçon gêné tortillait son chapeau.

Nous attendions tous, la gorge nouée par l'appréhension, l'émergence du cercueil hors de cet antre aux portes toujours ouvertes, ce qui avait été la perte de Mme Sanson.

— Vous auriez jamais vu quelque chose de plus beau que ce cercueil ! s'exclamait par la suite l'Uiaoudo en plusieurs occasions, en distribuant *La Croix*.

— Celui, ou celle, qui l'avait payé avait dû le sentir passer ! renchérissait la Jeannette Sarrasin.

C'était vrai. C'était un meuble massif. On avait prévu quatre poignées de chaque côté pour le transport et il fallut en vérité huit hommes pour tirer de là-bas dedans les cinquante kilos de cette pauvre femme si lourdement emballée. La bière heurtait les cloisons avec un bruit de bélier enfonçant une porte.

Les paysans des collines hochèrent la tête rassurés. Cette caisse, dans nos terres sèches, durerait mille ans sans pourrir.

J'ai parlé d'un grêle corbillard haut sur pattes. C'était celui des pauvres et je n'avais alors jamais vu que des enterrements de pauvres comme s'ils étaient seuls à mourir. Celui qui emporta Mme Sanson de l'église au cimetière était au contraire gras et opulent. Il fleurait bon cette odeur de jouet verni qu'ont les chevaux de bois dans les fêtes foraines. Le percheron qui le tirait respirait la santé et son pas était naturellement solennel. On lui avait du reste ciré les sabots.

Il y avait autant de poids de gerbes et de couronnes sur le corbillard qu'il y avait eu, de son vivant, d'offrandes dans le couloir de Mme Sanson. On eût voulu l'écraser sous les fleurs qu'on ne s'y fût pas pris autrement.

Quand le Charles, notre menuisier croque-mort, eut déposé la dernière palme, il me sembla que j'avais quelque chose à dire. Je m'approchai de lui pour lui glisser :

— Il faudrait lui mettre sa plante sur le corbillard.

— Qué plante ?

Il puait l'absinthe à cinq pas. Il n'avait pas dû cesser de prendre courage pour supporter la compagnie de ce cadavre sulfureux, depuis trois jours qu'il le chouchoutait, qu'il l'incarcérait dans du plomb puis dans du chêne. Et en plus, il avait dû faire des prix !

— Celle qui se trouve dans la cour.

J'entrai dans le corridor avec lui pour lui indiquer l'emplacement de la clé. Il revint courbé sous le poids du vase.

— Ça ? dit-il avec mépris. C'est pas beau ! Et puis, sur le corbillard, ça tiendra jamais. Et puis avec les couronnes qu'elle a déjà qu'est-ce que tu veux que ça lui foute ?

Elle avait dit : « Fleurie hiver comme été ! Regarde ! Regarde bien ! Au bord du Kuku-nor ! »

La plante n'avait pas une fleur. Et d'ailleurs, le pot m'apparut plus petit que lorsque je l'avais regardé hypnotisé dans cette cour à la lumière glauque. L'aspidistra lui-même me parut très quelconque.

J'avais pourtant encore dans les narines cette odeur saoulante que j'imaginais devoir régner sous l'ombre lourde des arbres pourrissants là-bas très loin, autour de ce lac où le soleil ne devait pas jouer. Je me penchai. Je regardai. Je flairai.

C'était un aspidistra comme on en voit tant. On était au milieu d'octobre et il était normal qu'il fût défleuri. Mais, l'été dernier le constellaient à profusion ces clochettes semblables au muguet et cinq fois plus grosses dont il aurait dû rester des traces.

Des hampes sèches, des gonflements de tiges nouvelles sous les anciennes auraient dû subsister. Or il n'y avait rien que des feuilles mal lavées et trop serrées sur des rhizomes qui se repliaient sur eux-mêmes, faute d'avoir été récemment divisés et qui s'asphyxiaient à l'étroit. Tout cet ensemble de constatations laissait entendre que cette plante était mal soignée et qu'on ne s'en souciait pas.

Le soupçon me visita alors que ces fleurs extraordinaires, j'étais seul à les avoir vues et que Mme Sanson elle-même ne les avait jamais contemplées de sa vie. Elle les avait imaginées exprès pour moi. Alors, je pensai au tigre que j'avais distingué surgir de la rue Torte pour entrer en droite ligne chez Mme Sanson. Celui-ci non plus, n'importe qui d'autre que moi ne devait jamais l'avoir aperçu.

Le voile se déchirait. Son pouvoir, Mme Sanson ne l'avait jamais tenu que de ses talents d'illusionniste. J'aurais dû en être ravi. J'en étais au contraire désenchanté. Seul le mystère m'aidait à vivre. A chaque fois que le monde autour de moi me révélait l'un de ses banals secrets parfaitement logiques, un pan du bonheur de la vie s'écroulait avec lui.

Quand je sortis du corridor après cette désillusion, le corbillard embossé dans la foule, comme porté par elle, allait tourner sur la place Saint-Sauveur.

Pendant ce temps, cramponné à sa corde, le vieux Pécoul, le sacristain, composait avec le glas d'étranges harmoniques. Il avait dû boire des absinthes jusqu'à midi passé pour faire face à cette terrible épreuve : sonner le glas pour Mme Sanson. Les accents qu'il arrachait à la grosse cloche glissaient sans transition de la déploration d'un *mise-*

rere à l'allégresse d'un alléluia. On dit que ce glas trébucha trois fois lorsque la bière passa le seuil de l'église, mais comme on savait que ce père Pécoul avait l'ivresse imaginative dès lors que la mort l'y conviait, on n'en tira aucune conclusion.

Je voulais rattraper le corbillard avant le dépôt du cercueil. La foule qui roulait bord à bord, du *Tonneau* au *Bazar des Alpes*, frôlant les vitrines, me l'interdisait. Je contournai en courant par la rue Denfert et *Sous les cloches*.

Le Charles ouvrait les portes du corbillard. Notre église est en contrebas. Pour lui faire regarder vers la Jérusalem céleste, il a fallu lui araser une place au flanc de la colline de safre qui portait le château et sur laquelle est juchée notre ville. Aussi n'est-elle pas en gloire au sommet de quelque tertre comme la plupart de ses semblables. On y accède en descendant dix marches d'un escalier sépulcral. Chaque fois que nous accompagnons quelqu'un à sa dernière demeure, ça commence comme si nous y descendions ensemble.

De tradition immémoriale, la plupart des hommes ne pénétraient pas dans le sanctuaire. Ils laissaient aux femmes et aux notables qui s'affichaient pratiquants, le soin d'assumer Dieu à leur place. Eux, ils se tenaient dans l'expectative. Ils se massaient sur les trottoirs étroits, dégageant devant eux le vide du parvis où seul stationnait le corbillard.

Une dizaine de costauds étaient en train de se jeter des coups d'œil furtifs, afin de s'encourager à transporter la bière dans l'église. Plusieurs n'en eurent pas le front. Finalement, il resta une poignée de libre. De crainte d'être devancé par un fidèle plus fervent, je me jetai dessus avec peut-être un peu trop de hâte car je perçus quelques murmures autour de moi.

Cette poignée libre était un bon prétexte. Je ne voulais pas me singulariser du reste des hommes en ne les rejoignant pas sur les trottoirs, mais aussi, je tenais à assister à la cérémonie. Mon âme de voyeur-né voulait se souvenir de ce spectacle tout nouveau pour elle : un bel enterrement.

Les costauds, à côté de moi, devant moi, comme le Charles tout à l'heure, puaient le pastis à trois pas. Ils étaient contents, certes, d'avoir défié les fidèles qui avaient hésité une seconde de trop à se saisir du cercueil à leur place, toutefois, ils n'étaient pas tellement certains que la descente des marches, lestés de ce fardeau, fût absolument sans risque. Ils la sentaient présente, la Sanson, derrière tout ce chêne et derrière tout ce plomb. Elle gisait à quelques centimètres à peine des mains qui tenaient les poignées. Vivante, jamais ils n'auraient eu la forfanterie, ces costauds, d'en approcher d'aussi près. Morte, était-ce bien différent ? disaient les rides soucieuses de leurs fronts bas.

A peine l'eurent-ils déposée d'ailleurs, sur les tréteaux, qu'ils s'enfuirent comme sous une averse, l'échine courbe, pour aller attendre à l'extérieur qu'on eût de nouveau besoin d'eux.

Moi, je restai. La messe était corps présent. Tout le monde avait les yeux fixés sur le catafalque que les dames du Nord avec un bel ensemble venaient d'ensevelir pudiquement sous le poêle. Lorsque le prêtre déposa fermement le crucifix bien à plat sur le cercueil, un bon nombre d'entre nous s'attendirent à voir celui-ci s'embraser, se recroqueviller, grésiller comme une viande sur le gril.

Je vis certaines dévotes, et non des moindres, lever furtivement les yeux vers les croix d'ogive, doutant si celles-ci allaient tenir le coup, et les baisser aussitôt, honteuses de leurs pensées sacrilèges.

Lorsque le prêtre monta en chaire pour l'homélie, il nous rassembla tous sous son regard sarcastique. Apparemment, il ne donnait pas cher de nos chances de salut.

Il avait choisi une parole que, dit-il, il avait tirée de l'Ecclésiaste dont il fournit les références et qui lui paraissait, dit-il, parfaitement adaptée à cette circonstance : « Ce chien est à moi, disaient ces pauvres enfants. » Et encore : « Et ne jure pas non plus sur ta tête car tu ne peux rendre noir un seul cheveu blanc. »

Il ne quitta pas le cercueil des yeux comme s'il conversait avec la morte qu'il pouvait maintenant tout son saoul abreuver de reproches et écraser sous les aphorismes.

Bien sûr, à cause de la dame en noir, sa dernière visiteuse, à laquelle il devait des circonlocutions, il ne pouvait pas ouvertement exprimer sa pensée, mais il tourna si longtemps autour du pot que tout le monde put l'interpréter correctement ainsi qu'il suit : « Cette madame Sanson qui vous faisait tant de peur, dans le fond, elle n'était jamais qu'une pauvre mortelle, pour laquelle je vous convie tous à prier. »

Il pouvait toujours parler, c'était dans le désert. Je voyais autour de moi et devant moi nombre de bonnes têtes qui avaient réussi, hors la vue du prêtre, à se dessiner le commencement d'un sourire au coin des lèvres. Ceux-là, on ne les persuaderait jamais que les choses fussent aussi simples.

Quand le cortège avec son bruit de troupeau eut franchi le portail Soubeyran, on vit que, tout de même, la nature s'était mise en frais. Notre ciel s'était couvert, ce qui fait toujours événement. Un ventre de brumes déferlait sur lui-même depuis les pins du col de la Mort-d'Imbert et venait se lacérer aux clochetons des concessions à perpétuité.

Nos vieillards s'étaient armés de pèlerines à capuchon ; nos élégantes serraient sur leurs gorges fragiles des boas de fourrure. Seul notre maire était en veston car un enterrement par temps froid peut être l'occasion de montrer du caractère et sans doute se mortifiait-il ainsi d'assister à ces obsèques à son corps défendant, pour de misérables raisons de tactique électorale. Je le sentais en deuil de sa fontaine morte.

Dès le portail du cimetière franchi, il y eut une course. Certains voulaient être les premiers à faire cercle autour du trou et pour cela s'égaillaient en trottant parmi les tombes, les enjambant même, avec la dernière indécence.

Le soir tombait quand dix hommes résolus firent grincer les cordes sur les bords de la terre ouverte. Le cercueil ne fut bientôt plus visible et s'enfonça dans l'ombre. Et c'est là que nous comprîmes plutôt qu'à l'église, que Mme Sanson, effectivement, n'avait été qu'une pauvre mortelle.

Toutefois, il me sembla distinguer des gens qui n'en croyaient pas encore leurs yeux.

Tout le clergé avait déjà disparu dans cette

envolée de robes qui ressemble toujours un peu à une fuite. Déjà les fossoyeurs s'emparaient de leurs pelles et crachaient dans leurs doigts.

Alors, je vis s'approcher de la tombe jusqu'à se pencher au-dessus, quelques-unes de nos têtes pensantes qui chuchotaient à voix basse. Je les vis se risquer sur le tertre boueux, sans égard pour leurs souliers vernis et jeter un coup d'œil professionnel en contrebas, au fond du trou, un coup d'œil de constat, destiné à vérifier si le cercueil y reposait bien. J'en vis même qui pour cet exercice tiraient de l'étui leurs lunettes. On s'attendait presque, tant durait leur conciliabule sur le tertre, à les voir rédiger quelque procès-verbal.

Oh ! bien sûr ! De la longue misère de cette pauvre femme sur la terre, il pouvait rester encore quelque éclat mal éteint : une lettre ou deux, par exemple, au fond de quelque tiroir peut-être secret, mais où des scellés longtemps apposés suffiraient à rendre caducs les mots imprudents qu'elles contenaient. L'essentiel était qu'elle fût là et bien là. On n'avait jamais vu la bouche d'une morte s'ouvrir sur des secrets que, de son vivant, il avait été bien gênant qu'elle sût. En somme, cet Orfeo Bellacroce, sous ses dehors d'assassin, il s'était fait finalement l'interprète de tous.

Complètement rassurés, ces gens firent claquer leurs étuis sur les lunettes replacées et mirent la main au portefeuille afin d'encourager les fossoyeurs à bien tasser la terre.

Pendant ce temps, la foule en silence s'écoulait avec ce bruit de troupeau. Loin devant, s'estompant dans le crépuscule, je voyais la pitoyable naine se traîner au bras de sa sœur.

D'ordinaire, les conversations animées reprenaient dès la sortie du cimetière. Ce jour-là, le silence fut longtemps sur nous et l'on pouvait entendre l'harmonie des cyprès traversés par le vent du soir.

Quand il fut avéré (et nous étions déjà devant le portail Soubeyran) que, dans nos consciences comme dans la réalité, Mme Sanson ne redescendait pas avec nous, quand il fut avéré que sa présence déjà s'évaporait et qu'elle cinglait vers notre oubli en toute hâte, alors seulement éclatèrent les joyeux souhaits de se revoir bientôt.

J'entendais glapir ma patronne essayant de retenir son mari qui dérivait sur la pente des boulevards vers les bistrots, véloce, deux fois plus sourd que d'ordinaire, ayant trouvé pour alibi quelque commandant en retraite aussi poivrot que lui.

— Siegfried ! Siegfried ! Tu n'es pas raisonnable !

J'obliquai vers les Combes. Le vent commençait à faire glisser les nuages vers le sud. Dans le ciel c'était la débâcle. J'allai voir se peindre le couchant sur Toutes-Aures. Jamais la véhémence du soir ne s'était manifestée par tant de contrastes, par tant de batailles de nuages cramoisis, par tant de traînées effilochées fusant hors des archipels dorés qui se balançaient à l'ancre, là-bas, dans le ciel vert, du côté de Montfuron.

Contemplatif... Je pensais à ce destin patient qui déblayait la route devant mes pieds. Il ne restait plus que la naine.

Alors, cette naine, on la vit désorientée comme un bateau dont le pilote mort s'est dessaisi du gouvernail affolé.

Elle se mit à tourner autour de la place à une vitesse accrue, presque démentielle. Les notables même s'en aperçurent et raréfièrent leur présence tant cette ambulation les mettait mal à l'aise. La place lui resta tout entière.

— Moun Diou ! s'exclamait la Jeannette Sarrasin en joignant les mains, je sais pas ce qu'elle a à tourner comme un âne rouge ! Rien que de la regarder, moi, je suis lourde comme un toupin.

— Elle ne sait plus où pendre sa lumière..., renchérit la vieille Tisserin.

Elles la regardaient toutes avec intérêt vrombir ses *Papillons de nuit* en un bourdon continu.

Avec sa face écrasée, on eût dit une grosse mouche se heurtant aux vitres. Mais bientôt cela ne lui suffit plus. Elle vint vers moi ouvertement. Elle me contemplait sous le nez. Un dimanche, au bord du canal où je me promenais, le nez plongé dans un livre comme d'ordinaire, j'entendis une voix qui disait :

— Je t'aime. Le sais-tu assez ?

Je levai les yeux. C'était elle. Maintenant elle me parlait en me suivant. De son amour. De son désir. Elle entrait à l'imprimerie. Elle me regardait travailler.

On croyait savoir qu'elle était folle, que la Sanson avait emporté sa raison avec elle. C'était, disait-on, une folie douce qui ne gênait personne. Sauf moi, mais qui s'en serait inquiété ? Nous étions la distraction du quartier. Nous faisions les délices des conversations de l'aréopage à la terrasse du café-glacier.

Pourtant, il s'était produit un miracle qui avait éclairé mes nuits.

La Sanson était à peine enterrée que l'Agassonne en grand deuil d'un noir choisi m'appela un matin depuis son étalage rutilant.

— Jean ! Viens voir ici ! Viens me rendre service !

Elle me souriait à dents éclatantes. Elle me montrait deux gros colis qui encombraient le devant de sa porte et qu'on venait de lui livrer.

— Toi qui es fort, dit-elle cette fois avec un sourire dissimulé, aide-moi à porter ça à l'entrepôt.

C'étaient deux casiers de bouteilles. J'empoignai d'un côté, elle de l'autre. L'entrepôt, comme la remise de l'imprimerie, avait une petite porte dans la grande. Il faisait sombre au-delà.

— Tu viendras ce soir ? dit l'Agassonne. Viens par l'impasse.

Elle n'avait pas attendu pour me commander cette voie d'entendre que je répondais oui. C'est pourtant ce que j'avais fait.

Le soir, quand je grattai à la porte de l'impasse, entre les piliers de cageots, l'Agassonne ouvrit en coup de vent comme si elle attendait derrière. Elle me happa par la main, me fit traverser toute la boutique où les odeurs et les parfums parlaient de vie facile. Elle m'entraîna dans l'escalier à toute vitesse. Elle me poussa dans sa chambre. Tout était noir. Quelque chose, peut-être de la soie, glissait entre elle et moi qui la laissa tout de suite lourde et nue entre mes bras.

— Tu comprends, chuchota-t-elle, je tenais pas à être emmasquée par la Sanson ! Mais maintenant qu'elle est morte... Maintenant qu'elle est morte, tu vas voir ça !

Il nous fallut des heures pour retrouver la parole.

— Moi, tu comprends, depuis que j'ai perdu ma petite, j'ai compris !

Régulièrement, la naine venait soulever le marteau de la porte. Elle avait un flair de chien de chasse avec moi, son gibier. Mais l'Agassonne prenait soin de tirer le verrou.

La voix haut perchée de la naine retentissait :

— Marie-Rose ! Marie-Rose ! Tu n'as besoin de rien au moins ? Tu sais que je suis là !

L'Agassonne sautait du lit, paraissait à la fenêtre aux persiennes closes. Je voyais devant le clair-obscur son corps engainé dans la pénombre. Je me disais que dans un instant, refroidi juste ce qu'il fallait pour le rendre frais à nouveau, et plein à souhait, j'allais le ressaisir en souligner les formes avec mes mains comme si je le sculptais. J'étais béat.

— Non, Nène ! J'ai tout ce qu'il me faut ! Recouche-toi vite qu'il fait froid !

Elle revenait en riant, plongeant à renverser le lit.

— Don Juan ! disait-elle. Deux femmes pour toi tout seul ! Sans compter la pauvre Blandine...

— Blandine ?

— Oui, la femme de l'avocat. Viens pas dire...

— Non.

— Dis pas : tu aurais bien voulu ?

— Oui.

Elle tenait à peine compte de ma réponse. Elle ne m'aimait pas. Elle m'utilisait comme un instrument ravi de l'être et qu'elle pouvait plier à son gré à ses caprices.

— Ah ! tu sais ! disait-elle sur un ton important. A propos de Blandine : son mari est en train de faire tanner la peau du tigre. Après il l'étalera au pied de son lit. C'est beau un amour comme ça, tu trouves pas ?

Elle éclatait de rire.

— Un jour, tu verras, il l'offrira en cadeau à sa typesse de Sainte-Tulle !

Elle me bourrait les côtes.

— Mais ris ! Ris un peu ! Tu ne ris jamais !

Là-dessus, elle se mit à pleurer à chaudes larmes.

— Moi que ma pauvre petite est sous la terre depuis à peine un mois, je trouve moyen de rire et toi...

Comment rire ? Comment faisait-elle ? J'entendais le vent derrière les persiennes. Je pensais au hasard qui faisait seul que nous soyons là et pas au cimetière comme tant d'autres ces temps derniers. J'entendais le gaspillage fou d'énergie dans nos artères qui paraissait n'avoir qu'un seul but, qu'un seul désir : nous consumer le plus rapidement possible, nous réduire en poussière pour faire de la place. Je percevais avec une lucidité sans égale la marche de cette flamme : la vie le long de cette étincelle foudroyante qu'elle allait seulement durer, pour elle, pour moi.

— Mon pauvre petit, dit-elle, tu sens rien ! Tu es là, tu existes et il n'y a rien dessous !

C'était vrai. Il n'y avait rien dessous. Les pages de mon histoire commençaient à peine à se remplir.

Elle m'apprit la discipline en cet exercice, lequel pourtant n'y paraissait pas propice. A onze heures, elle me chassait par la porte de l'impasse. J'emportais la nostalgie de la boutique avec son tourbillon de parfums et d'odeurs.

— Tu comprends, disait-elle, demain je dois me

lever matin. Et toi aussi. Et puis tu en as assez pour ce soir. Ça finira par empêcher ta croissance. Et puis, tiens, emporte cette tablette de chocolat et mange-la toute ! Tu as besoin de te reconstituer.

Le premier novembre, elle eut envie de mystifier le monde. Elle eut envie de lever tous les doutes ou de les permettre tous. Elle loua un taxi vert Mattéi avec sa cabine dont le chauffeur était séparé par une vitre.

— Viens, dit-elle, on va porter des fleurs à nos morts, on leur doit bien ça !

Sur les banquettes de cuir, nous nagions parmi les chrysanthèmes. C'était une noce. Elle m'embrassait avec fureur.

— Fais-moi des choses avec tes mains ! disait-elle. Tu m'enlèves ! Tu es en train de m'enlever ! On reviendra jamais plus !

Le chauffeur nous débarqua à la porte du cimetière avec des jurons à faire peur et des « Vous n'avez pas honte ? » à n'en plus finir. C'est à peine si du bout des doigts il accepta les cinq francs dont l'Agassonne, avec hauteur, refusa la monnaie, ce qui, enfin, imposa silence à cet homme à principes.

— Tu vas voir ! dit-elle. Pas de jaloux ! Un pot pour chacun... Et deux pour ma pauvre Choute...

Le caveau de famille où le nom de Gentiane venait à peine d'être gravé sous celui de son père, la reçut sur son marbre, tout abandonnée, geignante, le visage sous le fard vieilli de dix ans et ne se souvenant plus de nos nuits et ne se souvenant plus de l'argent et ne se souvenant plus de la vie.

Je savais que tout geste de ma part serait incongru. Je n'en risquai aucun.

Tout le monde eut droit à ses largesses : Victor, son père et même Mme Sanson.

— Sans elle, dit-elle, je n'aurais même pas eu envie de te connaître.

Elle s'approcha avec un infini respect de la tombe de Blandine, de son vivant sa meilleure pratique. Elle était toute de marbre noir où le nom était écrit en lettres d'or et sous le poids duquel on avait enseveli si peu de restes.

Mais elle pleura autant sur la simple dalle entourée d'une grille semblable à un lit d'enfant qui recouvrait le corps de Germaine, que sur celle de sa fille.

— Elle aurait pu être ta femme ! sanglotait-elle dans son mouchoir. Je la vois encore... Vous auriez eu de si beaux enfants !

Elle nous fit au retour traverser en diagonale, moi pauvre mais décent, elle opulente avec son manteau noir bordé d'astrakan, la place abandonnée au vent.

Le soleil baissait, baissait encore. Il n'en restait plus pour les dames du Nord qu'un golfe infime de cagnard, dans l'angle de deux murailles.

Frileuses, pelotonnées, ne comprenant rien aux complexités de la vie ni aux leurs, comme si ce dernier rayon de soleil allait les emporter, désuètes, loin de cette laide réalité, vers un rêve enfantin qui ne heurterait pas leur sensiblerie, les dames du Nord furent témoins de ce dernier scandale. Elles n'en avaient plus de souffle.

— Elle a quarante-deux ans ! gémissait l'Uiaoudo.

— Il a quatorze ans ! ricanait la Jeannette Sarrasin.

— Eh... Qu'est-ce que vous voulez..., soupirait la vieille Tisserin songeant à elle-même, lorsqu'elle avait encore quarante-deux ans.

Elles penchaient la tête, accablées. Les roseaux du roi Midas ne se relevaient plus.

Certain soir, j'arrivai flasque à notre rendez-vous. L'Agassonne eut toutes les peines du monde à m'intéresser à nos jeux.

— Qu'est-ce que tu as ? dit-elle.

J'avais que l'après-midi même ma patronne excédée m'avait tenu ce langage :

— Jean ! C'est pas possible cette naine qui vient te regarder tout le temps ! Elle encombre ! Elle gêne ! Elle me donne le tournis... Le travail en souffre... Et tu sais qu'on ne peut pas faire souffrir le travail ! Alors, écoute, si tu n'y mets pas bon ordre, je me verrai contrainte de me séparer de toi.

Elle marqua un temps.

— C'est dommage, reprit-elle, parce que j'étais contente de toi et que je comptais te donner bientôt vingt-cinq francs. Mais qu'est-ce que tu veux, il y a des limites aux extravagances !

— Oh ! s'exclama l'Agassonne en entendant ça. Celle-là, elle commence à me courir ! Attends ! Tu vas voir ! On va la faire crever !

Elle descendit libérer l'entrée du corridor, remonta, laissa béante celle de sa chambre et, contrairement a ses principes, elle donna de la lumière, à l'aide du plafonnier et même de la lampe à abat-jour de perles vertes.

Elle allait se coucher. Elle se ravisa, entrouvrit l'armoire à glace de manière à doubler notre image.

— La faire crever ! répéta-t-elle avec force. Et toi, commanda-t-elle, ne t'occupe plus de rien d'autre que de moi !

A dix heures, comme tous les soirs, la naine s'annonça. J'étais aux aguets, en dépit de l'amour.

La naine dut être surprise de pouvoir pénétrer alors que, d'ordinaire, l'entrée était close. Elle dut s'avancer hésitante dans le vestibule.

— Marie-Rose ! Marie-Rose ! Tu n'as besoin de rien ?

Alors, j'entendis la voix de l'Agassonne au-dessus de moi, aiguë, démoniaque, avec des roucoulements de bonheur.

— Si, Nène ! Monte une minute ! justement j'ai besoin de toi !

D'une seule main, elle envoya promener la literie au pied de l'armoire. Nous étions nus et crus tous les deux. La naine heurtait chaque marche avec ses grands pieds.

Elle soufflait en haut des marches. Je savais qu'elle arrivait sur le seuil.

— Nène ! râla l'Agassonne. Regarde bien ! Il te fera jamais ça ! Il te fera jamais rien ! Et si tu savais, Nène... Si tu savais ce que... Si tu savais, Nène...

Je ne sais de combien de soupirs que jusque-là elle ne m'avait jamais réservés, elle entrecoupa ces mots balbutiés.

Mais je sais que j'entendis le pas lourd de la naine redescendre l'escalier et que je l'entends encore.

On la retrouva noyée le lendemain dans la mare de la Calade dont l'eau était redevenue si pure qu'on en voyait le fond. L'explosion avait déterré le pilastre de l'antique fontaine votive que la Calade avait remplacée voici plusieurs siècles.

C'était une tête de Méduse aux vastes yeux, à la chevelure rayonnante faite de serpents frissonnants. Elle tirait la langue pour l'éternité. Elle ressemblait à la naine impitoyable, la nuit où, derrière sa vitre, je l'avais vue refermer sa porte devant l'avocate. Elle étincelait sous le soleil froid.

Etait-ce en voyant ce double au fond de la source que la naine avait eu envie d'aller le rejoindre ? Sa tête flottait dans l'eau transparente qui clapotait doucement autour de son corps embossé dans les herbes ligneuses, juste au-dessus de la gorgone de pierre. Leurs deux visages étaient face à face.

Mais qui, sauf moi, se souvient encore de cette naine, morte il y a cinquante ans, peut-être de m'avoir aimé ?

DU MÊME AUTEUR

Aux Éditions Denoël

LA MAISON ASSASSINÉE.
LES COURRIERS DE LA MORT.
LA NAINE.
L'AMANT DU POIVRE D'ÂNE.
LE MYSTÈRE DE SÉRAPHIN MONGE.
POUR SALUER GIONO.
LES SECRETS DE LAVIOLETTE.
PÉRIPLE D'UN CACHALOT.
LA FOLIE FORCALQUIER.
LES ROMANS DE MA PROVENCE *(album)*.

Aux Éditions Gallimard

Dans la collection Folio

LE SANG DES ATRIDES, n° 2119.
LE SECRET DES ANDRÔNES, n° 1829.
LE TOMBEAU D'HÉLIOS, n° 2210.
LES CHARBONNIERS DE LA MORT, n° 1906.
LA MAISON ASSASSINÉE, n° 1659.
LES COURRIERS DE LA MORT, n° 1986.
LE MYSTÈRE DE SÉRAPHIN MONGE, n° 2352.
LE COMMISSAIRE DANS LA TRUFFIÈRE, n° 2223.
L'AMANT DU POIVRE D'ÂNE, n° 2317.
POUR SALUER GIONO, n° 2448.
LES SECRETS DE LAVIOLETTE, n° 2521.

LA NAINE, n° 2585.

PÉRIPLE D'UN CACHALOT, n° 2722.

Aux Éditions Fayard

LES ENQUÊTES DU COMMISSAIRE LAVIOLETTE.

Aux Éditions du Chêne

LES PROMENADES DE JEAN GIONO *(album)*.

Aux Éditions Alpes de Lumière

LA BIASSE DE MON PÈRE.

COLLECTION FOLIO

Dernières parutions

2751.	Mika Waltari	*Un inconnu vint à la ferme.*
2752.	Alain Bosquet	*Les solitudes.*
2753.	Jean Daniel	*L'ami anglais.*
2754.	Marguerite Duras	*Écrire.*
2755.	Marguerite Duras	*Outside.*
2756.	Amos Oz	*Mon Michaël.*
2757.	René-Victor Pilhes	*La position de Philidor.*
2758.	Danièle Sallenave	*Les portes de Gubbio.*
2759.	Philippe Sollers	*PARADIS 2.*
2760.	Mustapha Tlili	*La rage aux tripes.*
2761.	Anne Wiazemsky	*Canines.*
2762.	Jules et Edmond de Goncourt	*Manette Salomon.*
2763.	Philippe Beaussant	*Héloïse.*
2764.	Daniel Boulanger	*Les jeux du tour de ville.*
2765.	Didier Daeninckx	*En marge.*
2766.	Sylvie Germain	*Immensités.*
2767.	Witold Gombrowicz	*Journal I (1953-1958).*
2768.	Witold Gombrowicz	*Journal II (1959-1969).*
2769.	Gustaw Herling	*Un monde à part.*
2770.	Hermann Hesse	*Fiançailles.*
2771.	Arto Paasilinna	*Le fils du dieu de l'Orage.*
2772.	Gilbert Sinoué	*La fille du Nil.*
2773.	Charles Williams	*Bye-bye, bayou !*
2774.	Avraham B. Yehoshua	*Monsieur Mani.*

2775.	Anonyme	*Les Mille et Une Nuits III (contes choisis).*
2776.	Jean-Jacques Rousseau	*Les Confessions.*
2777.	Pascal	*Les Pensées.*
2778.	Lesage	*Gil Blas.*
2779.	Victor Hugo	*Les Misérables I.*
2780.	Victor Hugo	*Les Misérables II.*
2781.	Dostoïevski	*Les Démons (Les Possédés).*
2782.	Guy de Maupassant	*Boule de suif* et autres nouvelles.
2783.	Guy de Maupassant	*La Maison Tellier. Une partie de campagne* et autres nouvelles.
2784.	Witold Gombrowicz	*La pornographie.*
2785.	Marcel Aymé	*Le vaurien.*
2786.	Louis-Ferdinand Céline	*Entretiens avec le Professeur Y.*
2787.	Didier Daeninckx	*Le bourreau et son double.*
2788.	Guy Debord	*La Société du Spectacle.*
2789.	William Faulkner	*Les larrons.*
2790.	Élisabeth Gille	*Le crabe sur la banquette arrière.*
2791.	Louis Martin-Chauffier	*L'homme et la bête.*
2792.	Kenzaburô Ôé	*Dites-nous comment survivre à notre folie.*
2793.	Jacques Réda	*L'herbe des talus.*
2794.	Roger Vrigny	*Accident de parcours.*
2795.	Blaise Cendrars	*Le Lotissement du ciel.*
2796.	Alexandre Pouchkine	*Eugène Onéguine.*
2797.	Pierre Assouline	*Simenon.*
2798.	Frédéric H. Fajardie	*Bleu de méthylène.*
2799.	Diane de Margerie	*La volière* suivi de *Duplicités.*
2800.	François Nourissier	*Mauvais genre.*
2801.	Jean d'Ormesson	*La Douane de mer.*
2802.	Amos Oz	*Un juste repos.*
2803.	Philip Roth	*Tromperie.*
2804.	Jean-Paul Sartre	*L'engrenage.*
2805.	Jean-Paul Sartre	*Les jeux sont faits.*
2806.	Charles Sorel	*Histoire comique de Francion.*
2807.	Chico Buarque	*Embrouille.*
2808.	Ya Ding	*La jeune fille Tong.*
2809.	Hervé Guibert	*Le Paradis.*
2810.	Martín Luis Guzmán	*L'ombre du Caudillo.*
2811.	Peter Handke	*Essai sur la fatigue.*

2812.	Philippe Labro	*Un début à Paris.*
2813.	Michel Mohrt	*L'ours des Adirondacks.*
2814.	N. Scott Momaday	*La maison de l'aube.*
2815.	Banana Yoshimoto	*Kitchen.*
2816.	Virginia Woolf	*Vers le phare.*
2817.	Honoré de Balzac	*Sarrasine.*
2818.	Alexandre Dumas	*Vingt ans après.*
2819.	Christian Bobin	*L'inespérée.*
2820.	Christian Bobin	*Isabelle Bruges.*
2821.	Louis Calaferte	*C'est la guerre.*
2822.	Louis Calaferte	*Rosa mystica.*
2823.	Jean-Paul Demure	*Découpe sombre.*
2824.	Lawrence Durrell	*L'ombre infinie de César.*
2825.	Mircea Eliade	*Les dix-neuf roses.*
2826.	Roger Grenier	*Le Pierrot noir.*
2827.	David McNeil	*Tous les bars de Zanzibar.*
2828.	René Frégni	*Le voleur d'innocence.*
2829.	Louvet de Couvray	*Les Amours du chevalier de Faublas.*
2830.	James Joyce	*Ulysse.*
2831.	François-Régis Bastide	*L'homme au désir d'amour lointain.*
2832.	Thomas Bernhard	*L'origine.*
2833.	Daniel Boulanger	*Les noces du merle.*
2834.	Michel del Castillo	*Rue des Archives.*
2835.	Pierre Drieu la Rochelle	*Une femme à sa fenêtre.*
2836.	Joseph Kessel	*Dames de Californie.*
2837.	Patrick Mosconi	*La nuit apache.*
2838.	Marguerite Yourcenar	*Conte bleu.*
2839.	Pascal Quignard	*Le sexe et l'effroi.*
2840.	Guy de Maupassant	*L'Inutile Beauté.*
2841.	Kôbô Abé	*Rendez-vous secret.*
2842.	Nicolas Bouvier	*Le poisson-scorpion.*
2843.	Patrick Chamoiseau	*Chemin-d'école.*
2844.	Patrick Chamoiseau	*Antan d'enfance.*
2845.	Philippe Djian	*Assassins.*
2846.	Lawrence Durrell	*Le Carrousel sicilien.*
2847.	Jean-Marie Laclavetine	*Le rouge et le blanc.*
2848.	D.H. Lawrence	*Kangourou.*
2849.	Francine Prose	*Les petits miracles.*
2850.	Jean-Jacques Sempé	*Insondables mystères.*

2851.	Béatrix Beck	*Des accommodements avec le ciel.*
2852.	Herman Melville	*Moby Dick.*
2853.	Jean-Claude Brisville	*Beaumarchais, l'insolent.*
2854.	James Baldwin	*Face à l'homme blanc.*
2855.	James Baldwin	*La prochaine fois, le feu.*
2856.	W.-R. Burnett	*Rien dans les manches.*
2857.	Michel Déon	*Un déjeuner de soleil.*
2858.	Michel Déon	*Le jeune homme vert.*
2859.	Philippe Le Guillou	*Le passage de l'Aulne.*
2860.	Claude Brami	*Mon amie d'enfance.*
2861.	Serge Brussolo	*La moisson d'hiver.*
2862.	René de Ceccatty	*L'accompagnement.*
2863.	Jerome Charyn	*Les filles de Maria.*
2864.	Paule Constant	*La fille du Gobernator.*
2865.	Didier Daeninckx	*Un château en Bohême.*
2866.	Christian Giudicelli	*Quartiers d'Italie.*
2867.	Isabelle Jarry	*L'archange perdu.*
2868.	Marie Nimier	*La caresse.*
2869.	Arto Paasilinna	*La forêt des renards pendus.*
2870.	Jorge Semprun	*L'écriture ou la vie.*
2871.	Tito Topin	*Piano barjo.*
2872.	Michel Del Castillo	*Tanguy.*
2873.	Huysmans	*En Route.*
2874.	James M. Cain	*Le bluffeur.*
2875.	Réjean Ducharme	*Va savoir.*
2876.	Mathieu Lindon	*Champion du monde.*
2877.	Robert Littell	*Le sphinx de Sibérie.*
2878.	Claude Roy	*Les rencontres des jours 1992-1993.*
2879.	Danièle Sallenave	*Les trois minutes du diable.*
2880.	Philippe Sollers	*La Guerre du Goût.*
2881.	Michel Tournier	*Le pied de la lettre.*
2882.	Michel Tournier	*Le miroir des idées.*
2883.	Andreï Makine	*Confession d'un porte-drapeau déchu.*
2884.	Andreï Makine	*La fille d'un héros de l'Union soviétique.*
2885.	Andreï Makine	*Au temps du fleuve Amour.*
2886.	John Updike	*La Parfaite Épouse.*
2887.	Daniel Defoe	*Robinson Crusoé.*

2888. Philippe Beaussant — *L'archéologue.*
2889. Pierre Bergounioux — *Miette.*
2890. Pierrette Fleutiaux — *Allons-nous être heureux ?*
2891. Remo Forlani — *La déglingue.*
2892. Joe Gores — *Inconnue au bataillon.*
2893. Félicien Marceau — *Les ingénus.*
2894. Ian McEwan — *Les chiens noirs.*
2895. Pierre Michon — *Vies minuscules.*
2896. Susan Minot — *La vie secrète de Lilian Eliot.*
2897. Orhan Pamuk — *Le livre noir.*
2898. William Styron — *Un matin de Virginie.*
2899. Claudine Vegh — *Je ne lui ai pas dit au revoir.*
2900. Robert Walser — *Le brigand.*
2901. Grimm — *Nouveaux contes.*
2902. Chrétien de Troyes — *Lancelot ou Le chevalier de la charrette.*
2903. Herman Melville — *Bartleby, le scribe.*
2904. Jerome Charyn — *Isaac le mystérieux.*
2905. Guy Debord — *Commentaires sur la société du spectacle.*
2906. Guy Debord — *Potlatch* (1954-1957).
2907. Karen Blixen — *Les chevaux fantômes* et autres contes.
2908. Emmanuel Carrère — *La classe de neige.*
2909. James Crumley — *Un pour marquer la cadence.*
2910. Anne Cuneo — *Le trajet d'une rivière.*
2911. John Dos Passos — *L'initiation d'un homme : 1917.*
2912. Alexandre Jardin — *L'île des Gauchers.*
2913. Jean Rolin — *Zones.*
2914. Jorge Semprun — *L'Algarabie.*
2915. Junichirô Tanizaki — *Le chat, son maître et ses deux maîtresses.*
2916. Bernard Tirtiaux — *Les sept couleurs du vent.*
2917. H.G. Wells — *L'île du docteur Moreau.*
2918. Alphonse Daudet — *Tartarin sur les Alpes.*
2919. Albert Camus — *Discours de Suède.*
2921. Chester Himes — *Regrets sans repentir.*
2922. Paula Jacques — *La descente au paradis.*
2923. Sibylle Lacan — *Un père.*
2924. Kenzaburô Ôé — *Une existence tranquille.*
2925. Jean-Noël Pancrazi — *Madame Arnoul.*

2926.	Ernest Pépin	*L'Homme-au-Bâton.*
2927.	Antoine de Saint-Exupéry	*Lettres à sa mère.*
2928.	Mario Vargas Llosa	*Le poisson dans l'eau.*
2929.	Arthur de Gobineau	*Les Pléiades.*
2930.	Alex Abella	*Le Massacre des Saints.*
2932.	Thomas Bernhard	*Oui.*
2933.	Gérard Macé	*Le dernier des Égyptiens.*
2934.	Andreï Makine	*Le testament français.*
2935.	N. Scott Momaday	*Le Chemin de la Montagne de Pluie.*
2936.	Maurice Rheims	*Les forêts d'argent.*
2937.	Philip Roth	*Opération Shylock.*
2938.	Philippe Sollers	*Le Cavalier du Louvre. Vivant Denon.*
2939.	Giovanni Verga	*Les Malavoglia.*
2941.	Christophe Bourdin	*Le fil.*
2942.	Guy de Maupassant	*Yvette.*
2943.	Simone de Beauvoir	*L'Amérique au jour le jour, 1947.*
2944.	Victor Hugo	*Choses vues, 1830-1848.*
2945.	Victor Hugo	*Choses vues, 1849-1885.*
2946.	Carlos Fuentes	*L'oranger.*
2947.	Roger Grenier	*Regardez la neige qui tombe.*
2948.	Charles Juliet	*Lambeaux.*
2949.	J.M.G. Le Clézio	*Voyage à Rodrigues.*
2950.	Pierre Magnan	*La Folie Forcalquier.*
2951.	Amoz Oz	*Toucher l'eau, toucher le vent.*
2952.	Jean-Marie Rouart	*Morny, un voluptueux au pouvoir.*
2953.	Pierre Salinger	*De mémoire.*
2954.	Shi Nai-an	*Au bord de l'eau I.*
2955.	Shi Nai-an	*Au bord de l'eau II.*
2956.	Marivaux	*La Vie de Marianne.*
2957.	Kent Anderson	*Sympathy for the Devil.*
2958.	André Malraux	*Espoir — Sierra de Teruel.*
2959.	Christian Bobin	*La folle allure.*
2960.	Nicolas Bréhal	*Le parfait amour.*
2961.	Serge Brussolo	*Hurlemort.*
2962.	Hervé Guibert	*La piqûre d'amour* et autres textes.
2963.	Ernest Hemingway	*Le chaud et le froid.*

2964.	James Joyce	*Finnegans Wake.*
2965.	Gilbert Sinoué	*Le Livre de saphir.*
2966.	Junichirô Tanizaki	*Quatre sœurs.*
2967.	Jeroen Brouwers	*Rouge décanté.*
2968.	Forrest Carter	*Pleure, Géronimo.*
2971.	Didier Daeninckx	*Métropolice.*
2972.	Franz-Olivier Giesbert	*Le vieil homme et la mort.*
2973.	Jean-Marie Laclavetine	*Demain la veille.*
2974.	J.M.G. Le Clézio	*La quarantaine.*
2975.	Régine Pernoud	*Jeanne d'Arc.*
2976.	Pascal Quignard	*Petits traités I.*
2977.	Pascal Quignard	*Petits traités II.*
2978.	Geneviève Brisac	*Les filles.*
2979.	Stendhal	*Promenades dans Rome.*
2980.	Virgile	*Bucoliques. Géorgiques.*
2981.	Milan Kundera	*La lenteur.*
2982.	Odon Vallet	*L'affaire Oscar Wilde.*
2983.	Marguerite Yourcenar	*Lettres à ses amis et quelques autres.*
2984.	Vassili Axionov	*Une saga moscovite I.*
2985.	Vassili Axionov	*Une saga moscovite II.*

Composition Bussière
et impression Bussière Camedan Imprimeries
à Saint-Amand (Cher), le 25 août 1997.
Dépôt légal : août 1997.
1er dépôt légal dans la collection : mars 1994.
Numéro d'imprimeur : 1/2150.
ISBN 2-07-038887-5./Imprimé en France.

83668